Goethe | Die Leiden des jungen Werthers

Erste Fassung von 1774

Reclam XL | Text und Kontext

Johann Wolfgang Goethe
Die Leiden des jungen Werthers

Erste Fassung von 1774

Herausgegeben von Hans Frisch

Reclam

Der Text dieser Ausgabe ist seiten- und zeilengleich mit der Ausgabe der Universal-Bibliothek Nr. 18632.

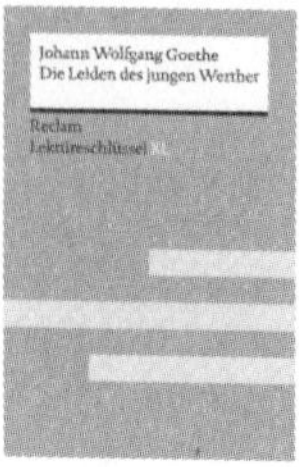

Zu diesem Text gibt es eine Interpretationshilfe:
Johann Wolfgang Goethe, *Die Leiden des jungen Werther* (2. Fassung).
Lektüreschlüssel XL (Nr. 15460)

E-Book-Ausgaben finden Sie auf unserer Website unter www.reclam.de/e-book

Reclam XL | Text und Kontext | Nr. 16136
2015, 2022 Philipp Reclam jun. Verlag GmbH,
Siemensstraße 32, 71254 Ditzingen
Durchgesehene Ausgabe 2022
Druck und Bindung: Druckerei C.H.Beck,
Bergerstraße 3–5, 86720 Nördlingen
Printed in Germany 2024

ISBN 978-3-15-016136-4

Auch als E-Book erhältlich

www.reclam.de

FSC www.fsc.org MIX Papier | Fördert gute Waldnutzung FSC® C019821

Die Reihe bietet neben dem Text Worterläuterungen in Form von Fußnoten und Sacherläuterungen in Form von Anmerkungen im Anhang, auf die am Rand mit Pfeilen (↗) verwiesen wird. Quellen im Anhang werden mit dem Zeichen Q kenntlich gemacht.

Inhalt

Erster Teil.

Was ich von der Geschichte des armen Werthers nur habe auffinden können, habe ich mit Fleiß gesammlet, und leg es euch hier vor, und weiß, dass ihr mir's danken werdet. Ihr könnt seinem Geist und seinem Charakter eure Bewunderung und Liebe, und seinem Schicksale eure Tränen nicht versagen.

Und du gute Seele, die du eben den Drang fühlst wie er, schöpfe Trost aus seinem Leiden, und lass das Büchlein deinen Freund sein, wenn du aus Geschick oder eigner Schuld keinen nähern finden kannst.

am 4. Mai. 1771.

Wie froh bin ich, dass ich weg bin! Bester Freund, was ist das Herz des Menschen! Dich zu verlassen, den ich so liebe, von dem ich unzertrennlich war, und froh zu sein! Ich weiß, Du verzeihst mir's. Waren nicht meine übrigen Verbindungen recht ausgesucht vom Schicksal, um ein Herz wie das meine zu ängstigen? Die arme Leonore! Und doch war ich unschuldig! Konnt ich dafür, dass, während die eigensinnigen Reize ihrer Schwester mir einen angenehmen Unterhalt verschafften, dass eine Leidenschaft in dem armen Herzen sich bildete! Und doch – bin ich ganz unschuldig? Hab ich nicht ihre Empfindungen genährt? Hab ich mich nicht an denen ganz wahren Ausdrücken der Natur, die uns so oft zu lachen machten, so wenig lächerlich sie waren, selbst ergötzt! Hab ich nicht – O was ist der Mensch, dass er über sich klagen darf! – Ich will, lieber Freund, ich verspreche Dir's, ich will mich bessern, will nicht mehr das Bissgen Übel, das das Schicksal uns

20 **die eigensinnigen Reize:** die reizvolle Eigensinnigkeit | 21 **Unterhalt:** Unterhaltung | 26 **ergötzt:** erfreut | 29 **Bissgen:** hier und öfter -gen = -chen

vorlegt, wiederkäuen, wie ich's immer getan habe. Ich will das Gegenwärtige genießen, und das Vergangene soll mir vergangen sein. Gewiss Du hast recht, Bester: der Schmerzen wären minder unter den Menschen, wenn sie nicht – Gott weiß warum sie so gemacht sind – mit so viel Emsigkeit der Einbildungskraft sich beschäftigten, die Erinnerungen des vergangenen Übels zurückzurufen, ehe denn eine gleichgültige Gegenwart zu tragen.

↗ Du bist so gut, meiner Mutter zu sagen, dass ich ihr Geschäfte bestens betreiben, und ihr ehstens Nachricht davon geben werde. Ich habe meine Tante gesprochen, und habe bei weiten das böse Weib nicht gefunden, das man bei uns aus ihr macht, sie ist eine muntere heftige Frau von dem besten Herzen. Ich erklärte ihr meiner Mutter Beschwerden über den zurückgehaltenen Erbschaftsanteil. Sie sagte mir ihre Gründe, Ursachen und die Bedingungen, unter welchen sie bereit wäre alles heraus zu geben, und mehr als wir verlangten – Kurz, ich mag jetzo nichts davon schreiben, sag meiner Mutter, es werde alles gut gehen. Und ich habe, mein Lieber! wieder bei diesem kleinen Geschäfte gefunden: dass Missverständnisse und Trägheit vielleicht mehr Irrungen in der Welt machen, als List und Bosheit nicht tun. Wenigstens sind die beiden letztern gewiss seltner.

Übrigens find ich mich hier gar wohl. Die Einsamkeit ist meinem Herzen köstlicher Balsam in dieser paradiesischen Gegend, und diese Jahrszeit der Jugend wärmt mit aller Fülle mein oft schauderndes Herz. Jeder Baum, jede Hecke ist ein Strauß von Blüten, und man möchte zur Maienkäfer werden, um in dem Meer von Wohlgerüchen herumschweben, und alle seine Nahrung darinne finden zu können.

Die Stadt ist selbst unangenehm, dagegen rings umher eine unaussprechliche Schönheit der Natur. Das bewog den verstorbenen Grafen von M . . einen Garten auf einem der Hügel anzulegen, die mit der schönsten Mannigfaltig-

1 **wiederkäuen:** wiederholen | 4 **minder:** weniger | 5 f. **Emsigkeit:** Fleiß | 10 **ehstens:** hier: demnächst | 13 **heftige:** lebhafte | 26 **Balsam:** pflegende, heilende Creme | 29 f. **zur Maienkäfer:** zu einem Maikäfer

keit der Natur sich kreuzen, und die lieblichsten Täler bilden. Der Garten ist einfach, und man fühlt gleich bei dem Eintritte, dass nicht ein wissenschaftlicher Gärtner, sondern ein fühlendes Herz den Plan bezeichnet, das sein selbst hier genießen wollte. Schon manche Träne hab ich dem Abgeschiedenen in dem verfallnen Cabinetgen geweint, das sein Lieblingsplätzgen war, und auch meins ist. Bald werd ich Herr vom Garten sein, der Gärtner ist mir zugetan, nur seit den paar Tagen, und er wird sich nicht übel davon befinden.

am 10. Mai.

Eine wunderbare Heiterkeit hat meine ganze Seele eingenommen, gleich denen süßen Frühlingsmorgen, die ich mit ganzem Herzen genieße. Ich bin so allein und freue mich so meines Lebens, in dieser Gegend, die für solche Seelen geschaffen ist, wie die meine. Ich bin so glücklich, mein Bester, so ganz in dem Gefühl von ruhigem Dasein versunken, dass meine Kunst darunter leidet. Ich könnte jetzo nicht zeichnen, nicht einen Strich, und bin niemalen ein größerer Maler gewesen als in diesen Augenblicken. Wenn das liebe Tal um mich dampft, und die hohe Sonne an der Oberfläche der undurchdringlichen Finsternis meines Waldes ruht, und nur einzelne Strahlen sich in das innere Heiligtum stehlen, und ich dann im hohen Grase am fallenden Bache liege, und näher an der Erde tausend mannigfaltige Gräsgen mir merkwürdig werden. Wenn ich das Wimmeln der kleinen Welt zwischen Halmen, die unzähligen, unergründlichen Gestalten, all der Würmgen, der Mückgen, näher an meinem Herzen fühle, und fühle die Gegenwart des Allmächtigen, der uns all nach seinem Bilde schuf, das Wehen des Allliebenden, der uns in ewiger Wonne schwebend trägt und erhält. Mein Freund, wenn's denn um meine Augen dämmert, und die Welt um mich her und Himmel ganz in meiner Seele ruht, wie die Gestalt einer Geliebten; dann sehn ich mich oft und

6 **Abgeschiedenen:** Verstorbenen | 6 **Cabinetgen:** Kabinettchen, hier: kleine Gartenlaube | 9 f. **sich nicht übel davon befinden:** seine Zustimmung geben | 19 **niemalen:** niemals | 26 **mannigfaltige:** vielfältige | 26 **merkwürdig:** bemerkenswert

denke: ach könntest du das wieder ausdrücken, könntest du dem Papier das einhauchen, was so voll, so warm in dir lebt, dass es würde der Spiegel deiner Seele, wie deine Seele ist der Spiegel des unendlichen Gottes. Mein Freund – Aber ich gehe darüber zu Grunde, ich erliege unter der Gewalt der Herrlichkeit dieser Erscheinungen.

am 12. Mai.

Ich weiß nicht, ob so täuschende Geister um diese Gegend schweben, oder ob die warme himmlische Phantasie in meinem Herzen ist, die mir alles rings umher so paradiesisch macht. Da ist gleich vor dem Orte ein Brunn' ein ↗ Brunn', an den ich gebannt bin wie Melusine mit ihren Schwestern. Du gehst einen kleinen Hügel hinunter, und findest dich vor einem Gewölbe, da wohl zwanzig Stufen hinab gehen, wo unten das klarste Wasser aus Marmorfelsen quillt. Das Mäuergen, das oben umher die Einfassung macht, die hohen Bäume, die den Platz rings umher bedecken, die Kühle des Orts, das hat alles so was anzügliches, was schauerliches. Es vergeht kein Tag, dass ich nicht eine Stunde da sitze. Da kommen denn die Mädgen aus der Stadt und holen Wasser, das harmloseste Geschäft und das nötigste, das ehmals die Töchter der Könige selbst verrichteten. ↗ Wenn ich da sitze, so lebt die patriarchalische Idee so lebhaft um mich, wie sie alle die Altväter am Brunnen Bekanntschaft machen und freien, und wie um die Brunnen und Quellen wohltätige Geister schweben. O der muss nie nach einer schweren Sommertagswanderung sich an des Brunnens Kühle gelabt haben, der das nicht mit empfinden kann.

am 13. Mai.

Du fragst, ob Du mir meine Bücher schicken sollst? Lieber, ich bitte dich um Gottes willen, lass mir sie vom Hals. Ich will nicht mehr geleitet, ermuntert, angefeuret sein, braust dieses Herz doch genug aus sich selbst, ich brauche

11 **Brunn':** Brunnen | 12 **Melusine:** Wassernixe; s. Anm. zu 8,12 | 18 **anzügliches:** Anziehendes | 23 f. **die patriarchalische Idee:** der alttestamentliche Lebensentwurf; s. Anm. zu 8,23 f. | 24 **Altväter:** ehrwürdige Stammväter; s. Anm. zu 8,23 f. | 25 **freien:** werben

Wiegengesang, und den hab ich in seiner Fülle gefunden in meinem Homer. Wie oft lull ich mein empörendes Blut zur Ruhe, denn so ungleich, so unstet hast Du nichts gesehn als dieses Herz. Lieber! Brauch ich Dir das zu sagen, der Du so oft die Last getragen hast, mich vom Kummer zur Ausschweifung, und von süßer Melancholie zur verderblichen Leidenschaft übergehn zu sehn. Auch halt ich mein Herzgen wie ein krankes Kind, all sein Wille wird ihm gestattet. Sag das nicht weiter, es giebt Leute, die mir's verübeln würden.

am 15. Mai.

Die geringen Leute des Orts kennen mich schon, und lieben mich, besonders die Kinder. Eine traurige Bemerkung hab ich gemacht. Wie ich im Anfange mich zu ihnen gesellte, sie freundschaftlich fragte über dies und das, glaubten einige, ich wollte ihrer spotten, und fertigten mich wohl gar grob ab. Ich ließ mich das nicht verdrießen, nur fühlt ich, was ich schon oft bemerkt habe, auf das lebhafteste. Leute von einigem Stande werden sich immer in kalter Entfernung vom gemeinen Volke halten, als glaubten sie durch Annäherung zu verlieren, und dann giebt's Flüchtlinge und üble Spaßvögel, die sich herabzulassen scheinen, um ihren Übermut dem armen Volke desto empfindlicher zu machen.

Ich weiß wohl, dass wir nicht gleich sind, noch sein können. Aber ich halte dafür, dass der, der glaubt nötig zu haben, vom sogenannten Pöbel sich zu entfernen, um den Respekt zu erhalten, eben so tadelhaft ist, als ein Feiger, der sich für seinem Feinde verbirgt, weil er zu unterliegen fürchtet.

Letzthin kam ich zum Brunnen, und fand ein junges Dienstmädgen, das ihr Gefäß auf die unterste Treppe gesetzt hatte, und sich umsah, ob keine Camerädin kommen wollte, ihr's auf den Kopf zu helfen. Ich stieg hinunter und sah sie an. Soll ich ihr helfen, Jungfer? sagt ich. Sie

12 **geringen Leute:** einfachen Leute | 17 **verdrießen:** verderben | 19 **einigem:** höherem | 20 **gemeinen:** einfachen, niedrigen | 22 **Flüchtlinge:** hier: flüchtige, oberflächliche Menschen | 23 **Übermut:** hier: Überheblichkeit | 33 **Camerädin:** Kameradin, Bekannte | 35 **Jungfer:** übliche Anrede gegenüber einer unverheirateten bürgerlichen Frau

ward rot über und über. O nein Herr! sagte sie. – Ohne Umstände – Sie legte ihren Kringen zurechte, und ich half ihr. Sie dankte und stieg hinauf.

den 17. Mai.

Ich hab allerlei Bekanntschaft gemacht, Gesellschaft hab ich noch keine gefunden. Ich weiß nicht, was ich anzügliches für die Menschen haben muss, es mögen mich ihrer so viele, und hängen sich an mich, und da tut mirs immer weh, wenn unser Weg nur so eine kleine Strecke mit einander geht. Wenn Du fragst, wie die Leute hier sind? muss ich Dir sagen: wie überall! Es ist ein einförmig Ding ums Menschengeschlecht. Die meisten verarbeiten den größten Teil der Zeit, um zu leben, und das Bissgen, das ihnen von Freiheit übrig bleibt, ängstigt sie so, dass sie alle Mittel aufsuchen, ums los zu werden. O Bestimmung des Menschen!

Aber eine rechte gute Art Volks! Wann ich mich manchmal vergesse, manchmal mit ihnen die Freuden genieße, die so den Menschen noch gewährt sind, an einem artig besetzten Tisch, mit aller Offen- und Treuherzigkeit sich herum zu spaßen, eine Spazierfahrt, einen Tanz zur rechten Zeit anzuordnen und dergleichen, das tut eine ganz gute Würkung auf mich, nur muss mir nicht einfallen, dass noch so viele andere Kräfte in mir ruhen, die alle ungenutzt vermodern, und die ich sorgfältig verbergen muss. Ach das engt all das Herz so ein – Und doch! Missverstanden zu werden, ist das Schicksal von unser einem.

Ach dass die Freundin meiner Jugend dahin ist, ach dass ich sie je gekannt habe! Ich würde zu mir sagen: du bist ein Tor! du suchst, was hienieden nicht zu finden ist. Aber ich hab sie gehabt, ich habe das Herz gefühlt, die große Seele, in deren Gegenwart ich mir schien mehr zu sein als ich war, weil ich alles war was ich sein konnte. Guter Gott, blieb da eine einzige Kraft meiner Seele ungenutzt,

2 **Kringen:** ringförmiges Polster, um auf dem Kopf Lasten tragen zu können | 20 **artig:** ordentlich, angemessen | 23 **Würkung:** Wirkung, hier und öfter -ü- = -i- | 31 **hienieden:** hier unten, auf Erden

konnt ich nicht vor ihr all das wunderbare Gefühl entwickeln, mit dem mein Herz die Natur umfasst, war unser Umgang nicht ein ewiges Weben von feinster Empfindung, schärfstem Witze, dessen Modifikationen bis zur Unart alle mit dem Stempel des Genies bezeichnet waren? ↗ Und nun – Ach ihre Jahre, die sie voraus hatte, führten sie früher ans Grab als mich. Nie werd ich ihrer vergessen, nie ihren festen Sinn und ihre göttliche Duldung.

Vor wenig Tagen traf ich einen jungen V . . an, ein offner Junge, mit einer gar glücklichen Gesichtsbildung. Er ↗ kommt erst von Akademien, dünkt sich nicht eben weise, aber glaubt doch, er wüsste mehr als andere. Auch war er fleißig, wie ich an allerlei spüre, kurz er hatt' hübsche Kenntnisse. Da er hörte, dass ich viel zeichnete, und Griechisch konnte, zwei Meteore hier zu Land, wandt er sich an mich und kramte viel Wissens aus, von Batteux bis zu ↗ Wood, von de Piles zu Winkelmann, und versicherte mich, er habe Sulzers Theorie den ersten Teil ganz durchgelesen, und besitze ein Manuscript von Heynen über das Studium der Antike. Ich ließ das gut sein.

Noch gar einen braven Kerl hab ich kennen lernen, den fürstlichen Amtmann. Einen offenen, treuherzigen Menschen. Man sagt, es soll eine Seelenfreude sein, ihn unter seinen Kindern zu sehen, deren er neune hat. Besonders macht man viel Wesens von seiner ältsten Tochter. Er hat mich zu sich gebeten, und ich will ihn ehster Tage besuchen, er wohnt auf einem fürstlichen Jagdhofe, anderthalb Stunden von hier, wohin er, nach dem Tode seiner Frau, zu ziehen die Erlaubnis erhielt, da ihm der Aufenthalt hier in der Stadt und dem Amthause zu weh tat.

Sonst sind einige verzerrte Originale mir in Weg gelaufen, ↗ an denen alles unausstehlich ist, am unerträglichsten ihre Freundschaftsbezeugungen.

Leb wohl! der Brief wird dir recht sein, er ist ganz historisch. ↗

4 **schärfstem Witze:** größtem Scharfsinn | 4 **Modifikationen:** Abwandlungen, hier: ständig wechselnden Ergebnissen | 8 **Duldung:** Geduld | 11 **Akademien:** hier: Zeichen- und Kunstakademien | 11 **dünkt sich:** hält sich für | 15 **Meteore:** hier: Besonderheiten | 22 **Amtmann:** Verwaltungsbeamten | 26 **ehster Tage:** in den nächsten Tagen

am 22. Mai.

↗ Dass das Leben des Menschen nur ein Traum sei, ist manchem schon so vorgekommen, und auch mit mir zieht dieses Gefühl immer herum. Wenn ich die Einschränkung so ansehe, in welche die tätigen und forschenden Kräfte des Menschen eingesperrt sind, wenn ich sehe, wie alle Würksamkeit dahinaus läuft, sich die Befriedigung von Bedürfnissen zu verschaffen, die wieder keinen Zweck haben, als unsere arme Existenz zu verlängern, und dann, dass alle Beruhigung über gewisse Punkte des Nachforschens nur eine träumende Resignation ist, da man sich die Wände, zwischen denen man gefangen sitzt, mit bunten Gestalten und lichten Aussichten bemalt. Das alles, Wilhelm, macht mich stumm. Ich kehre in mich selbst zurück, und finde eine Welt! Wieder mehr in Ahndung und dunkler Begier, als in Darstellung und lebendiger Kraft. Und da schwimmt alles vor meinen Sinnen, und ich lächle dann so träumend weiter in die Welt.

Dass die Kinder nicht wissen, warum sie wollen, darin sind alle hochgelahrte Schul- und Hofmeister einig. Dass aber auch Erwachsene, gleich Kindern, auf diesem Erdboden herumtaumeln, gleichwie jene nicht wissen, woher sie kommen und wohin sie gehen, eben so wenig nach wahren Zwecken handeln, eben so durch Biskuit und Kuchen und Birkenreiser regiert werden, das will niemand gern glauben, und mich dünkt, man kann's mit Händen greifen.

Ich gestehe dir gern, denn ich weiß, was du mir hierauf sagen möchtest, dass diejenige die glücklichsten sind, die gleich den Kindern in Tag hinein leben, ihre Puppe herum schleppen, aus und anziehen, und mit großem Respekte um die Schublade herum schleichen, wo Mama das Zuckerbrot hinein verschlossen hat, und wenn sie das gewünschte endlich erhaschen, es mit vollen Backen verzehren, und rufen: Mehr! das sind glückliche Geschöpfe! Auch denen ist's wohl, die ihren Lumpenbeschäftigungen, oder wohl gar ihren Leidenschaften prächtige Titel geben,

15 **Ahndung:** Ahnung, Vermutung | 20 **hochgelahrte Schul- und Hofmeister:** hochgelehrten Lehrer und Privaterzieher | 24 **Biskuit:** süßer Keks | 26 **mich dünkt:** hier: mir scheint

und sie dem Menschengeschlechte als Riesenoperationen zu dessen Heil und Wohlfahrt anschreiben. Wohl dem, der so sein kann! Wer aber in seiner Demut erkennt, wo das alles hinausläuft, der so sieht, wie artig jeder Bürger, dem's wohl ist, sein Gärtchen zum Paradiese zuzustutzen weiß, und wie unverdrossen dann doch auch der Unglückliche unter der Bürde seinen Weg fortkeicht, und alle gleich interessiert sind, das Licht dieser Sonne noch eine Minute länger zu sehn, ja! der ist still und bildet auch seine Welt aus sich selbst, und ist auch glücklich, weil er ein Mensch ist. Und dann, so eingeschränkt er ist, hält er doch immer im Herzen das süße Gefühl von Freiheit, und dass er diesen Kerker verlassen kann, wann er will.

am 26. Mai.

Du kennst von Alters her meine Art, mich anzubauen, irgend mir an einem vertraulichen Orte ein Hüttchen aufzuschlagen, und da mit aller Einschränkung zu herbergen. Ich hab auch hier wieder ein Plätzchen angetroffen, das mich angezogen hat.

Ohngefähr eine Stunde von der Stadt liegt ein Ort, den sie Wahlheim* nennen. Die Lage an einem Hügel ist sehr interessant, und wenn man oben auf dem Fußpfade zum Dorfe heraus geht, übersieht man mit Einem das ganze Tal. Eine gute Wirtin, die gefällig und munter in ihrem Alter ist, schenkt Wein, Bier, Caffee, und was über alles geht, sind zwei Linden, die mit ihren ausgebreiteten Ästen den kleinen Platz vor der Kirche bedecken, der ringsum mit Bauerhäusern Scheuern und Höfen eingeschlossen ist. So vertraulich, so heimlich hab ich nicht leicht ein Plätzchen gefunden, und dahin lass ich mein Tischchen aus dem Wirtshause bringen und meinen Stuhl, und trinke meinen Caffee da, und lese meinen Homer. Das erstemal als ich

* Der Leser wird sich keine Mühe geben, die hier genannten Orte zu suchen, man hat sich genötigt gesehen, die im Originale befindlichen wahren Namen zu verändern.

7 **fortkeicht:** fortkeucht | 15 **von Alters her:** von jeher | 15 **mich anzubauen:** mich niederzulassen | 23 **übersieht:** überblickt | 28 **Scheuern:** Scheunen | 29 **heimlich:** heimelig, gemütlich

durch einen Zufall an einem schönen Nachmittage unter die Linden kam, fand ich das Plätzchen so einsam. Es war alles im Felde. Nur ein Knabe von ohngefähr vier Jahren saß an der Erde, und hielt ein andres etwa halbjähriges vor ihm zwischen seinen Füßen sitzendes Kind mit beiden Armen wider seine Brust, so dass er ihm zu einer Art von Sessel diente, und ohngeachtet der Munterkeit, womit er aus seinen schwarzen Augen herumschaute, ganz ruhig saß. Mich vergnügte der Anblick, und ich setzte mich auf einen Pflug, der gegen über stund, und zeichnete die brüderliche Stellung mit vielem Ergötzen, ich fügte den nächsten Zaun, ein Tennentor und einige gebrochne Wagenräder bei, wie es all hintereinander stund, und fand nach Verlauf einer Stunde, dass ich eine wohlgeordnete sehr interessante Zeichnung verfertigt hatte, ohne das mindeste von dem meinen hinzuzutun. Das bestärkte mich in meinem Vorsatze, mich künftig allein an die Natur zu halten. Sie allein ist unendlich reich, und sie allein bildet den großen Künstler. Man kann zum Vorteile der Regeln viel sagen, ohngefähr was man zum Lobe der bürgerlichen Gesellschaft sagen kann. Ein Mensch, der sich nach ihnen bildet, wird nie etwas abgeschmacktes und schlechtes hervor bringen, wie einer, der sich durch Gesetze und Wohlstand modeln lässt, nie ein unerträglicher Nachbar, nie ein merkwürdiger Bösewicht werden kann; dagegen wird aber auch alle Regel, man rede was man wolle, das wahre Gefühl von Natur und den wahren Ausdruck derselben zerstören! sagst du, das ist zu hart! Sie schränkt nur ein, beschneidet die geilen Reben etc. Guter Freund, soll ich dir ein Gleichnis geben: es ist damit wie mit der Liebe, ein junges Herz hängt ganz an einem Mädchen, bringt alle Stunden seines Tags bei ihr zu, verschwendet all seine Kräfte, all sein Vermögen, um ihr jeden Augenblick auszudrücken, dass er sich ganz ihr hingiebt. Und da käme ein Philister, ein Mann, der in einem öffentlichen Amte steht, und sagte zu ihm: feiner junger

2 f. **Es war alles im Felde:** Alle waren auf dem Feld bei der Arbeit | 6 **wider:** gegen | 11 **mit vielem Ergötzen:** mit großem Vergnügen | 22 **abgeschmacktes:** Geschmackloses | 24 **modeln:** formen | 29 **geilen Reben:** wild rankenden Reben | 35 **Philister:** Spießbürger; s. Anm. zu 14,35

Herr, lieben ist menschlich, nur müsst ihr menschlich lieben! Teilet eure Stunden ein, die einen zur Arbeit, und die Erholungsstunden widmet eurem Mädchen, berechnet euer Vermögen, und was euch von eurer Notdurft übrig bleibt, davon verwehr ich euch nicht ihr ein Geschenk, nur nicht zu oft, zu machen. Etwa zu ihrem Geburts- und Namenstage etc. – Folgt der Mensch, so giebt's einen brauchbaren jungen Menschen, und ich will selbst jedem Fürsten raten, ihn in ein Collegium zu setzen, nur mit seiner Liebe ist's am Ende, und wenn er ein Künstler ist, mit seiner Kunst. O meine Freunde! warum der Strom des Genies so selten ausbricht, so selten in hohen Fluten hereinbraust, und eure staunende Seele erschüttert. Lieben Freunde, da wohnen die gelassnen Kerls auf beiden Seiten des Ufers, denen ihre Gartenhäuschen, Tulpenbeete, und Krautfelder zu Grunde gehen würden, und die daher in Zeiten mit dämmen und ableiten der künftig drohenden Gefahr abzuwehren wissen.

am 27. Mai.

Ich bin, wie ich sehe, in Verzückung, Gleichnisse und Deklamation verfallen, und habe drüber vergessen, dir auszuerzählen, was mit den Kindern weiter worden ist. Ich saß ganz in malerische Empfindungen vertieft, die dir mein gestriges Blatt sehr zerstückt darlegt, auf meinem Pfluge wohl zwei Stunden. Da kommt gegen Abend eine junge Frau auf die Kinder los, die sich die Zeit nicht gerührt hatten, mit einem Körbchen am Arme, und ruft von weitem: Philips, du bist recht brav. Sie grüßte mich, ich dankte ihr, stand auf, trat näher hin, und fragte sie: ob sie Mutter zu den Kindern wäre? Sie bejahte es, und indem sie dem Ältesten einen halben Weck gab, nahm sie das Kleine auf und küsste es mit aller mütterlichen Liebe. Ich habe, sagte sie, meinem Philips das Kleine zu halten gegeben, und bin in die Stadt gegangen mit meinem Ältsten, um weiß Brot zu holen, und Zucker, und ein irden Breipfänn-

5 **davon verwehr ich euch nicht:** davon dürft ihr ruhig | 9 **Collegium:** Behörde | 13 f. **Lieben Freunde:** Ihr lieben Freunde | 20 f. **Deklamation:** hier: theatralische Reden | 31 **einen halben Weck:** ein halbes Brötchen | 35 **irden:** aus gebranntem Ton, Steingut

chen; ich sah das alles in dem Korbe, dessen Deckel abgefallen war. Ich will meinem Hans (das war der Name des Jüngsten) ein Süppchen kochen zum Abende, der lose Vogel der Große hat mir gestern das Pfännchen zerbrochen, als er sich mit Philipsen um die Scharre des Breis zankte. Ich fragte nach dem Ältsten, und sie hatte mir kaum gesagt, dass er auf der Wiese sich mit ein Paar Gänsen herumjagte, als er hergesprungen kam, und dem zweiten eine Haselgerte mitbrachte. Ich unterhielt mich weiter mit dem Weibe, und erfuhr, dass sie des Schulmeisters Tochter sei, und dass ihr Mann eine Reise in die Schweiz gemacht habe, um die Erbschaft eines Vettern zu holen. Sie haben ihn drum betrügen wollen, sagte sie, und ihm auf seine Briefe nicht geantwortet, da ist er selbst hineingegangen. Wenn ihm nur kein Unglück passiert ist, ich höre nichts von ihm. Es ward mir schwer, mich von dem Weibe loszumachen, gab jedem der Kinder einen Kreuzer, und auch fürs jüngste gab ich ihr einen, ihm einen Weck mitzubringen zur Suppe, wenn sie in die Stadt gieng, und so schieden wir von einander.

Ich sage dir, mein Schatz, wenn meine Sinnen gar nicht mehr halten wollen, so lindert's all den Tumult, der Anblick eines solchen Geschöpfs, das in der glücklichen Gelassenheit so den engen Kreis seines Daseins ausgeht, von einem Tag zum andern sich durchhilft, die Blätter abfallen sieht, und nichts dabei denkt, als dass der Winter kömmt.

Seit der Zeit bin ich oft draus, die Kinder sind ganz an mich gewöhnt. Sie kriegen Zucker, wenn ich Caffee trinke, und teilen das Butterbrot und die saure Milch mit mir des Abends. Sonntags fehlt ihnen der Kreuzer nie, und wenn ich nicht nach der Betstunde da bin, so hat die Wirtin Ordre, ihn auszubezahlen.

Sie sind vertraut, erzählen mir allerhand, und besonders ergötz ich mich an ihren Leidenschaften und simplen Ausbrüchen des Begehrens, wenn mehr Kinder aus dem Dorfe sich versammeln.

5 **mit Philipsen:** mit Philipp (alte Form des Dativs) | 5 **um die Scharre:** um den Rest | 17 **Kreuzer:** kleines Silbergeld; s. Anm. zu 16,17 | 19 f. **schieden wir von einander:** trennten wir uns | 32 **Ordre:** (frz.) den Auftrag

Viel Mühe hat mich's gekostet, der Mutter ihre Besorgnis zu benehmen: »Sie möchten den Herrn inkommodieren.«

am 16. Juni.

Warum ich dir nicht schreibe? Fragst du das und bist doch auch der Gelehrten einer. Du solltest raten, dass ich mich wohl befinde, und zwar – Kurz und gut, ich habe eine Bekanntschaft gemacht, die mein Herz näher angeht. Ich habe – ich weiß nicht.

Dir in der Ordnung zu erzählen, wie's zugegangen ist, dass ich eins der liebenswürdigsten Geschöpfe habe kennen lernen, wird schwer halten, ich bin vergnügt und glücklich, und so kein guter Historienschreiber.

Einen Engel! Pfui! das sagt jeder von der seinigen! Nicht wahr? Und doch bin ich nicht im Stande, dir zu sagen, wie sie vollkommen ist, warum sie vollkommen ist, genug, sie hat all meinen Sinn gefangen genommen.

So viel Einfalt bei so viel Verstand, so viel Güte bei so viel Festigkeit, und die Ruhe der Seele bei dem wahren Leben und der Tätigkeit. –

Das ist alles garstiges Gewäsche, was ich da von ihr sage, leidige Abstraktionen, die nicht einen Zug ihres Selbst ausdrücken. Ein andermal – Nein, nicht ein andermal, jetzt gleich will ich dir's erzählen. Tu ich's jetzt nicht, geschäh's niemals. Denn, unter uns, seit ich angefangen habe zu schreiben, war ich schon dreimal im Begriffe die Feder niederzulegen, mein Pferd satteln zu lassen und hinaus zu reiten und doch schwur ich mir heut früh nicht hinaus zu reiten – und gehe doch alle Augenblicke ans Fenster zu sehen, wie hoch die Sonne noch steht.

Ich hab's nicht überwinden können, ich musste zu ihr hinaus. Da bin ich wieder, Wilhelm, und will mein Butterbrot zu Nacht essen und dir schreiben. Welch eine Wonne das für meine Seele ist, sie in dem Kreise der lieben muntern Kinder ihrer acht Geschwister zu sehen! –

2 f. **Sie möchten … inkommodieren:** Sie würden dem Herrn Unannehmlichkeiten bereiten | 18 **Einfalt:** Schlichtheit, Unschuld | 22 **Abstraktionen:** hier: Verallgemeinerungen

Wenn ich so fortfahre, wirst du am Ende so klug sein wie am Anfange, höre denn, ich will mich zwingen ins Detail zu gehen.

Ich schrieb dir neulich, wie ich den Amtmann S. habe kennen lernen, und wie er mich gebeten habe, ihn bald in seiner Einsiedelei, oder vielmehr seinem kleinen Königreiche zu besuchen. Ich vernachlässigte das, und wäre vielleicht nie hingekommen, hätte mir der Zufall nicht den Schatz entdeckt, der in der stillen Gegend verborgen liegt.

Unsere jungen Leute hatten einen Ball auf dem Lande angestellt, zu dem ich mich denn auch willig finden ließ. Ich bot einem hiesigen guten, schönen, weiters unbedeutenden Mädchen die Hand, und es wurde ausgemacht, dass ich eine Kutsche nehmen, mit meiner Tänzerin und ihrer Base nach dem Orte der Lustbarkeit hinausfahren, und auf dem Wege Charlotten S. mitnehmen sollte. Sie werden ein schönes Frauenzimmer kennen lernen, sagte meine Gesellschafterin, da wir durch den weiten schön ausgehauenen Wald nach dem Jagdhause fuhren. Nehmen sie sich in Acht, versetzte die Base, dass Sie sich nicht verlieben! Wie so? sagt' ich: Sie ist schon vergeben, antwortete jene, an einen sehr braven Mann, der weggereist ist, seine Sachen in Ordnung zu bringen nach seines Vaters Tod, und sich um eine ansehnliche Versorgung zu bewerben. Die Nachricht war mir ziemlich gleichgültig.

Die Sonne war noch eine Viertelstunde vom Gebürge, als wir vor dem Hoftore anfuhren, es war sehr schwüle, und die Frauenzimmer äußerten ihre Besorgnis wegen eines Gewitters, das sich in weißgrauen dumpfigen Wölkchen rings am Horizonte zusammen zu ziehen schien. Ich täuschte ihre Furcht mit anmaßlicher Wetterkunde, ob mir gleich selbst zu ahnden anfieng, unsere Lustbarkeit werde einen Stoß leiden.

Ich war ausgestiegen. Und eine Magd, die ans Tor kam, bat uns, einen Augenblick zu verziehen, Mamsell Lottchen würde gleich kommen. Ich gieng durch den Hof

6 **Einsiedelei:** eigtl. Rückzugsort eines Einsiedlers, hier: einsame Wohnung | 15 **Base:** Tante | 15 **der Lustbarkeit:** des Vergnügens | 16 **Charlotten:** Charlotte (alter Akkusativ) | 17 **Frauenzimmer:** junge, erwachsene Frau bürgerlichen oder adeligen Standes | 29 **dumpfigen:** dumpfen

nach dem wohlgebauten Hause, und da ich die vorliegenden Treppen hinaufgestiegen war und in die Türe trat, fiel mir das reizendste Schauspiel in die Augen, das ich jemals gesehen habe. In dem Vorsaale wimmelten sechs Kinder, von eilf zu zwei Jahren, um ein Mädchen von schöner mittlerer Taille, die ein simples weißes Kleid mit blassroten Schleifen an Arm und Brust anhatte. Sie hielt ein schwarzes Brot und schnitt ihren Kleinen rings herum jedem sein Stück nach Proportion ihres Alters und Appetites ab, gab's jedem mit solcher Freundlichkeit, und jedes rufte so ungekünstelt sein: Danke! indem es mit den kleinen Händchen lang in die Höh gereicht hatte, eh es noch abgeschnitten war, und nun mit seinem Abendbrode vergnügt entweder wegsprang, oder nach seinem stillern Charakter gelassen davon nach dem Hoftore zugieng, um die Fremden und die Kutsche zu sehen, darinnen ihre Lotte wegfahren sollte. Ich bitte um Vergebung, sagte sie, dass ich Sie herein bemühe, und die Frauenzimmer warten lasse. Über dem Anziehen und allerlei Bestellungen fürs Haus in meiner Abwesenheit, habe ich vergessen meinen Kindern ihr Vesperstück zu geben, und sie wollen von niemanden Brot geschnitten haben als von mir. Ich machte ihr ein unbedeutendes Compliment, und meine ganze Seele ruhte auf der Gestalt, dem Tone, dem Betragen, und hatte eben Zeit, mich von der Überraschung zu erholen, als sie in die Stube lief ihre Handschuh und Fächer zu nehmen. Die Kleinen sahen mich in einiger Entfernung so von der Seite an, und ich gieng auf das jüngste los, das ein Kind von der glücklichsten Gesichtsbildung war. Es zog sich zurück, als eben Lotte zur Türe herauskam, und sagte: Louis, gieb dem Herrn Vetter eine Hand. Das tat der Knabe sehr freimütig, und ich konnte mich nicht enthalten, ihn ohngeachtet seines kleinen Rotznäschens herzlich zu küssen. Vetter?, sagt' ich, indem ich ihr die Hand reichte, glauben Sie, dass ich des Glücks wert sei, mit Ihnen verwandt zu sein? O! sagte sie, mit einem leichtferti-

5 **eilf:** elf | 9 **nach Proportion ihres:** im Verhältnis zu ihrem | 21 **Vesperstück:** Abendbrot | 23 **Compliment:** Kompliment

gen Lächeln, unsere Vetterschaft ist sehr weitläuftig, und es wäre mir leid, wenn sie der Schlimmste drunter sein sollten. Im Gehen gab sie Sophien, der ältsten Schwester nach ihr, einem Mädchen von ohngefähr eilf Jahren, den Auftrag, wohl auf die Kleinen Acht zu haben, und den Papa zu grüßen, wenn er vom Spazierritte zurückkäme. Den Kleinen sagte sie, sie sollten ihrer Schwester Sophie folgen, als wenn sie's selbst wäre, das denn auch einige ausdrücklich versprachen. Eine kleine nasweise Blondine aber, von ohngefähr sechs Jahren, sagte: du bist's doch nicht, Lottchen! wir haben dich doch lieber. Die zwei ältsten der Knaben waren hinten auf die Kutsche geklettert, und auf mein Vorbitten erlaubte sie ihnen, bis vor den Wald mit zu fahren, wenn sie versprächen, sich nicht zu necken, und sich recht fest zu halten.

Wir hatten uns kaum zurecht gesetzt, die Frauenzimmer sich bewillkommt, wechselsweis über den Anzug und vorzüglich die Hütchen ihre Anmerkungen gemacht, und die Gesellschaft, die man zu finden erwartete, gehörig durchgezogen; als Lotte den Kutscher halten, und ihre Brüder herabsteigen ließ, die noch einmal ihre Hand zu küssen begehrten, das denn der ältste mit aller Zärtlichkeit, die dem Alter von funfzehn Jahren eigen sein kann, der andere mit viel Heftigkeit und Leichtsinn tat. Sie ließ die Kleinen noch einmal grüßen, und wir fuhren weiter.

Die Base fragte: ob sie mit dem Buche fertig wäre, das sie ihr neulich geschickt hätte. Nein, sagte Lotte, es gefällt mir nicht, sie können's wieder haben. Das vorige war auch nicht besser. Ich erstaunte, als ich fragte: was es für Bücher wären und sie mir antwortete:* – Ich fand so viel Charakter in allem was sie sagte, ich sah mit jedem Wort neue Reize, neue Strahlen des Geistes aus ihren Gesichtszügen

* Man sieht sich genötigt, diese Stelle des Briefs zuunterdrücken, um niemand Gelegenheit zu einiger Beschwerde zu geben. Ob gleich im Grunde jedem Autor wenig an dem Urteile eines einzelnen Mädgens, und eines jungen unsteten Menschen gelegen sein kann.

17 **bewillkommt:** begrüßt | 17 **den Anzug:** die festliche Kleidung | 19 f. **gehörig durchgezogen:** gründlich lästernd abgeurteilt

hervorbrechen, die sich nach und nach vergnügt zu entfalten schienen, weil sie an mir fühlte, dass ich sie verstund.

Wie ich jünger war, sagte sie, liebte ich nichts so sehr als die Romanen. Weiß Gott wie wohl mir's war, mich so Sonntags in ein Eckgen zu setzen, und mit ganzem Herzen an dem Glücke und Unstern einer Miss Jenny Teil zu nehmen. Ich leugne auch nicht, dass die Art noch einige Reize für mich hat. Doch da ich so selten an ein Buch komme, so müssen sie auch recht nach meinem Geschmacke sein. Und der Autor ist mir der liebste, indem ich meine Welt wieder finde, bei dem's zugeht wie um mich, und dessen Geschichte mir doch so interessant so herzlich wird, als mein eigen häuslich Leben, das freilich kein Paradies, aber doch im Ganzen eine Quelle unsäglicher Glückseligkeit ist.

Ich bemühte mich, meine Bewegungen über diese Worte zu verbergen. Das gieng freilich nicht weit, denn da ich sie mit solcher Wahrheit im Vorbeigehn vom Landpriester von Wakefield vom* – reden hörte, kam ich eben außer mich und sagte ihr alles was ich musste, und bemerkte erst nach einiger Zeit, da Lotte das Gespräch an die andern wendete, dass diese die Zeit über mit offnen Augen, als säßen sie nicht da, da gesessen hatten. Die Base sah mich mehr als einmal mit einem spöttischen Näsgen an, daran mir aber nichts gelegen war.

Das Gespräch fiel auf das Vergnügen am Tanze. Wenn diese Leidenschaft ein Fehler ist, sagte Lotte, so gesteh ich ihnen gern, ich weiß nichts übers Tanzen. Und wenn ich was im Kopfe habe, und mir auf meinem verstimmten Klaviere einen Contretanz vortrommle, so ist alles wieder gut.

Wie ich mich unter dem Gespräche in den schwarzen Augen weidete, wie die lebendigen Lippen und die frischen muntern Wangen meine ganze Seele anzogen, wie

* Man hat auch hier die Namen einiger vaterländischen Autoren ausgelassen. Wer Teil an Lottens Beifall hatte, wird es gewiss an seinem Herzen fühlen, wenn er diese Stelle lesen sollte. Und sonst braucht's ja niemand zu wissen.

2 **verstund:** verstand

ich in den herrlichen Sinn ihrer Rede ganz versunken, oft gar die Worte nicht hörte, mit denen sie sich ausdruckte! Davon hast du eine Vorstellung, weil du mich kennst. Kurz, ich stieg aus dem Wagen wie ein Träumender, als wir vor dem Lusthause still hielten, und war so in Träumen rings in der dämmernden Welt verloren, dass ich auf die Musik kaum achtete, die uns von dem erleuchteten Saale herunter entgegen schallte.

Die zwei Herren Audran und ein gewisser N. N. wer behält all die Namen! die der Base und Lottens Tänzer waren, empfiengen uns am Schlage, bemächtigten sich ihrer Frauenzimmer und ich führte die meinige hinauf.

↗ Wir schlangen uns in Menuets um einander herum, ich forderte ein Frauenzimmer nach dem andern auf, und just die unleidlichsten konnten nicht dazu kommen, einem die Hand zu reichen, und ein Ende zu machen. Lotte und ihr ↗ Tänzer fiengen einen englischen an, und wie wohl mir's war, als sie auch in der Reihe die Figur mit uns anfieng, magst du fühlen. Tanzen muss man sie sehen. Siehst du, sie ist so mit ganzem Herzen und mit ganzer Seele dabei, ihr ganzer Körper, eine Harmonie, so sorglos, so unbefangen, als wenn das eigentlich alles wäre, als wenn sie sonst nichts dächte, nichts empfände, und in dem Augenblicke gewiss schwindet alles andere vor ihr.

Ich bat sie um den zweiten Contretanz, sie sagte mir den dritten zu, und mit der liebenswürdigsten Freimütigkeit von der Welt versicherte sie mich, dass sie herzlich ↗ gern deutsch tanzte. Es ist hier so Mode, fuhr sie fort, dass jedes paar, das zusammen gehört, beim Deutschen zusammen bleibt, und mein Chapeau walzt schlecht, und dankt mir's, wenn ich ihm die Arbeit erlasse, ihr Frauenzimmer kann's auch nicht und mag nicht, und ich habe im Englischen gesehn, dass sie gut walzen, wenn sie nun mein sein wollen fürs Deutsche, so gehn sie und bitten sich's aus von meinem Herrn, ich will zu ihrer Dame gehn. Ich gab ihr die Hand drauf und es wurde schon arrangiert, dass

11 **am Schlage:** am Kutschentürchen | 14 **just:** ausgerechnet | 30 **Chapeau:** (frz.) Hut, hier: Tanzherr | 30 **walzt:** tanzt

ihrem Tänzer inzwischen die Unterhaltung meiner Tänzerin aufgetragen ward.

Nun gieng's, und wir ergötzten uns eine Weile an mannchfaltigen Schlingungen der Arme. Mit welchem Reize, mit welcher Flüchtigkeit bewegte sie sich! Und da wir nun gar ans Walzen kamen, und wie die Sphären um einander herumrollten, gieng's freilich anfangs, weil's die wenigsten können, ein bissgen bunt durch einander. Wir waren klug und ließen sie austoben, und wie die ungeschicktesten den Plan geräumt hatten, fielen wir ein, und hielten mit noch einem Paare, mit Audran und seiner Tänzerin, wacker aus. Nie ist mir's so leicht vom Flecke gegangen. Ich war kein Mensch mehr. Das liebenswürdigste Geschöpf in den Armen zu haben, und mit ihr herum zu fliegen wie Wetter, dass alles rings umher vergieng und – Wilhelm, um ehrlich zu sein, tat ich aber doch den Schwur, dass ein Mädchen, das ich liebte, auf das ich Ansprüche hätte, mir nie mit einem andern walzen sollte, als mit mir, und wenn ich drüber zu Grunde gehen müsste, du verstehst mich.

Wir machten einige Touren gehend im Saale, um zu verschnaufen. Dann setzte sie sich, und die Zitronen, die ich weggestohlen hatte beim Punsch machen, die nun die einzigen noch übrigen waren, und die ich ihr in Schnittchen, mit Zucker zur Erfrischung brachte, taten fürtreffliche Würkung, nur dass mir mit jedem Schnittgen das ihre Nachbarin aus der Tasse nahm, ein Stich durchs Herz gieng, der ich's nun freilich Schanden halber mit präsentieren musste.

Beim dritten Englischen waren wir das zweite Paar. Wie wir die Reihe so durchtanzten, und ich, weiß Gott mit wie viel Wonne, an ihrem Arme und Auge hieng, das voll vom wahrsten Ausdrucke des offensten reinsten Vergnügens war, kommen wir an eine Frau, die mir wegen ihrer liebenswürdigen Miene auf einem nicht mehr ganz jungen Gesichte, merkwürdig gewesen war. Sie sieht Lotten lä-

10 **den Plan:** die Tanzfläche | 15 **wie Wetter:** schnell wie Blitze | 21 **Touren:** Runden

chelnd an, hebt einen drohenden Finger auf, und nennt den Namen Albert zweimal im Vorbeifliegen mit viel Bedeutung.

Wer ist Albert, sagte ich zu Lotten, wenn's nicht Vermessenheit ist zu fragen. Sie war im Begriffe zu antworten, als wir uns scheiden mussten die große Achte zu machen, und mich dünkte einiges Nachdenken auf ihrer Stirne zu sehen, als wir so vor einander vorbeikreuzten. Was soll ich's ihnen leugnen, sagte sie, indem sie mir die Hand zur Promenade bot. Albert ist ein braver Mensch, dem ich so gut als verlobt bin! Nun war mir das nichts neues, denn die Mädchen hatten mir's auf dem Wege gesagt, und war mir doch so ganz neu, weil ich das noch nicht im Verhältnisse auf sie, die mir in so wenig Augenblicken so wert geworden war, gedacht hatte. Genug ich verwirrte mich, vergaß mich, und kam zwischen das unrechte Paar hinein, dass alles drunter und drüber gieng, und Lottens ganze Gegenwart und Zerren und Ziehen nötig war, um's schnell wieder in Ordnung zu bringen.

Der Tanz war noch nicht zu Ende, als die Blitze, die wir schon lange am Horizonte leuchten gesehn, und die ich immer für Wetterkühlen ausgegeben hatte, viel stärker zu werden anfiengen, und der Donner die Musik überstimmte. Drei Frauenzimmer liefen aus der Reihe, denen ihre Herren folgten, die Unordnung ward allgemein, und die Musik hörte auf. Es ist natürlich, wenn uns ein Unglück oder etwas schröckliches im Vergnügen überrascht, dass es stärkere Eindrücke auf uns macht, als sonst, teils wegen dem Gegensatze, der sich so lebhaft empfinden lässt, teils und noch mehr, weil unsere Sinnen einmal der Fühlbarkeit geöffnet sind und also desto schneller einen Eindruck annehmen. Diesen Ursachen muss ich die wunderbaren Grimassen zuschreiben, in die ich mehrere Frauenzimmer ausbrechen sah. Die Klügste setzte sich in eine Ecke, mit dem Rücken gegen das Fenster, und hielt die Ohren zu, eine andere kniete sich vor ihr nieder und verbarg den

10 **Promenade:** Tanzfigur; s. Anm. 22,28 | 22 **Wetterkühlen:** Wetterleuchten | 27 **schröckliches:** schreckliches | 30 f. **der Fühlbarkeit geöffnet:** für Gefühle empfänglich; s. Anm. zu 26,10

Kopf in der ersten Schoß, eine dritte schob sich zwischen beide hinein, und umfasste ihre Schwesterchen mit tausend Tränen. Einige wollten nach Hause, andere, die noch weniger wussten was sie taten, hatten nicht so viel Besinnungskraft, den Keckheiten unserer jungen Schluckers zu steuern, die sehr beschäftigt zu sein schienen, alle die ängstlichen Gebete, die dem Himmel bestimmt waren, von den Lippen der schönen Bedrängten wegzufangen. Einige unserer Herren hatten sich hinab begeben, um ein Pfeifchen in Ruhe zu rauchen, und die übrige Gesellschaft schlug es nicht aus, als die Wirtin auf den klugen Einfall kam, uns ein Zimmer anzuweisen, das Läden und Vorhänge hätte. Kaum waren wir da angelangt, als Lotte beschäftigt war, einen Kreis von Stühlen zu stellen, die Gesellschaft zu setzen, und den Vortrag zu einem Spiele zu tun.

Ich sahe manchen, der in Hoffnung auf ein saftiges Pfand sein Mäulchen spitzte, und seine Glieder reckte. Wir spielen Zählens, sagte sie, nun gebt Acht! Ich gehe im Kreise herum von der Rechten zur Linken, und so zählt ihr auch rings herum jeder die Zahl die an ihn kommt, und das muss gehn wie ein Lauffeuer, und wer stockt, oder sich irrt, kriegt eine Ohrfeige, und so bis tausend. Nun war das lustig anzusehen. Sie gieng mit ausgestrecktem Arme im Kreise herum, Eins! fieng der erste an, der Nachbar zwei! drei! der folgende und so fort; dann fieng sie an geschwinder zu gehn, immer geschwinder. Da versah's einer, Patsch eine Ohrfeige, und über das Gelächter der folgende auch Patsch! Und immer geschwinder. Ich selbst kriegte zwei Maulschellen und glaubte mit innigem Vergnügen zu bemerken, dass sie stärker seien, als sie sie den übrigen zuzumessen pflegte. Ein allgemeines Gelächter und Geschwärme machte dem Spiele ein Ende, ehe noch das Tausend ausgezählt war. Die Vertrautesten zogen einander beiseite, das Gewitter war vorüber, und ich folgte Lotten in den Saal. Unterwegs sagte sie: über die Ohrfeigen haben sie Wetter und alles vergessen! Ich konnte ihr

5 f. **den Keckheiten … zu steuern:** sich der Zudringlichkeiten … zu erwehren | 5 **Schluckers:** Lebemänner | 15 **Vortrag:** Vorschlag | 29 **Maulschellen:** Ohrfeigen | 32 **Geschwärme:** hier: Lärmen

nichts antworten. Ich war, fuhr sie fort, eine der Furchtsamsten, und indem ich mich herzhaft stellte, um den andern Mut zu geben, bin ich mutig geworden. Wir traten ans Fenster, es donnerte abseitwärts und der herrliche Regen säuselte auf das Land, und der erquickendste Wohlgeruch stieg in aller Fülle einer warmen Luft zu uns auf. Sie stand auf ihrem Ellenbogen gestützt und ihr Blick durchdrang die Gegend, sie sah gen Himmel und auf mich, ich sah ihr Auge tränenvoll, sie legte ihre Hand auf die meinige und sagte – ↗ Klopstock! Ich versank in dem Strome von Empfindungen, den sie in dieser Losung über mich ausgoss. Ich ertrug's nicht, neigte mich auf ihre Hand und küsste sie unter den wonnevollesten Tränen. Und sah nach ihrem Auge wieder – Edler! hättest du deine Vergötterung in diesem Blicke gesehn, und möcht ich nun deinen so oft entweihten Namen nie wieder nennen hören!

am 19. Juni.

Wo ich neulich mit meiner Erzählung geblieben bin, weiß ich nicht mehr, das weiß ich, dass es zwei Uhr des Nachts war, als ich zu Bette kam, und dass, wenn ich dir hätte vorschwätzen können, statt zu schreiben, ich dich vielleicht bis an Tag aufgehalten hätte.

Was auf unserer Hereinfahrt vom Balle passiert ist, hab ich noch nicht erzählt, hab auch heute keinen Tag dazu.

Es war der liebwürdigste Sonnenaufgang. Der tröpfelnde Wald und das erfrischte Feld umher! Unsere Gesellschafterinnen nickten ein. Sie fragte mich, ob ich nicht auch von der Partie sein wollte, ihrentwegen sollt ich unbekümmert sein. So lang ich diese Augen offen sehe, sagt' ich, und sah sie fest an, so lang hat's keine Gefahr. Und wir haben beide ausgehalten, bis an ihr Tor, da ihr die Magd leise aufmachte, und auf ihr Fragen vom Vater und den Kleinen versicherte, dass alles wohl sei und noch schlief. Und da verließ ich sie mit dem Versichern: sie selbigen Tags noch zu sehn, und hab mein Versprechen gehalten, und seit der

2 **herzhaft:** beherzt | 23 **Hereinfahrt:** Heimfahrt | 26 f. **Gesellschafterinnen:** Begleiterinnen

Zeit können Sonne, Mond und Sterne geruhig ihre Wirtschaft treiben, ich weiß weder dass Tag noch dass Nacht ist, und die ganze Welt verliert sich um mich her.

am 21. Juni.

Ich lebe so glückliche Tage, wie sie Gott seinen Heiligen ausspart, und mit mir mag werden was will; so darf ich nicht sagen, dass ich die Freuden, die reinsten Freuden des Lebens nicht genossen habe. Du kennst mein Wahlheim. Dort bin ich völlig etabliert. Von dort hab ich nur eine halbe Stunde zu Lotten, dort fühl ich mich selbst und alles Glück, das dem Menschen gegeben ist.

Hätte ich gedacht, als ich mir Wahlheim zum Zwecke meiner Spaziergänge wählte, dass es so nahe am Himmel läge! Wie oft habe ich das Jagdhaus, das nun alle meine Wünsche einschließt, auf meinen weiten Wandrungen bald vom Berge, bald in der Ebne über den Fluss gesehn.

Lieber Wilhelm, ich habe allerlei nachgedacht, über die Begier im Menschen sich auszubreiten, neue Entdeckungen zu machen, herumzuschweifen; und dann wieder über den innern Trieb, sich der Einschränkung willig zu ergeben, und in dem Gleise der Gewohnheit so hinzufahren, und sich weder um rechts noch links zu bekümmern.

Es ist wunderbar, wie ich hierher kam und vom Hügel in das schöne Tal schaute, wie es mich rings umher anzog. Dort das Wäldchen! Ach könntest du dich in seine Schatten mischen! Dort die Spitze des Bergs! Ach könntest du von da die weite Gegend überschauen! Die in einander gekettete Hügel und vertrauliche Täler. O könnte ich mich in ihnen verlieren! – Ich eilte hin! und kehrte zurück, und hatte nicht gefunden was ich hoffte. O es ist mit der Ferne wie mit der Zukunft! Ein großes dämmerndes Ganze ruht vor unserer Seele, unsere Empfindung verschwimmt sich darinne, wie unser Auge, und wir sehnen uns, ach! unser ganzes Wesen hinzugeben, uns mit all der Wonne eines einzigen großen herrlichen Gefühls ausfüllen zu lassen. –

1 **geruhig:** getrost | 1 f. **ihre Wirtschaft treiben:** ihre Arbeit tun, schalten und walten | 6 **ausspart:** vorenthält | 9 **etabliert:** bekannt, eingerichtet | 33 **darinne:** darinnen

Und ach, wenn wir hinzueilen, wenn das Dort nun Hier wird, ist alles vor wie nach, und wir stehen in unserer Armut, in unserer Eingeschränktheit, und unsere Seele lechzt nach entschlüpftem Labsale.

Und so sehnt sich der unruhigste Vagabund zuletzt wieder nach seinem Vaterlande, und findet in seiner Hütte, an der Brust seiner Gattin, in dem Kreise seiner Kinder und der Geschäfte zu ihrer Erhaltung all die Wonne, die er in der weiten öden Welt vergebens suchte.

Wenn ich so des Morgens mit Sonnenaufgange hinausgehe nach meinem Wahlheim, und dort im Wirtsgarten mir meine Zuckererbsen selbst pflücke, mich hinsetze, und sie abfädme und dazwischen lese in meinem Homer. Wenn ich denn in der kleinen Küche mir einen Topf wähle, mir Butter aussteche, meine Schoten ans Feuer stelle, zudecke und mich dazu setze, sie manchmal umzuschütteln. Da fühl ich so lebhaft, wie die herrlichen übermütigen Freier der Penelope Ochsen und Schweine schlachten, zerlegen und braten. Es ist nichts, das mich so mit einer stillen, wahren Empfindung ausfüllte, als die Züge patriarchalischen Lebens, die ich, Gott sei Dank, ohne Affektation in meine Lebensart verweben kann.

Wie wohl ist mir's, dass mein Herz die simple harmlose Wonne des Menschen fühlen kann, der ein Krauthaupt auf seinen Tisch bringt, das er selbst gezogen, und nun nicht den Kohl allein, sondern all die guten Tage, den schönen Morgen, da er ihn pflanzte, die lieblichen Abende, da er ihn begoss, und da er an dem fortschreitenden Wachstume seine Freude hatte, alle in einem Augenblicke wieder mit genießt.

am 29. Juni.

Vorgestern kam der Medikus hier aus der Stadt hinaus zum Amtmanne und fand mich auf der Erde unter Lottens Kindern, wie einige auf mir herumkrabbelten, andere mich neckten und wie ich sie kützelte, und ein großes

13 **abfädme:** häute, schäle | 21 f. **Affektation:** (lat.) künstliches Benehmen | 24 **Krauthaupt:** Kohlgericht | 32 **Medikus:** Arzt | 33 **Amtmanne:** Verwaltungsbeamten | 35 **kützelte:** kitzelte

Geschrei mit ihnen verführte. Der Doktor, der eine sehr dogmatische Drahtpuppe ist, und im Diskurs seine Manschetten in Falten legt, und den Kräusel bis zum Nabel herauszupft, fand dieses unter der Würde eines gescheuten Menschen, das merkte ich an seiner Nase. Ich ließ mich aber in nichts stören, ließ ihn sehr vernünftige Sachen abhandeln, und baute den Kindern ihre Kartenhäuser wieder, die sie zerschlagen hatten. Auch gieng er darauf in der Stadt herum und beklagte: des Amtmanns Kinder wären schon ungezogen genug, der Werther verdürbe sie nun völlig.

Ja, lieber Wilhelm, meinem Herzen sind die Kinder am nächsten auf der Erde. Wenn ich so zusehe und in dem kleinen Dinge die Keime aller Tugenden, aller Kräfte sehe, die sie einmal so nötig brauchen werden, wenn ich in dem Eigensinne, alle die künftige Standhaftigkeit und Festigkeit des Charakters, in dem Mutwillen, allen künftigen guten Humor und die Leichtigkeit, über alle die Gefahren der Welt hinzuschlüpfen, erblicke, alles so unverdorben, so ganz! Immer, immer wiederhol ich die goldnen Worte des Lehrers der Menschen: wenn ihr nicht werdet wie eines von diesen! Und nun, mein Bester, sie, die unsers gleichen sind, die wir als unsere Muster ansehen sollten; behandeln wir als Untertanen. Sie sollen keinen Willen haben! – Haben wir denn keinen? und wo liegt das Vorrecht? – Weil wir älter sind und gescheuter? – Guter Gott von deinem Himmel, alte Kinder siehst du, und junge Kinder und nichts weiter, und an welchen du mehr Freude hast, das hat dein Sohn schon lange verkündigt. Aber sie glauben an ihn und hören ihn nicht, das ist auch was alt's, und bilden ihre Kinder nach sich und – Adieu, Wilhelm, ich mag darüber nicht weiter radotieren.

am 1. Juli.

Was Lotte einem Kranken sein muss, fühl ich an meinem eignen armen Herzen, das übler dran ist als manches, das auf dem Siechbette verschmachtet. Sie wird einige Tage in

1 **verführte:** ausführte, machte | 2 **dogmatische Drahtpuppe:** prinzipientreuer Mensch; s. Anm. zu 14,35 | 3 **Kräusel:** Rüsche (am Hemdkragen) | 4 **gescheuten:** gescheiten | 29 **was alt's:** etwas Altes | 31 **radotieren:** (frz.) schwafeln | 35 **Siechbette:** Sterbebett

der Stadt bei einer rechtschaffenen Frau zubringen, die sich nach der Aussage der Ärzte ihrem Ende naht, und in diesen letzten Augenblicken will sie Lotten um sich haben. Ich war vorige Woche mit ihr den Pfarrer von St… zu besuchen, ein Örtgen, das eine Stunde seitwärts im Gebürge liegt. Wir kamen gegen viere dahin. Lotte hatte ihre zweite Schwester mitgenommen. Als wir in den, von zwei hohen Nussbäumen überschatteten, Pfarrhof traten, saß der gute alte Mann auf einer Bank vor der Haustüre, und da er Lotten sah, ward er wie neubelebt, vergaß seinen Knotenstock, und wagte sich auf ihr entgegen. Sie lief hin zu ihm, nötigte ihn sich niederzusetzen, indem sie sich zu ihm setzte, brachte viel Grüße von ihrem Vater, herzte seinen garstigen schmutzigen jüngsten Buben, das Quakelgen seines Alters. Du hättest sie sehen sollen, wie sie den Alten beschäftigte, wie sie ihre Stimme erhub um seinen halb tauben Ohren vernehmlich zu werden, wie sie ihm erzählte von jungen robusten Leuten, die unvermutet gestorben wären, von der Vortrefflichkeit des Carlsbades, und wie sie seinen Entschluss lobte, künftigen Sommer hinzugehen, und wie sie fand, dass er viel besser aussähe, viel munterer sei als das letztemal, da sie ihn gesehn. Ich hatte indes der Frau Pfarrern meine Höflichkeiten gemacht, der Alte wurde ganz ↗ munter, und da ich nicht umhin konnte, die schönen Nussbäume zu loben, die uns so lieblich beschatteten, fieng er an, uns, wiewohl mit einiger Beschwerlichkeit, die Geschichte davon zu geben. Den alten sagte er, wissen wir nicht, wer den gepflanzt hat, einige sagen dieser, andere jener Pfarrer. Der jüngere aber dorthinten ist so alt als meine Frau, im Oktober funfzig Jahre. Ihr Vater pflanzte ihn des Morgens, als sie gegen Abend geboren wurde. Er war mein Vorfahr im Amte, und wie lieb ihm der Baum war, ist nicht zu sagen, mir ist er's gewiss nicht weniger, meine Frau saß drunter auf einem Balken und strickte, als ich vor sieben und zwanzig Jahren als ein armer Student zum erstenmal hier in Hof kam. Lotte fragte nach seiner Tochter, es hieß,

14 **Quakelgen:** Nesthäkchen | 19 **Carlsbades:** böhmischer Bade- und Kurort im Westen des heutigen Tschechiens | 22 f. **Ich hatte … meine Höflichkeiten gemacht:** ich hatte … begrüßt | 25 **fieng:** fing

sie sei mit Herrn Schmidt auf der Wiese hinaus zu den Arbeitern, und der Alte fuhr in seiner Erzählung fort, wie sein Vorfahr ihn lieb gewonnen und die Tochter dazu, und wie er erst sein Vikar und dann sein Nachfolger geworden. Die Geschichte war nicht lange zu Ende, als die Jungfer Pfarrern mit dem sogenannten Herrn Schmidt durch den Garten herkam, sie bewillkommte Lotten mit herzlicher Wärme, und ich muss sagen, sie gefiel mir nicht übel, eine rasche, wohlgewachsne Brünette, die einen die Kurzeit über auf dem Lande wohl unterhalten hätte. Ihr Liebhaber, denn als solchen stellte sich Herr Schmidt gleich dar, ein feiner, doch stiller Mensch, der sich nicht in unsere Gespräche mischen wollte, ob ihn gleich Lotte immer herein zog, und was mich am meisten betrübte, war, dass ich an seinen Gesichtszügen zu bemerken schien, es sei mehr Eigensinn und übler Humor als Eingeschränktheit des Verstandes, der ihn sich mitzuteilen hinderte. In der Folge ward dies nur leider zu deutlich, denn als Friedrike beim Spazierengehn mit Lotten und verschiedentlich auch mit mir gieng, wurde des Herrn Angesicht, das ohne das einer bräunlichen Farbe war, so sichtlich verdunkelt, dass es Zeit war, dass Lotte mich beim Ärmel zupfte, und mir das Artigtun mit Friederiken abriet. Nun verdrießt mich nichts mehr als wenn die Menschen einander plagen, am meisten, wenn junge Leute in der Blüte des Lebens, da sie am offensten für alle Freuden sein könnten, einander die paar gute Tage mit Fratzen verderben, und nur erst zu spät das unersetzliche ihrer Verschwendung einsehen. Mir wurmte das, und ich konnte nicht umhin, da wir gegen Abend in den Pfarrhof zurückkehrten, und an einem Tische gebrocktes Brot in Milch aßen, und der Diskurs auf Freude und Leid in der Welt roulierte, den Faden zu ergreifen, und recht herzlich gegen die üble Laune zu reden. Wir Menschen beklagen uns oft, fing ich an, dass der guten Tage so wenig sind, und der schlimmen so viel, und wie mich dünkt, meist mit Unrecht. Wenn wir immer ein offenes

4 **Vikar:** junger Theologe in der Position eines Aushilfspfarrers | 22 f. **das Artigtun:** das Flirten | 27 **Fratzen:** grimmigen Gesichtern | 28 f. **Mir wurmte das:** Mich ärgerte das | 31 **der Diskurs:** das Gespräch | 32 **roulierte:** hier: sich verlagerte

Herz hätten das Gute zu genießen, das uns Gott für jeden Tag bereitet, wir würden alsdenn auch Kraft genug haben, das Übel zu tragen, wenn es kommt. – Wir haben aber unser Gemüt nicht in unserer Gewalt, versetzte die Pfarrern, wie viel hängt vom Körper ab! wenn man nicht wohl ist, ist's einem überall nicht recht. – Ich gestund ihr das ein. Wir wollen's also, fuhr ich fort, als eine Krankheit ansehen, und fragen ob dafür kein Mittel ist! – Das lässt sich hören, sagte Lotte, ich glaube wenigstens, dass viel von uns abhängt, ich weiß es an mir, wenn mich etwas neckt, und mich verdrüsslich machen will, spring ich auf und sing ein paar Contretänze den Garten auf und ab, gleich ist's weg. – Das war's was ich sagen wollte, versetzte ich, es ist mit der üblen Laune völlig wie mit der Trägheit, denn es ist eine Art von Trägheit, unsere Natur hängt sehr dahin, und doch, wenn wir nur einmal die Kraft haben uns zu ermannen, geht uns die Arbeit frisch von der Hand, und wir finden in der Tätigkeit ein wahres Vergnügen. Friederike war sehr aufmerksam, und der junge Mensch wandte mir ein, dass man nicht Herr über sich selbst sei, und am wenigsten über seine Empfindungen gebieten könne. Es ist hier die Frage von einer unangenehmen Empfindung, versetzt' ich, die doch jedermann gern los ist, und niemand weiß wie weit seine Kräfte gehn, bis er sie versucht hat. Gewiss, einer der krank ist, wird bei allen Ärzten herum fragen und die größten Resignationen, die bittersten Arzneien, wird er nicht abweisen um seine gewünschte Gesundheit zu erhalten. Ich bemerkte, dass der ehrliche Alte sein Gehör anstrengte um an unserm Diskurs Teil zu nehmen, ich erhub die Stimme, indem ich die Rede gegen ihn wandte. Man predigt gegen so viele Laster, sagt' ich, ich habe noch nie gehört dass man gegen die üble Laune vom Predigtstuhle gearbeitet hätte* – Das müssten die Stadtpfarrer tun, sagt'

↗ * Wir haben nun von Lavatern eine treffliche Predigt hierüber unter denen über das Buch Jonas.

10 **neckt:** ärgert | 16 f. **uns zu ermannen:** uns aufzuraffen | 32 **vom Predigtstuhle:** von der Kanzel aus

er, die Bauern haben keinen bösen Humor, doch könnt's auch nichts schaden zuweilen, es wäre eine Lektion für seine Frau wenigstens, und den Herrn Amtmann. Die Gesellschaft lachte und er herzlich mit, bis er in einen Husten verfiel, der unsern Diskurs eine Zeitlang unterbrach, darauf denn der junge Mensch wieder das Wort nahm: Sie nannten den bösen Humor ein Laster, mich däucht, das ist übertrieben. – Mit nichten gab ich zur Antwort, wenn das, womit man sich selbst und seinen Nächsten schadet, den Namen verdient. Ist es nicht genug, dass wir einander nicht glücklich machen können, müssen wir auch noch einander das Vergnügen rauben, das jedes Herz sich noch manchmal selbst gewähren kann. Und nennen sie mir den Menschen, der übler Laune ist und so brav dabei sie zu verbergen, sie allein zu tragen, ohne die Freuden um sich her zu zerstören; oder ist sie nicht vielmehr ein innerer Unmut über unsre eigne Unwürdigkeit, ein Missfallen an uns selbst, das immer mit einem Neide verknüpft ist, der durch eine törige Eitelkeit aufgehetzt wird: wir sehen glückliche Menschen die wir nicht glücklich machen, und das ist unerträglich! Lotte lächelte mich an, da sie die Bewegung sah mit der ich redte, und eine Träne in Friederikens Auge spornte mich, fortzufahren. Weh denen sagt' ich, die sich der Gewalt bedienen, die sie über ein Herz haben, um ihm die einfachen Freuden zu rauben, die aus ihm selbst hervorkeimen. Alle Geschenke, alle Gefälligkeiten der Welt ersetzen nicht einen Augenblick Vergnügen an sich selbst, den uns eine neidische Unbehaglichkeit unsers Tyrannen vergällt hat.

Mein ganzes Herz war voll in diesem Augenblicke, die Erinnerung so manches Vergangenen drängte sich an meine Seele, und die Tränen kamen mir in die Augen.

Wer sich das nur täglich sagte, rief ich aus: du vermagst nichts auf deine Freunde, als ihnen ihre Freude zu lassen und ihr Glück zu vermehren, indem du es mit ihnen genießest. Vermagst du, wenn ihre innre Seele von einer

7 **mich däucht:** mir scheint | 8 **Mit nichten:** Keineswegs | 18 f. **törige:** törichte | 22 **redte:** redete | 28 **vergällt:** verdorben

ängstigenden Leidenschaft gequält, vom Kummer zerrüttet ist, ihnen einen Tropfen Linderung zu geben?

Und wenn die letzte bangste Krankheit dann über das Geschöpf herfällt, das du in blühenden Tagen untergraben hast, und sie nun da liegt in dem erbärmlichen Ermatten, und das Aug gefühllos gen Himmel sieht, und der Todesschweiß auf ihrer Stirne abwechselt, und du vor dem Bette stehst wie ein Verdammter, in dem innigsten Gefühl, dass du nichts vermagst mit all deinem Vermögen, und die Angst dich inwendig krampft, dass du alles hingeben möchtest, um dem untergehenden Geschöpf einen Tropfen Stärkung, einen Funken Mut einflösen zu können.

Die Erinnerung einer solchen Szene, da ich gegenwärtig war, fiel mit ganzer Gewalt bei diesen Worten über mich. Ich nahm das Schnupftuch vor die Augen, und verließ die Gesellschaft, und nur Lottens Stimme, die mir rief: wir wollten fort, brachte mich zu mir selbst. Und wie sie mich auf dem Wege schalt, über den zu warmen Anteil an allem! und dass ich drüber zu Grunde gehen würde! Dass ich mich schonen sollte! O der Engel! Um deinetwillen muss ich leben!

am 6. Juli.

Sie ist immer um ihre sterbende Freundin, und ist immer dieselbe, immer das gegenwärtige holde Geschöpf, das, wo sie hinsieht, Schmerzen lindert und Glückliche macht. Sie gieng gestern Abend mit Mariannen und dem kleinen Malgen spazieren, ich wusst' es und traf sie an, und wir giengen zusammen. Nach einem Wege von anderthalb Stunden kamen wir gegen die Stadt zurück, an den Brunnen, der mir so wert ist, und nun tausendmal werter ward, als Lotte sich aufs Mäuergen setzte. Ich sah umher, ach! und die Zeit, da mein Herz so allein war, lebte wieder vor mir auf. Lieber Brunn, sagt ich, seither hab ich nicht mehr an deiner Kühle geruht, habe in eilendem Vorübergehn dich manchmal nicht angesehn. Ich blickte hinab und sah,

15 **Schnupftuch:** Taschentuch | 18 **den zu warmen Anteil:** die zu leidenschaftliche Anteilnahme

dass Malgen mit einem Glase Wasser sehr beschäftigt heraufstieg. Ich sahe Lotten an und fühlte alles, was ich an ihr habe. Indem so kommt Malgen mit einem Glase, Marianne wollt es ihr abnehmen, nein! rufte das Kind mit dem süßten Ausdrucke: nein, Lottgen, du sollst zuerst trinken! Ich ward über die Wahrheit, die Güte, womit sie das ausrief, so entzückt, dass ich meine Empfindung mit nichts ausdrucken konnte, als ich nahm das Kind von der Erde und küsste es lebhaft, das sogleich zu schreien und zu weinen anfieng. Sie haben übel getan, sagte Lotte! Ich war betroffen. Komm Malgen, fuhr sie fort, indem sie es an der Hand nahm und die Stufen hinabführte; da wasche dich aus der frischen Quelle geschwind, geschwind, da tut's nichts. Wie ich so da stund und zusah, mit welcher Emsigkeit das Kleine mit seinen nassen Händgen die Backen rieb, mit welchem Glauben, dass durch die Wunderquelle alle Verunreinigung abgespült, und die Schmach abgetan würde, einen hässlichen Bart zu kriegen. Wie Lotte sagte, es ist genug, und das Kind doch immer eifrig fort wusch, als wenn Viel mehr täte als Wenig. Ich sage dir, Wilhelm, ich habe mit mehr Respekt nie einer Taufhandlung beigewohnt, und als Lotte herauf kam, hätte ich mich gern vor ihr niedergeworfen wie vor einem Propheten, der die Schulden einer Nation weggeweiht hat.

Des Abends konnt ich nicht umhin, in der Freude meines Herzens den Vorfall einem Manne zu erzählen, dem ich Menschensinn zutraute, weil er Verstand hat. Aber wie kam ich an. Er sagte, das wäre sehr übel von Lotten gewesen, man solle die Kinder nichts weis machen, dergleichen gäbe zu unzähligen Irrtümern und Aberglauben Anlass, man müsste die Kinder frühzeitig davor bewahren. Nun fiel mir ein, dass der Mann vor acht Tagen hatte taufen lassen, drum ließ ich's vorbei gehn, und blieb in meinem Herzen der Wahrheit getreu: wir sollen es mit den Kindern machen, wie Gott mit uns, der uns am glücklichsten macht, wenn er uns im freundlichen Wahne so hintaumeln lässt.

1 f. **heraufstieg:** Treppen, die zum Brunnen bzw. zur Wasserstelle führen

am 8. Juli.

Was man ein Kind ist! Was man nach so einem Blicke geizt! Was man ein Kind ist! Wir waren nach Wahlheim gegangen, die Frauenzimmer fuhren hinaus, und während unsrer Spaziergänge glaubt ich in Lottens schwarzen Augen – Ich bin ein Tor, verzeih mir's, du solltest sie sehn, diese Augen. Dass ich kurz bin, denn die Augen fallen mir zu vom Schlaf. Siehe die Frauenzimmer steigen ein, da stunden um die Kutsche der junge W... Selstadt und Audran, und ich. Da ward aus dem Schlage geplaudert mit den Kerlgens, die freilich leicht und lüftig genug waren. Ich suchte Lottens Augen! Ach sie giengen von einem zum andern! Aber auf mich! Mich! Mich! der ganz allein auf sie resigniert dastund, fielen sie nicht! Mein Herz sagte ihr tausend Adieu! Und sie sah mich nicht! Die Kutsche fuhr vorbei und eine Träne stund mir im Auge. Ich sah ihr nach! Und sah Lottens Kopfputz sich zum Schlag heraus lehnen, und sie wandte sich um zu sehn. Ach! Nach mir? – Lieber! In dieser Ungewissheit schweb ich! Das ist mein Trost. Vielleicht hat sie sich nach mir umgesehen. Vielleicht – Gute Nacht! O was ich ein Kind bin!

am 10. Juli.

Die alberne Figur, die ich mache, wenn in Gesellschaft von ihr gesprochen wird, solltest du sehen. Wenn man mich nun gar fragt, wie sie mir gefällt – Gefällt! das Wort hass ich in Tod. Was muss das für ein Kerl sein, dem Lotte gefällt, dem sie nicht alle Sinnen, alle Empfindungen ausfüllt. Gefällt! Neulich fragte mich einer, wie mir Ossian gefiele.

am 11. Juli.

Frau M . . ist sehr schlecht, ich bete für ihr Leben, weil ich mit Lotten dulde. Ich seh sie selten bei meiner Freundin, und heut hat sie mir einen wunderbaren Vorfall erzählt. Der alte M . . ist ein geiziger rangiger Hund, der seine Frau

6 **Tor:** Dummkopf | 10 **aus dem Schlage:** aus der Kutschentür heraus | 11 **Kerlgens:** Jünglingen | 11 **leicht und lüftig:** hier: harmlos und flatterhaft | 30 **schlecht:** krank | 31 **dulde:** leide | 33 **rangiger Hund:** habgieriger Geizkragen

im Leben was rechts geplagt und eingeschränkt hat. Doch hat sich die Frau immer durchzuhelfen gewusst. Vor wenig Tagen, als der Doktor ihr das Leben abgesprochen hatte, ließ sie ihren Mann kommen, Lotte war im Zimmer, und redte ihn also an: Ich muss dir eine Sache gestehn, die nach meinem Tode Verwirrung und Verdruss machen könnte. Ich habe bisher die Haushaltung geführt, so ordentlich und sparsam als möglich, allein du wirst mir verzeihen, dass ich dich diese dreißig Jahre her hintergangen habe. Du bestimmtest im Anfange unserer Heirat ein geringes für die Bestreitung der Küche und anderer häuslichen Ausgaben. Als unsere Haushaltung stärker wurde, unser Gewerb größer, warst du nicht zu bewegen, mein Wochengeld nach dem Verhältnisse zu vermehren, kurz du weißt, dass du in den Zeiten, da sie am größten war, verlangtest, ich solle mit sieben Gulden die Woche auskommen. Die hab ich denn ohne Widerrede genommen und mir den Überschuss wöchentlich aus der Losung geholt, da niemand vermutete, dass die Frau die Kasse bestehlen würde. Ich habe nichts verschwendet, und wäre auch, ohne es zu bekennen, getrost der Ewigkeit entgegen gegangen, wenn nicht diejenige, die nach mir das Wesen zu führen hat, sich nicht zu helfen wissen würde, und du doch immer drauf bestehen könntest, deine erste Frau sei damit ausgekommen.

Ich redete mit Lotten über die unglaubliche Verblendung des Menschensinns, dass einer nicht argwohnen soll, dahinter müsse was anders stecken, wenn eins mit sieben Gulden hinreicht, wo man den Aufwand vielleicht um zweimal so viel sieht. Aber ich hab selbst Leute gekannt, die des Propheten ewiges Ölkrüglein ohne Verwunderung in ihrem Hause statuiert hätten.

am 13. Juli.

Nein, ich betrüge mich nicht! Ich lese in ihren schwarzen Augen wahre Teilnehmung an mir, und meinem Schicksale. Ja ich fühle, und darin darf ich meinem Herzen trauen,

1 **was rechts:** heftig, stark | 3 **das Leben abgesprochen:** den baldigen Tod vorhergesagt | 16 **Gulden:** Münzeinheit aus Gold und Silber; s. Anm. zu 37,16 | 18 **aus der Losung:** aus dem Erlös | 30 **des Propheten ewiges Ölkrüglein:** Anspielung auf den nicht versiegenden Ölkrug, Altes Testament, 1. Kön. 17,16

dass sie – O darf ich, kann ich den Himmel in diesen Worten aussprechen? – dass sie mich liebt.

Und ob das Vermessenheit ist oder Gefühl des wahren Verhältnisses: Ich kenne den Menschen nicht, von dem ich etwas in Lottens Herzen fürchtete. Und doch – wenn sie von ihrem Bräutigam spricht mit all der Wärme, all der Liebe, da ist mir's wie einem, der all seiner Ehren und Würden entsetzt, und dem der Degen abgenommen wird.

am 16. Juli.

Ach wie mir das durch alle Adern läuft, wenn mein Finger unversehns den ihrigen berührt, wenn unsere Füße sich unter dem Tische begegnen. Ich ziehe zurück wie vom Feuer, und eine geheime Kraft zieht mich wieder vorwärts, mir wird's so schwindlich vor allen Sinnen. O und ihre Unschuld, ihre unbefangene Seele fühlt nicht, wie sehr mich die kleinen Vertraulichkeiten peinigen. Wenn sie gar im Gespräch ihre Hand auf die meinige legt, und im Interesse der Unterredung näher zu mir rückt, dass der himmlische Atem ihres Mundes meine Lippen reichen kann. – Ich glaube zu versinken wie vom Wetter gerührt. Und Wilhelm, wenn ich mich jemals unterstehe, diesen Himmel, dieses Vertrauen – Du verstehst mich. Nein, mein Herz ist so verderbt nicht! Schwach! schwach genug! Und ist das nicht Verderben?

Sie ist mir heilig. Alle Begier schweigt in ihrer Gegenwart. Ich weiß nimmer wie mir ist, wenn ich bei ihr bin, es ist als wenn die Seele sich mir in allen Nerven umkehrte. Sie hat eine Melodie, die sie auf dem Klavier spielt mit der Kraft eines Engels, so simpel und so geistvoll, es ist ihr Leiblied, und mich stellt es von aller Pein, Verwirrung und Grillen her, wenn sie nur die erste Note davon greift.

Kein Wort von der Zauberkraft der alten Musik ist mir unwahrscheinlich, wie mich der einfache Gesang angreift. Und wie sie ihn anzubringen weiß, oft zur Zeit, wo ich

8 **entsetzt:** enthoben | 8 f. **dem der Degen abgenommen wird:** der entwaffnet wird | 20 **reichen:** erreichen | 21 **vom Wetter gerührt:** vom Blitz getroffen | 31 **Leiblied:** Lieblingslied | 32 **Grillen:** verrückte Ideen

mir eine Kugel vorn Kopf schießen möchte. Und all die Irrung und Finsternis meiner Seele zerstreut sich, und ich atme wieder freier.

am 18. Juli.

Wilhelm, was ist unserm Herzen die Welt ohne Liebe! Was eine Zauberlaterne ist, ohne Licht! Kaum bringst Du das Lämpgen hinein, so scheinen Dir die buntesten Bilder an deine weiße Wand! Und wenn's nichts wäre als das, als vorübergehende Phantomen, so macht's doch immer unser Glück, wenn wir wie frische Bubens davor stehen und uns über die Wundererscheinungen entzücken. Heut konnt ich nicht zu Lotten, eine unvermeidliche Gesellschaft hielt mich ab. Was war zu tun. Ich schickte meinen Buben hinaus, nur um einen Menschen um mich zu haben, der ihr heute nahe gekommen wäre. Mit welcher Ungeduld ich den Buben erwartete, mit welcher Freude ich ihn wieder sah. Ich hätt' ihn gern beim Kopf genommen und geküsst, wenn ich mich nicht geschämt hätte.

Man erzählt von dem Bononischen Stein, dass er, wenn man ihn in die Sonne legt, ihre Strahlen anzieht und eine Weile bei Nacht leuchtet. So war mir's mit dem Jungen. Das Gefühl, dass ihre Augen auf seinem Gesicht, seinen Backen, seinen Rockknöpfen und dem Kragen am Sürtout geruht hatten, machte mir das all so heilig, so wert, ich hätte in dem Augenblicke den Jungen nicht vor tausend Taler gegeben. Es war mir so wohl in seiner Gegenwart – Bewahre dich Gott, dass du darüber nicht lachst. Wilhelm, sind das Phantomen, wenn es uns wohl wird?

den 19. Juli.

Ich werde sie sehen: ruf ich Morgens aus, wenn ich mich ermuntere, und mit aller Heiterkeit der schönen Sonne entgegen blicke. Ich werde sie sehen! Und da hab ich für den ganzen Tag keinen Wunsch weiter. Alles, alles verschlingt sich in dieser Aussicht.

9 **Phantomen:** gemeint sind die wie Geistererscheinungen wirkenden Lichtbilder der *laterna magica*; s. Anm. zu 39,6 | 19 **Bononischen Stein:** bariumhaltiges Leuchtgestein; s. Anm. zu 39,19 | 23 **Sürtout:** (frz.) langes mantelartiges Gewand für Männer | 25 **vor:** für | 26 **Taler:** Silbermünze; s. Anm. zu 39,26

den 20. Juli.

Eure Idee will noch nicht die meinige werden, dass ich mit dem Gesandten nach *** gehen soll. Ich liebe die Subordination nicht sehr, und wir wissen alle, dass der Mann noch dazu ein widriger Mensch ist. Meine Mutter möchte mich gern in Aktivität haben, sagst du, das hat mich zu lachen gemacht, bin ich jetzt nicht auch aktiv? und ist's im Grund nicht einerlei: ob ich Erbsen zähle oder Linsen? Alles in der Welt läuft doch auf eine Lumperei hinaus, und ein Kerl, der um anderer willen, ohne dass es seine eigene Leidenschaft ist, sich um Geld, oder Ehre, oder sonst was, abarbeitet, ist immer ein Tor.

am 24. Juli.

Da Dir so viel daran gelegen ist, dass ich mein Zeichnen nicht vernachlässige, möcht ich lieber die ganze Sache übergehn, als Dir sagen: dass zeither wenig getan wird.

Noch nie war ich glücklicher, noch nie meine Empfindung an der Natur, bis aufs Steingen, aufs Gräsgen herunter, voller und inniger, und doch – ich weiß nicht, wie ich mich ausdrücken soll, meine vorstellende Kraft ist so schwach, alles schwimmt, schwankt vor meiner Seele, dass ich keinen Umriss packen kann; aber ich bilde mir ein, wenn ich Ton hätte oder Wachs, so wollt ich's wohl herausbilden, ich werde auch Ton nehmen wenn's länger währt, und kneten, und sollten's Kuchen werden.

Lottens Porträt habe ich dreimal angefangen, und habe mich dreimal prostituiert, das mich um so mehr verdrießt, weil ich vor einiger Zeit sehr glücklich im Treffen war, darauf hab ich denn ihren Schattenriss gemacht, und damit soll mir genügen.

am 26. Juli.

Ich habe mir schon so manchmal vorgenommen, sie nicht so oft zu sehn. Ja wer das halten könnte! Alle Tage unterlieg ich der Versuchung, und verspreche mir heilig: Mor-

3 f. **Subordination:** (lat.) Unterordnung | 5 **widriger:** abstoßender | 6 **in Aktivität haben:** in Brot und Arbeit sehen | 27 **prostituiert:** hier: sich lächerlich gemacht | 28 **weil ich … sehr glücklich im Treffen war:** weil ich … ein glückliches Händchen beim Zeichnen hatte

gen willst du einmal wegbleiben, und wenn der Morgen kommt, find ich doch wieder eine unwiderstehliche Ursache, und eh ich mich's versehe, bin ich bei ihr. Entweder sie hat des Abends gesagt; Sie kommen doch Morgen? – Wer könnte da wegbleiben? Oder der Tag ist gar zu schön, ich gehe nach Wahlheim, und wenn ich so da bin – ist's nur noch eine halbe Stunde zu ihr! Ich bin zu nah in der Atmosphäre, Zuck! so bin ich dort. Meine Großmutter hatte ein Märgen vom Magnetenberg. Die Schiffe die zu nahe kamen, wurden auf einmal alles Eisenwerks beraubt, die Nägel flogen dem Berge zu, und die armen Elenden scheiterten zwischen den übereinander stürzenden Brettern.

am 30. Juli.

Albert ist angekommen, und ich werde gehen, und wenn er der beste, der edelste Mensch wäre, unter den ich mich in allem Betracht zu stellen bereit wäre, so wär's unerträglich, ihn vor meinem Angesichte im Besitze so vieler Vollkommenheiten zu sehen. Besitz! – Genug, Wilhelm der Bräutigam ist da. Ein braver lieber Kerl, dem man gut sein muss. Glücklicher weise war ich nicht beim Empfange! Das hätte mir das Herz zerrissen. Auch ist er so ehrlich und hat Lotten in meiner Gegenwart noch nicht einmal geküsst. Das lohn ihm Gott! Um des Respekts willen, den er vor dem Mädgen hat, muss ich ihn lieben. Er will mir wohl, und ich vermute, das ist Lottens Werk, mehr als seiner eigenen Empfindung, denn darin sind die Weiber fein, und haben recht. Wenn sie zwei Kerls in gutem Vernehmen mit einander halten können, ist der Vorteil immer ihre, so selten es auch angeht.

Indes kann ich Alberten meine Achtung nicht versagen, seine gelassne Außenseite, sticht gegen die Unruhe meines Charakters sehr lebhaft ab, die sich nicht verbergen lässt, er hat viel Gefühl und weiß, was er an Lotten hat. Er scheint wenig üble Laune zu haben, und du weißt, das ist die Sünde, die ich ärger hasse am Menschen als alle andre.

Er hält mich für einen Menschen von Sinn, und meine Anhänglichkeit an Lotten, meine warme Freude, die ich an all ihren Handlungen habe vermehrt seinen Triumph, und er liebt sie nur desto mehr. Ob er sie nicht manchmal heimlich mit kleiner Eifersüchtelei peinigt, das lass ich dahin gestellt sein, wenigstens an seinem Platze würde ich nicht ganz sicher vor dem Teufel bleiben.

Dem sei nun wie ihm wolle, meine Freude bei Lotten zu sein, ist hin! Soll ich das Torheit nennen oder Verblendung? – Was braucht's Namen! Erzählt die Sache an sich! – Ich wusste alles, was ich jetzt weiß, eh Albert kam, ich wusste, dass ich keine Prätensionen auf sie zu machen hatte, machte auch keine – Heißt das, insofern es möglich ist, bei so viel Liebenswürdigkeiten nicht zu begehren – Und jetzt macht der Fratze große Augen, da der andere nun wirklich kommt, und ihm das Mädgen wegnimmt.

Ich beiße die Zähne auf einander und spotte über mein Elend, und spottete derer doppelt und dreifach, die sagen könnten, ich sollte mich resignieren, und weil's nun einmal nicht anders sein könnte. – Schafft mir die Kerls vom Hals! – Ich laufe in den Wäldern herum, und wenn ich zu Lotten komme, und Albert so bei ihr sitzt im Gärtgen unter der Laube, und ich nicht weiter kann, so bin ich ausgelassen närrisch, und fange viel Possen, viel verwirrtes Zeug an. Um Gottes willen, sagte mir Lotte heute, ich bitte Sie! keine Szene wie die von gestern Abend! sie sind fürchterlich, wenn sie so lustig sind. Unter uns, ich passe die Zeit ab, wenn er zu tun hat, wutsch! bin ich draus, und da ist mir's immer wohl, wenn ich sie allein finde.

am 8. Aug.

Ich bitte dich, lieber Wilhelm! Es war gewiss nicht auf dich geredt, wenn ich schrieb: schafft mir die Kerls vom Hals, die sagen, ich sollte mich resignieren. Ich dachte wahrlich nicht dran, dass du von ähnlicher Meinung sein könntest. Und im Grunde hast du recht! Nur eins, mein

12 f. **keine Prätensionen … zu machen hatte:** keinen Anspruch auf sie hatte | 15 **der Fratze:** der Narr | 19 **mich resignieren:** mich fügen, bescheiden | 24 **Possen:** Albernheiten | 26 f. **fürchterlich:** zum Fürchten | 28 **draus:** draußen vor der Stadt in Wahlheim | 31 f. **auf dich geredt:** auf dich gemünzt, du gemeint

Bester, in der Welt ist's sehr selten mit dem Entweder Oder getan, es giebt so viel Schattierungen der Empfindungen und Handlungsweisen, als Abfälle zwischen einer Habichts- und Stumpfnase.

Du wirst mir also nicht übel nehmen, wenn ich dir dein ganzes Argument einräume, und mich doch zwischen dem Entweder Oder durchzustehlen suche.

Entweder sagst du, hast du Hoffnung auf Lotten, oder du hast keine. Gut! Im ersten Falle such sie durchzutreiben, suche die Erfüllung deiner Wünsche zu umfassen, im andern Falle ermanne dich und suche einer elenden Empfindung los zu werden, die all deine Kräfte verzehren muss. Bester, das ist wohl gesagt, und – bald gesagt.

Und kannst du von dem Unglücklichen, dessen Leben unter einer schleichenden Krankheit unaufhaltsam allmählich abstirbt, kannst du von ihm verlangen, er solle durch einen Dolchstoß der Qual auf einmal ein Ende machen? Und raubt das Übel, das ihm die Kräfte wegzehrt, ihm nicht auch zugleich den Mut, sich davon zu befreien?

Zwar könntest du mir mit einem verwandten Gleichnisse antworten: Wer ließe sich nicht lieber den Arm abnehmen, als dass er durch Zaudern und Zagen sein Leben aufs Spiel setzte – Ich weiß nicht – und wir wollen uns nicht in Gleichnissen herumbeißen. Genug – Ja, Wilhelm ich habe manchmal so einen Augenblick aufspringenden, abschüttelnden Muts, und da, wenn ich nur wüsste wohin, ich gienge wohl.

am 10. Aug.

Ich könnte das beste glücklichste Leben führen, wenn ich nicht ein Tor wäre. So schöne Umstände vereinigen sich nicht leicht zusammen, eines Menschen Herz zu ergötzen, als die sind, in denen ich mich jetzt befinde. Ach so gewiss ist's, dass unser Herz allein sein Glück macht! Ein Glied der liebenswürdigen Familie auszumachen, von dem Alten geliebt zu werden wie ein Sohn, von den Kleinen wie ein

3 **Abfälle:** hier: Unterschiede | 30 **Tor:** Dummkopf

Vater und von Lotten – und nun der ehrliche Albert, der durch keine launische Unart mein Glück stört, der mich mit herzlicher Freundschaft umfasst, dem ich nach Lotten das liebste auf der Welt bin – Wilhelm, es ist eine Freude uns zu hören, wenn wir spazieren gehn und uns einander von Lotten unterhalten, es ist in der Welt nichts lächerlichers erfunden worden als dieses Verhältnis, und doch kommen mir drüber die Tränen oft in die Augen.

Wenn er mir so von ihrer rechtschaffenen Mutter erzählt, wie die auf ihrem Todbette Lotten ihr Haus und ihre Kinder übergeben, und ihm Lotten anbefohlen habe, wie seit der Zeit ein ganz anderer Geist Lotten belebt, wie sie in Sorge für ihre Wirtschaft und im Ernste eine wahre Mutter geworden, wie kein Augenblick ihrer Zeit ohne tätige Liebe, ohne Arbeit verstrichen, und wie dennoch all ihre Munterkeit, all ihr Leichtsinn sie nicht verlassen habe. Ich gehe so neben ihm hin, und pflücke Blumen am Wege, füge sie sehr sorgfältig in einen Strauß und – werfe sie in den vorüberfließenden Strom, und sehe ihnen nach wie sie leise hinunterwallen. Ich weiß nicht, ob ich dir geschrieben habe, dass Albert hier bleiben, und ein Amt mit einem artigen Auskommen vom Hofe erhalten wird, wo er sehr beliebt ist. In Ordnung und Emsigkeit in Geschäften hab ich wenig seines gleichen gesehen.

am 12. Aug.

Gewiss Albert ist der beste Mensch unter dem Himmel, ich habe gestern eine wunderbare Szene mit ihm gehabt. Ich kam zu ihm, um Abschied zu nehmen, denn mich wandelte die Lust an, ins Gebürg zu reiten, von daher ich dir auch jetzt schreibe, und wie ich in der Stube auf und ab gehe, fallen mir seine Pistolen in die Augen. Borg mir die Pistolen, sagt ich, zu meiner Reise. Meintwegen, sagt er, wenn du dir die Mühe geben willst sie zu laden, bei mir hängen sie nur pro forma. Ich nahm eine herunter, und er fuhr fort: Seit mir meine Vorsicht einen so unartigen

13 **Wirtschaft:** Haushaltung | 34 **pro forma:** (lat.) zum Schein

Streich gespielt hat, mag ich mit dem Zeuge nichts mehr zu tun haben. Ich war neugierig, die Geschichte zu wissen. Ich hielte mich, erzählte er, wohl ein Vierteljahr auf dem Lande bei einem Freunde auf, hatte ein paar Terzerolen ohngeladen und schlief ruhig. Einmal an einem regnigten Nachmittage, da ich so müßig sitze, weiß ich nicht wie mir einfällt: wir könnten überfallen werden, wir könnten die Terzerols nötig haben, und könnten – du weißt ja, wie das ist. Ich gab sie dem Bedienten, sie zu putzen, und zu laden, und der dahlt, mit den Mädgen, will sie erschröcken, und Gott weiß wie, das Gewehr geht los, da der Ladstock noch drin steckt und schießt den Ladstock einem Mädgen zur Maus herein, an der rechten Hand, und zerschlägt ihr den Daumen. Da hatt' ich das Lamentieren, und den Barbierer zu bezahlen oben drein, und seit der Zeit lass ich all das Gewehr ungeladen. Lieber Schatz, was ist Vorsicht! die Gefahr lässt sich nicht auslernen! Zwar – Nun weißt du, dass ich den Menschen sehr lieb habe bis auf seine Zwar. Denn versteht sich's nicht von selbst, dass jeder allgemeine Satz Ausnahmen leidet. Aber so rechtfertig ist der Mensch, wenn er glaubt, etwas übereiltes, allgemeines, halbwahres gesagt zu haben; so hört er dir nicht auf zu limitieren, modifizieren, und ab und zu zu tun, bis zuletzt gar nichts mehr an der Sache ist. Und bei diesem Anlasse kam er sehr tief in Text, und ich hörte endlich gar nicht weiter auf ihn, verfiel in Grillen, und mit einer auffahrenden Gebährde druckt ich mir die Mündung der Pistolen übers rechte Aug an die Stirn. Pfui sagte Albert, indem er mir die Pistole herabzog, was soll das! – Sie ist nicht geladen, sagt ich. – Und auch so! Was soll's? versetzt er ungedultig. Ich kann mir nicht vorstellen, wie ein Mensch so törigt sein kann, sich zu erschießen; der bloße Gedanke erregt mir Widerwillen.

Dass ihr Menschen, rief ich aus, um von einer Sache zu reden, gleich sprechen müsst: Das ist törig, das ist klug, das ist gut, das ist bös! Und was will das all heißen? Habt

4 f. **Terzerolen:** kleine Vorderlader- bzw. Taschenpistolen | 5 **ohngeladen:** ungeladen | 5 f. **regnigten:** regnerischen | 10 **dahlt:** scherzt | 10 f. **erschröcken:** erschrecken | 14 **Lamentieren:** Jammern | 19 **Zwar:** einschränkende Einwände | 20 f. **rechtfertig:** rechtsbeflissen, zu Rechtfertigung bereit | 26 **Grillen:** verrückte Ideen

ihr deswegen die innern Verhältnisse einer Handlung erforscht? Wisst ihr mit Bestimmtheit die Ursachen zu entwickeln, warum sie geschah, warum sie geschehen musste? Hättet ihr das, ihr würdet nicht so eilfertig mit euren Urteilen sein.

Du wirst mir zugeben, sagte Albert, dass gewisse Handlungen lasterhaft bleiben, sie mögen aus einem Beweggrunde geschehen, aus welchem sie wollen.

Ich zuckte die Achseln und gab's ihm zu. Doch, mein Lieber, fuhr ich fort, finden sich auch hier einige Ausnahmen. Es ist wahr, der Diebstahl ist ein Laster, aber der Mensch, der, um sich und die Seinigen vom schmäligen Hungertode zu erretten, auf Raub ausgeht, verdient der Mitleiden oder Strafe? Wer hebt den ersten Stein auf gegen den Ehemann, der im gerechten Zorne sein untreues Weib und ihren nichtswürdigen Verführer aufopfert? Gegen das Mädgen, das in einer wonnevollen Stunde, sich in den unaufhaltsamen Freuden der Liebe verliert? Unsere Gesetze selbst, diese kaltblütigen Pedanten, lassen sich rühren, und halten ihre Strafe zurück.

Das ist ganz was anders, versetzte Albert, weil ein Mensch, den seine Leidenschaften hinreißen, alle Besinnungskraft verliert, und als ein Trunkener, als ein Wahnsinniger angesehen wird. – Ach ihr vernünftigen Leute! rief ich lächelnd aus. Leidenschaft! Trunkenheit! Wahnsinn! Ihr steht so gelassen, so ohne Teilnehmung da, ihr sittlichen Menschen, scheltet den Trinker, verabscheuet den Unsinnigen, geht vorbei wie der Priester, und dankt Gott wie der Pharisäer, dass er euch nicht gemacht hat, wie einen von diesen. Ich bin mehr als einmal trunken gewesen, und meine Leidenschaften waren nie weit vom Wahnsinne, und beides reut mich nicht, denn ich habe in meinem Maße begreifen lernen: Wie man alle außerordentliche Menschen, die etwas großes, etwas unmöglich scheinendes würkten, von jeher für Trunkene und Wahnsinnige ausschreien müsste.

9 **gab's ihm zu:** beließ es dabei | 19 **Pedanten:** spitzfindiger Besserwisser; s. Anm. zu 14,35

Aber auch im gemeinen Leben ist's unerträglich, einem Kerl bei halbweg einer freien, edlen, unerwarteten Tat nachrufen zu hören: Der Mensch ist trunken, der ist närrisch. Schämt euch, ihr Nüchternen. Schämt euch, ihr Weisen. Das sind nun wieder von deinen Grillen, sagte Albert. Du überspannst alles, und hast wenigstens hier gewiss unrecht, dass du den Selbstmord, wovon wir jetzo reden, mit großen Handlungen vergleichst, da man es doch für nichts anders als eine Schwäche halten kann, denn freilich ist es leichter zu sterben, als ein qualvolles Leben standhaft zu ertragen.

Ich war im Begriffe abzubrechen, denn kein Argument in der Welt bringt mich so aus der Fassung, als wenn einer mit einem unbedeutenden Gemeinspruche angezogen kommt, da ich aus ganzem Herzen rede. Doch fasst' ich mich, weil ich's schon öfter gehört und mich öfter darüber geärgert hatte, und versetzte ihm mit einiger Lebhaftigkeit: Du nennst das Schwäche! ich bitte dich, lass dich vom Anscheine nicht verführen. Ein Volk, das unter dem unerträglichen Joche eines Tyrannen seufzt, darfst du das schwach heißen, wenn es endlich aufgärt und seine Ketten zerreißt. Ein Mensch, der über dem Schrecken, dass Feuer sein Haus ergriffen hat, alle Kräfte zusammen gespannt fühlt, und mit Leichtigkeit Lasten wegträgt, die er bei ruhigem Sinne kaum bewegen kann; einer, der in der Wut der Beleidigung es mit Sechsen aufnimmt, und sie überwältigt, sind dir schwach zu nennen? Und mein Guter, wenn Anstrengung Stärke ist, warum soll die Überspannung das Gegenteil sein? Albert sah mich an und sagte: nimm mir's nicht übel, die Beispiele die du da giebst, scheinen hierher gar nicht zu gehören. Es mag sein, sagt ich, man hat mir schon öfter vorgeworfen, dass meine Kombinationsart manchmal ans Radotage gränze! Lasst uns denn sehen, ob wir auf eine andere Weise uns vorstellen können, wie es dem Menschen zu Mute sein mag, der sich entschließt, die sonst so angenehme Bürde des Lebens

33 **Kombinationsart:** Art und Weise, Zusammenhänge zu erstellen | 33 **Radotage:** (frz.) Geschwätz

abzuwerfen, denn nur in so fern wir mit empfinden, haben wir Ehre von einer Sache zu reden.

Die menschliche Natur, fuhr ich fort, hat ihre Gränzen, sie kann Freude, Leid, Schmerzen, bis auf einen gewissen Grad ertragen, und geht zu Grunde, sobald der überstiegen ist.

Hier ist also nicht die Frage, ob einer schwach oder stark ist, sondern ob er das Maß seines Leidens ausdauren kann; es mag nun moralisch oder physikalisch sein, und ich finde es eben so wunderbar zu sagen, der Mensch ist feig, der sich das Leben nimmt, als es ungehörig wäre, den einen Feigen zu nennen, der an einem bösartigen Fieber stirbt.

Paradox! sehr paradox! rief Albert aus. – Nicht so sehr, als du denkst, versetzt' ich. Du giebst mir zu wir nennen das eine Krankheit zum Tode, wodurch die Natur so angegriffen wird, dass teils ihre Kräfte verzehrt, teils so außer Würkung gesetzt werden, dass sie sich nicht wieder aufzuhelfen, durch keine glückliche Revolution, den gewöhnlichen Umlauf des Lebens wieder herzustellen fähig ist.

Nun mein Lieber, lass uns das auf den Geist anwenden. Sieh den Menschen an in seiner Eingeschränktheit, wie Eindrücke auf ihn würken, Ideen sich bei ihm fest setzen, bis endlich eine wachsende Leidenschaft ihn aller ruhigen Sinneskraft beraubt, und ihn zu Grunde richtet.

Vergebens, dass der gelassne vernünftige Mensch den Zustand des Unglücklichen übersieht, vergebens, dass er ihm zuredet, eben als wie ein Gesunder, der am Bette des Kranken steht, ihm von seinen Kräften nicht das geringste einflößen kann.

Alberten war das zu allgemein gesprochen, ich erinnerte ihn an ein Mädgen, das man vor weniger Zeit im Wasser tot gefunden, und wiederholt ihm ihre Geschichte. Ein gutes junges Geschöpf, das in dem engen Kreise häuslicher Beschäftigungen, wöchentlicher bestimmter Arbeit

3 **Gränzen:** Grenzen | 8 **ausdauren:** aushalten | 10 **wunderbar:** hier: verwunderlich | 24 **würken:** wirken | 32 **Alberten:** Albert

so herangewachsen war, das weiter keine Aussicht von Vergnügen kannte, als etwa Sonntags in einem nach und nach zusammengeschafften Putze mit ihres gleichen um die Stadt spazieren zu gehen, vielleicht alle hohe Feste einmal zu tanzen, und übrigens mit aller Lebhaftigkeit des herzlichsten Anteils manche Stunde über den Anlass eines Gezänkes, einer übeln Nachrede, mit einer Nachbarin zu verplaudern; deren feurige Natur fühlt nun endlich innigere Bedürfnisse, die durch die Schmeicheleien der Männer vermehrt werden, all ihre vorige Freuden werden ihr nach und nach unschmackhaft, bis sie endlich einen Menschen antrifft, zu dem ein unbekanntes Gefühl sie unwiderstehlich hinreißt, auf den sie nun all ihre Hoffnungen wirft, die Welt rings um sich vergisst, nichts hört, nichts sieht, nichts fühlt als ihn, den Einzigen, sich nur sehnt nach ihm, dem Einzigen. Durch die leere Vergnügen einer unbeständigen Eitelkeit nicht verdorben, zieht ihr Verlangen grad nach dem Zwecke: Sie will die Seinige werden, sie will in ewiger Verbindung all das Glück antreffen, das ihr mangelt, die Vereinigung aller Freuden genießen, nach denen sie sich sehnte. Wiederholtes Versprechen, das ihr die Gewissheit aller Hoffnungen versiegelt, kühne Liebkosungen, die ihre Begierden vermehren, umfangen ganz ihre Seele, sie schwebt in einem dumpfen Bewusstsein, in einem Vorgefühl aller Freuden, sie ist bis auf den höchsten Grad gespannt, wo sie endlich ihre Arme ausstreckt, all ihre Wünsche zu umfassen – und ihr Geliebter verlässt Sie – Erstarrt; ohne Sinne steht sie vor einem Abgrunde, und alles ist Finsternis um sie her; keine Aussicht, kein Trost, keine Ahndung, denn der hat sie verlassen, in dem sie allein ihr Dasein fühlte. Sie sieht nicht die weite Welt, die vor ihr liegt, nicht die Vielen, die ihr den Verlust ersetzen könnten, sie fühlt sich allein, verlassen von aller Welt, – und blind, in die Enge gepresst von der entsetzlichen Not ihres Herzens stürzt sie sich hinunter, um in einem rings umfangenden Tode all ihre Qualen zu ersticken. – Sieh,

3 **zusammengeschafften Putze:** zusammengetragenen Schmuck | 11 **unschmackhaft:** ungenießbar

Albert, das ist die Geschichte so manches Menschen, und sag, ist das nicht der Fall der Krankheit? Die Natur findet keinen Ausweg aus dem Labyrinthe der verworrenen und widersprechenden Kräfte, und der Mensch muss sterben.

Wehe dem, der zusehen und sagen könnte: Die Törin! hätte sie gewartet, hätte sie die Zeit würken lassen, es würde sich die Verzweiflung schon gelegt, es würde sich ein anderer sie zu trösten schon vorgefunden haben.

Das ist eben, als wenn einer sagte: der Tor! stirbt am Fieber! hätte er gewartet, bis sich seine Kräfte erholt, seine Säfte verbessert, der Tumult seines Blutes gelegt hätten, alles wäre gut gegangen, und er lebte bis auf den heutigen Tag!

Albert, dem die Vergleichung noch nicht anschaulich war, wandte noch einiges ein, und unter andern: ich habe nur von einem einfältigen Mädgen gesprochen, wie denn aber ein Mensch von Verstande, der nicht so eingeschränkt sei, der mehr Verhältnisse übersähe, zu entschuldigen sein möchte, könne er nicht begreifen. Mein Freund rief ich aus, der Mensch ist Mensch, und das Bissgen Verstand das einer haben mag, kommt wenig oder nicht in Anschlag, wenn Leidenschaft wütet, und die Gränzen der Menschheit einen drängen. Vielmehr – ein andermal, davon sagt ich, und griff nach meinem Hute. O mir war das Herz so voll – Und wir giengen auseinander, ohne einander verstanden zu haben. Wie denn auf dieser Welt keiner leicht den andern versteht.

am 15. Aug.

Es ist doch gewiss, dass in der Welt den Menschen nichts notwendig macht als die Liebe. Ich fühl's an Lotten, dass sie mich ungern verlöre, und die Kinder haben keine andre Idee, als dass ich immer morgen wiederkommen würde. Heut war ich hinausgegangen, Lottens Klavier zu stimmen, ich konnte aber nicht dazu kommen, denn die

6 **Törin:** Närrin | 12 **Säfte:** Seelenzustände; s. Anm. zu 9,6

Kleinen verfolgten mich um ein Märgen, und Lotte sagte denn selbst, ich sollte ihnen den Willen tun. Ich schnitt ihnen das Abendbrot, das sie nun fast so gerne von mir als von Lotten annehmen und erzählte ihnen das Hauptstückgen von der Prinzessin, die von Händen bedient wird. Ich lerne viel dabei, das versichr' ich dich, und ich bin erstaunt, was es auf sie für Eindrücke macht. Weil ich manchmal einen Inzidenzpunkt erfinden muss, den ich beim zweitenmal vergesse, sagen sie gleich, das vorigemal wär's anders gewest, so dass ich mich jetzt übe, sie unveränderlich in einem singenden Sylbenfall an einem Schnürgen weg zu rezitieren. Ich habe daraus gelernt wie ein Autor, durch eine zweite veränderte Auflage seiner Geschichte, und wenn sie noch so poetisch besser geworden wäre, notwendig seinem Buche schaden muss. Der erste Eindruck findet uns willig, und der Mensch ist so gemacht, dass man ihm das abenteuerlichste überreden kann, das haftet aber auch gleich so fest, und wehe dem, der es wieder auskratzen und austilgen will.

am 18. Aug.

Musste denn das so sein? dass das, was des Menschen Glückseligkeit macht, wieder die Quelle seines Elends würde.

Das volle warme Gefühl meines Herzens an der lebendigen Natur, das mich mit so viel Wonne überströmte, das rings umher die Welt mir zu einem Paradiese schuf, wird mir jetzt zu einem unerträglichen Peiniger, zu einem quälenden Geiste, der mich auf allen Wegen verfolgt. Wenn ich sonst vom Fels über den Fluss bis zu jenen Hügeln das fruchtbare Tal überschaute, und alles um mich her keimen und quellen sah, wenn ich jene Berge, vom Fuße bis auf zum Gipfel, mit hohen, dichten Bäumen bekleidet, all jene Täler in ihren mannichfaltigen Krümmungen von den lieblichsten Wäldern beschattet sah, und der sanfte Fluss zwischen den lispelnden Rohren dahin glei-

8 **einen Inzidenzpunkt:** hier: ein Detail, einen Zusammenhang | 10 **gewest:** gewesen | 12 **zu rezitieren:** aufzusagen | 17 **überreden:** einreden

tete, und die lieben Wolken abspiegelte, die der sanfte Abendwind am Himmel herüber wiegte, wenn ich denn die Vögel um mich, den Wald beleben hörte, und die Millionen Mückenschwärme im letzten roten Strahle der Sonne mutig tanzten, und ihr letzter zuckender Blick den summenden Käfer aus seinem Grase befreite und das Gewebere um mich her, mich auf den Boden aufmerksam machte und das Moos, das meinem harten Felsen seine Nahrung abzwingt, und das Geniste, das den dürren Sandhügel hinunter wächst, mir alles das innere glühende, heilige Leben der Natur eröffnete, wie umfasst ich das all mit warmen Herzen, verlor mich in der unendlichen Fülle, und die herrlichen Gestalten der unendlichen Welt bewegten sich alllebend in meiner Seele. Ungeheure Berge umgaben mich, Abgründe lagen vor mir, und Wetterbäche stürzten herunter, die Flüsse strömten unter mir, und Wald und Gebürg erklang. Und ich sah sie würken und schaffen in einander in den Tiefen der Erde, all die Kräfte unergründlich. Und nun über der Erde und unter dem Himmel wimmeln die Geschlechter der Geschöpfe all, und alles, alles bevölkert mit tausendfachen Gestalten, und die Menschen dann sich in Häuslein zusammen sichern, und sich annisten, und herrschen in ihrem Sinne über die weite Welt! Armer Tor, der du alles so gering achtest, weil du so klein bist. Vom unzugänglichen Gebürge über die Einöde, die kein Fuß betrat, bis ans Ende des unbekannten Ozeans, weht der Geist des Ewigschaffenden und freut sich jedes Staubs, der ihn vernimmt und lebt. Ach damals, wie oft hab ich mich mit Fittigen eines Kranichs, der über mich hinflog, zu dem Ufer des ungemessenen Meeres gesehnt, aus dem schäumenden Becher des Unendlichen, jene schwellende Lebenswonne zu trinken, und nur einen Augenblick in der eingeschränkten Kraft meines Busens einen Tropfen der Seligkeit des Wesens zu fühlen, das alles in sich und durch sich hervorbringt.

9 **Geniste:** niederes Gesträuch | 15 **Wetterbäche:** von Regen angeschwollene Bäche | 29 **Fittigen:** Flügeln | 34 **Busens:** Brust, hier als Sitz des Gefühls

Bruder, nur die Erinnerung jener Stunden macht mir wohl, selbst diese Anstrengung, jene unsäglichen Gefühle zurück zu rufen, wieder auszusprechen, hebt meine Seele über sich selbst, und lässt mir dann das Bange des Zustands doppelt empfinden, der mich jetzt umgiebt.

Es hat sich vor meiner Seele wie ein Vorhang weggezogen, und der Schauplatz des unendlichen Lebens verwandelt sich vor mir in den Abgrund des ewig offnen Grabs. Kannst du sagen: Das ist! da alles vorübergeht, da alles mit der Wetterschnelle vorüber rollt, so selten die ganze Kraft seines Daseins ausdauert, ach in den Strom fortgerissen, untergetaucht und an Felsen zerschmettert wird. Da ist kein Augenblick, der nicht dich verzehrte und die Deinigen um dich her, kein Augenblick, da du nicht ein Zerstörer bist, sein musst. Der harmloseste Spaziergang kostet tausend tausend armen Würmgen das Leben, es zerrüttet ein Fußtritt die mühseligen Gebäude der Ameisen, und stampft eine kleine Welt in ein schmähliches Grab. Ha! nicht die große seltene Not der Welt, diese Fluten, die eure Dörfer wegspülen, diese Erdbeben, die eure Städte verschlingen, rühren mich. Mir untergräbt das Herz die verzehrende Kraft, die im All der Natur verborgen liegt, die nichts gebildet hat, das nicht seinen Nachbar, nicht sich selbst zerstörte. Und so taumele ich beängstet! Himmel und Erde und all die webenden Kräfte um mich her! Ich sehe nichts, als ein ewig verschlingendes, ewig wiederkäuendes Ungeheur.

am 21. Aug.

Umsonst strecke ich meine Arme nach ihr aus, Morgens wenn ich von schweren Träumen aufdämmere, vergebens such ich sie Nachts in meinem Bette, wenn mich ein glücklicher unschuldiger Traum getäuscht hat, als säß ich neben ihr auf der Wiese, und hielte ihre Hand und deckte sie mit tausend Küssen. Ach wenn ich denn noch halb im Taumel des Schlafs nach ihr tappe, und drüber mich er-

10 **Wetterschnelle:** schnell wie ein Blitz

muntere – Ein Strom von Tränen bricht aus meinem gepressten Herzen, und ich weine trostlos einer finstern Zukunft entgegen.

am 22. Aug.

Es ist ein Unglück, Wilhelm! all meine tätigen Kräfte sind zu einer unruhigen Lässigkeit verstimmt, ich kann nicht müßig sein und wieder kann ich nichts tun. Ich hab keine Vorstellungskraft, kein Gefühl an der Natur und die Bücher speien mich alle an. Wenn wir uns selbst fehlen, fehlt uns doch alles. Ich schwöre Dir, manchmal wünschte ich ein Taglöhner zu sein, um nur des Morgens beim Erwachen eine Aussicht auf den künftigen Tag, einen Drang, eine Hoffnung zu haben. Oft beneid ich Alberten, den ich über die Ohren in Akten begraben sehe, und bilde mir ein: mir wär's wohl, wenn ich an seiner Stelle wäre! Schon etlichemal ist mir's so aufgefahren, ich wollte Dir schreiben und dem Minister, und um die Stelle bei der Gesandtschaft anhalten, die, wie Du versicherst, mir nicht versagt werden würde. Ich glaube es selbst, der Minister liebt mich seit lange, hatte lange mir angelegen, ich sollte mich employieren, und eine Stunde ist mir's auch wohl drum zu tun; hernach, wenn ich so wieder dran denke, und mir die Fabel vom Pferde einfällt, das seiner Freiheit ungedultig, sich Sattel und Zeug auflegen lässt, und zu Schanden geritten wird. Ich weiß nicht, was ich soll – Und mein Lieber! Ist nicht vielleicht das Sehnen in mir nach Veränderung des Zustands, eine innre unbehagliche Ungeduld, die mich überall hin verfolgen wird?

Am 28. Aug.

Es ist wahr, wenn meine Krankheit zu heilen wäre, so würden diese Menschen es tun. Heut ist mein Geburtstag, und in aller Frühe empfang ich ein Päckgen von Alberten. Mir fällt beim Eröffnen sogleich eine der blassroten Schleifen in die Augen, die Lotte vorhatte, als ich sie ken-

6 **Lässigkeit:** Trägheit | 9 **speien:** spucken | 16 **aufgefahren:** plötzlich eingefallen | 17 f. **um die Stelle … anhalten:** mich um die Stelle … bewerben

nen lernte, und um die ich sie seither etlichemal gebeten hatte. Es waren zwei Büchelgen in duodez dabei, der kleine Wetsteinische Homer, ein Büchelgen, nach dem ich so oft verlangt, um mich auf dem Spaziergange mit dem Ernestischen nicht zu schleppen. Sieh! so kommen sie meinen Wünschen zuvor, so suchen sie all die kleinen Gefälligkeiten der Freundschaft auf, die tausendmal werter sind als jene blendende Geschenke, wodurch uns die Eitelkeit des Gebers erniedrigt. Ich küsse diese Schleife tausendmal, und mit jedem Atemzuge schlürfe ich die Erinnerung jener Seligkeiten ein, mit denen mich jene wenige, glückliche, unwiederbringliche Tage überfüllten. Wilhelm es ist so, und ich murre nicht, die Blüten des Lebens sind nur Erscheinungen! wie viele gehn vorüber, ohne eine Spur hinter sich zu lassen, wie wenige setzen Frucht an, und wie wenige dieser Früchte werden reif. Und doch sind deren noch genug da, und doch – O mein Bruder! können wir gereifte Früchte vernachlässigen, verachten, ungenossen verwelken und verfaulen lassen?

Lebe wohl! Es ist ein herrlicher Sommer, ich sitze oft auf den Obstbäumen in Lottens Baumstück mit dem Obstbrecher der langen Stange, und hole die Birn aus dem Gipfel. Sie steht unten und nimmt sie ab, wenn ich sie ihr hinunter lasse.

am 30. Aug.

Unglücklicher! Bist du nicht ein Tor? Betrügst du dich nicht selbst? Was soll all diese tobende endlose Leidenschaft? Ich habe kein Gebet mehr, als an sie, meiner Einbildungskraft erscheint keine andere Gestalt als die ihrige, und alles in der Welt um mich her, sehe ich nur im Verhältnisse mit ihr. Und das macht mir denn so manche glückliche Stunde – Bis ich mich wieder von ihr losreißen muss, ach Wilhelm, wozu mich mein Herz oft drängt! – Wenn ich so bei ihr gesessen bin, zwei, drei Stunden, und mich an der Gestalt, an dem Betragen, an dem himmlischen Ausdruck

2 **duodez:** kleineres Taschenbuchformat | 22 **Obstbrecher:** lange Stange mit Beutel an einem Ende, in den das so gepflückte, vom Ast abgebrochene Obst fällt

ihrer Worte geweidet habe, und nun so nach und nach alle meine Sinnen aufgespannt werden, mir's düster vor den Augen wird, ich kaum was noch höre, und mich's an die Gurgel fasst, wie ein Meuchelmörder, dann mein Herz in wilden Schlägen den bedrängten Sinnen Luft zu machen sucht und ihre Verwirrung vermehrt. Wilhelm, ich weiß oft nicht, ob ich auf der Welt bin! Und wenn nicht manchmal die Wehmut das Übergewicht nimmt, und Lotte mir den elenden Trost erlaubt, auf ihrer Hand meine Beklemmung auszuweinen, so muss ich fort! Muss hinaus! Und schweife dann weit im Felde umher. Einen gähen Berg zu klettern, ist dann meine Freude, durch einen unwegsamen Wald einen Pfad durchzuarbeiten, durch die Hecken die mich verletzen, durch die Dornen die mich zerreißen! Da wird mir's etwas besser! Etwas! Und wenn ich für Müdigkeit und Durst manchsmal unterwegs liegen bleibe, manchmal in der tiefen Nacht, wenn der hohe Vollmond über mir steht, im einsamen Walde auf einem krummgewachsnen Baum mich setze, um meinen verwundeten Sohlen nur einige Linderung zu verschaffen, und dann in einer ermattenden Ruhe in dem Dämmerscheine hinschlummre! O Wilhelm! Die einsame Wohnung einer Zelle, das härne Gewand und der Stachelgürtel, wären Labsale, nach denen meine Seele schmachtet. Adieu. Ich seh all dieses Elends kein Ende als das Grab.

am 3. Sept.

Ich muss fort! ich danke Dir, Wilhelm, dass Du meinen wankenden Entschluss bestimmt hast. Schon vierzehn Tage geh ich mit dem Gedanken um, sie zu verlassen. Ich muss. Sie ist wieder in der Stadt bei einer Freundin. Und Albert – und – ich muss fort.

am 10. Sept.

Das war eine Nacht! Wilhelm, nun übersteh ich alles. Ich werde sie nicht wiedersehn. O dass ich nicht an Deinen Hals fliegen, Dir mit tausend Tränen und Entzückungen

4 **Meuchelmörder:** hinterlistiger Mörder | 11 **gähen:** jähen | 22 **härne:** härene, d. h. aus groben, kratzenden Fasern oder Haaren gewebte | 22 f. **Stachelgürtel:** Gürtel mit nach innen gewendeten Stacheln zur Selbstkasteiung | 23 **Labsale:** Erleichterungen, Linderungen

ausdrücken kann, mein Bester, all die Empfindungen, die mein Herz bestürmen. Hier sitz ich und schnappe nach Luft, suche mich zu beruhigen, und erwarte den Morgen, und mit Sonnen Aufgang sind die Pferde bestellt.

Ach sie schläft ruhig und denkt nicht, dass sie mich nie wieder sehen wird. Ich habe mich losgerissen, bin stark genug gewesen, in einem Gespräche von zwei Stunden mein Vorhaben nicht zu verraten. Und Gott, welch ein Gespräch!

Albert hatte mir versprochen, gleich nach dem Nachtessen mit Lotten im Garten zu sein. Ich stand auf der Terasse unter den hohen Castanienbäumen, und sah der Sonne nach, die mir nun zum letztenmal über dem lieblichen Tale, über dem sanften Flusse untergieng. So oft hatte ich hier gestanden mit ihr, und eben dem herrlichen Schauspiele zugesehen und nun – Ich gieng in der Allee auf und ab, die mir so lieb war, ein geheimer sympathetischer Zug hatte mich hier so oft gehalten, eh ich noch Lotten kannte, und wie freuten wir uns, als im Anfange unserer Bekanntschaft wir die wechselseitige Neigung zu dem Plätzgen entdeckten, das wahrhaftig eins der romantischten ist, die ich von der Kunst habe hervorgebracht gesehen.

Erst hast du zwischen den Castanienbäumen die weite Aussicht – Ach ich erinnere mich, ich habe dir, denk ich, schon viel geschrieben davon, wie hohe Buchenwände einen endlich einschließen und durch ein daran stoßendes Bosquet die Allee immer düstrer wird, bis zuletzt alles sich in ein geschlossenes Plätzgen endigt, das alle Schauer der Einsamkeit umschweben. Ich fühl es noch wie heimlich mir's ward, als ich zum erstenmal an einem hohen Mittage hinein trat, ich ahndete ganz leise, was das noch für ein Schauplatz werden sollte von Seligkeit und Schmerz.

Ich hatte mich etwa eine halbe Stunde in denen schmachtenden süßen Gedanken des Abscheidens, des Wieder-

17 f. **ein geheimer sympathetischer Zug:** eine heimliche Anziehung; s. Anm. zu 26,10 | 28 **Bosquet:** (frz.) Dickicht in einem Barockgarten | 32 **ich ahndete ganz leise:** ich hatte den leisen Verdacht, mir schwante

sehns geweidet; als ich sie die Terasse herauf steigen hörte, ich lief ihnen entgegen, mit einem Schauer fasst' ich ihre Hand und küsste sie. Wir waren eben herauf getreten, als der Mond hinter dem büschigen Hügel aufgieng, wir redeten mancherlei und kamen unvermerkt dem düstern Cabinette näher. Lotte tratt hinein und setzte sich, Albert neben sie, ich auch, doch, meine Unruhe ließ mich nicht lange sitzen, ich stand auf, trat vor sie, gieng auf und ab, setzte mich wieder, es war ein ängstlicher Zustand. Sie machte uns aufmerksam auf die schöne Würkung des Mondenlichts, das am Ende der Buchenwände die ganze Terasse vor uns erleuchtete, ein herrlicher Anblick, der um so viel frappanter war, weil uns rings eine tiefe Dämmerung einschloss. Wir waren still, und sie fieng nach einer Weile an: Niemals geh ich im Mondenlichte spazieren, niemals dass mir nicht der Gedanke an meine Verstorbenen begegnete, dass nicht das Gefühl von Tod, von Zukunft über mich käme. Wir werden sein, fuhr sie mit der Stimme des herrlichsten Gefühls fort, aber Werther, sollen wir uns wieder finden? und wieder erkennen? Was ahnden sie, was sagen sie?

Lotte, sagt' ich, indem ich ihr die Hand reichte und mir die Augen voll Tränen wurden, wir werden uns wieder sehn! Hier und dort wieder sehn! – Ich konnte nicht weiter reden – Wilhelm, musste sie mich das fragen? da ich diesen ängstlichen Abschied im Herzen hatte.

Und ob die lieben Abgeschiednen von uns wissen, fuhr sie fort, ob sie fühlen, wann's uns wohl geht, dass wir mit warmer Liebe uns ihrer erinnern? O die Gestalt meiner Mutter schwebt immer um mich, wenn ich so am stillen Abend, unter ihren Kindern, unter meinen Kindern sitze, und sie um mich versammlet sind, wie sie um sie versammlet waren. Wenn ich so mit einer sehnenden Träne gen Himmel sehe, und wünsche: dass sie herein schauen könnte einen Augenblick, wie ich mein Wort halte, das ich ihr in der Stunde des Todes gab: die Mutter ihrer Kinder

5 f. **Cabinette:** Kabinett, hier: abseits stehendes kleines Häuschen | 13 **frappanter:** (frz.) verblüffender | 20 **ahnden:** meinen, vermuten | 27 **Abgeschiednen:** Verstorbenen | 34 **gen:** gegen, in Richtung

zu sein. Hundertmal ruf ich aus: Verzeih mir's, Teuerste, wenn ich ihnen nicht bin, was du ihnen warst. Ach! tu ich doch alles was ich kann, sind sie doch gekleidet, genährt, ach und was mehr ist als das alles, gepflegt und geliebet. Könntest du unsere Eintracht sehn, liebe Heilige! du würdest mit dem heißesten Danke den Gott verherrlichen, den du mit den letzten bittersten Tränen um die Wohlfahrt deiner Kinder batst. Sie sagte das! O Wilhelm! wer kann wiederholen was sie sagte, wie kann der kalte tote Buchstabe diese himmlische Blüte des Geistes darstellen. Albert fiel ihr sanft in die Rede: es greift sie zu stark an, liebe Lotte, ich weiß, ihre Seele hängt sehr nach diesen Ideen, aber ich bitte sie – O Albert, sagte sie, ich weiß, du vergisst nicht die Abende, da wir zusammen saßen an dem kleinen runden Tischgen, wenn der Papa verreist war, und wir die Kleinen schlafen geschickt hatten. Du hattest oft ein gutes Buch, und kamst so selten dazu etwas zu lesen. War der Umgang dieser herrlichen Seele nicht mehr als alles! die schöne, sanfte, muntere und immer tätige Frau! Gott kennt meine Tränen, mit denen ich mich oft in meinem Bette vor ihn hinwarf: er möchte mich ihr gleich machen.

Lotte! rief ich aus, indem ich mich vor sie hinwarf, ihre Hände nahm und mit tausend Tränen netzte. Lotte, der Segen Gottes ruht über dir, und der Geist deiner Mutter! – Wenn sie sie gekannt hätten! sagte sie, indem sie mir die Hand drückte, – sie war wert, von ihnen gekannt zu sein. – Ich glaubte zu vergehen, nie war ein größeres, stolzeres Wort über mich ausgesprochen worden, und sie fuhr fort: und diese Frau musste in der Blüte ihrer Jahre dahin, da ihr jüngster Sohn nicht sechs Monate alt war. Ihre Krankheit dauerte nicht lange, sie war ruhig, resigniert, nur ihre Kinder taten ihr weh, besonders das kleine. Wie es gegen das Ende gieng, und sie zu mir sagte: Bring mir sie herauf, und wie ich sie herein führte, die kleinen die nicht wussten, und die ältesten die ohne Sinne waren, wie sie ums

32 **resigniert:** blieb ruhig | 33 **taten ihr weh:** bereiteten ihr Sorge

Bett standen, und wie sie die Hände aufhub und über sie betete, und sie küsste nach einander und sie wegschickte, und zu mir sagte: Sei ihre Mutter! Ich gab ihr die Hand drauf! Du versprichst viel, meine Tochter, sagte sie, das Herz einer Mutter und das Aug einer Mutter! Ich hab oft an deinen dankbaren Tränen gesehen, dass du fühlst was das sei. Hab es für deine Geschwister, und für deinen Vater, die Treue, den Gehorsam einer Frau. Du wirst ihn trösten. Sie fragte nach ihm, er war ausgegangen, um uns den unerträglichen Kummer zu verbergen, den er fühlte, der Mann war ganz zerrissen.

Albert, du warst im Zimmer! Sie hörte jemand gehn, und fragte, und forderte dich zu ihr. Und wie sie dich ansah und mich, mit dem getrösteten ruhigen Blicke, dass wir glücklich sein, zusammen glücklich sein würden. Albert fiel ihr um den Hals und küsste sie, und rief: wir sind's! wir werden's sein. Der ruhige Albert war ganz aus seiner Fassung, und ich wusste nichts von mir selber.

Werther, fieng sie an, und diese Frau sollte dahin sein! Gott, wenn ich manchmal so denke, wie man das Liebste seines Lebens so wegtragen lässt, und niemand als die Kinder das so scharf fühlt, die sich noch lange beklagten: die schwarzen Männer hätten die Mamma weggetragen.

Sie stund auf, und ich ward erweckt und erschüttert, blieb sitzen und hielt ihre Hand. Wir wollen fort, sagte sie, es wird Zeit. Sie wollte ihre Hand zurück ziehen und ich hielt sie fester! Wir werden uns wiedersehn, rief ich, wir werden uns finden, unter allen Gestalten werden wir uns erkennen. Ich gehe, fuhr ich fort, ich gehe willig, und doch, wenn ich sagen sollte auf ewig, ich würde es nicht aushalten. Leb wohl, Lotte! Leb wohl, Albert! Wir sehen uns wieder. – Morgen denk ich, versetzte sie scherzend, ich fühlte das Morgen! Ach sie wusste nicht als sie ihre Hand aus der meinigen zog – sie giengen die Allee hinaus, ich stand, sah ihnen nach im Mondscheine und warf mich an die Erde und weinte mich aus, und sprang auf, lief auf die Terrasse hervor und sah noch dort drunten im Schatten der hohen Lindenbäume ihr weißes Kleid nach der Gartentüre schimmern, ich streckte meine Arme hinaus, und es verschwand.

1 an: auf

Zweiter Teil.

am 20. Okt. 1771.

Gestern sind wir hier angelangt. Der Gesandte ist unpass, und wird sich also einige Tage einhalten, wenn er nur nicht so unhold wäre, wär alles gut. Ich merke, ich merke, das Schicksal hat mir harte Prüfungen zugedacht. Doch gutes Muts! ein leichter Sinn trägt alles! Ein leichter Sinn! das macht mich zu lachen, wie das Wort in meine Feder kommt. O ein Bissgen leichteres Blut würde mich zum glücklichsten Menschen unter der Sonne machen. Was! Da wo andre, mit ihrem Bissgen Kraft und Talent, vor mir in behaglicher Selbstgefälligkeit herum schwadronieren, verzweifl' ich an meiner Kraft, an meinen Gaben. Guter Gott! der du mir das alles schenktest, warum hieltest du nicht die Hälfte zurück und gabst mir Selbstvertrauen und Genügsamkeit!

Geduld! Geduld! Es wird besser werden. Denn ich sage dir, Lieber, du hast Recht. Seit ich unter dem Volke so alle Tage herumgetrieben werde, und sehe was sie tun und wie sie's treiben, steh ich viel besser mit mir selbst. Gewiss, weil wir doch einmal so gemacht sind, dass wir alles mit uns, und uns mit allem vergleichen; so liegt Glück oder Elend in den Gegenständen, womit wir uns zusammenhalten, und da ist nichts gefährlicher als die Einsamkeit. Unsere Einbildungskraft, durch ihre Natur gedrungen sich zu erheben, durch die phantastische Bilder der Dichtkunst genährt, bildet sich eine Reihe Wesen hinauf, wo wir das unterste sind, und alles außer uns herrlicher erscheint, jeder andre vollkommner ist. Und das geht ganz natürlich zu: Wir fühlen so oft, dass uns manches mangelt, und eben was uns fehlt scheint uns oft ein anderer zu be-

3 **Gesandte:** Amtsbezeichnung für einen hohen diplomatischen Beamten | 3 **ist unpass:** fühlt sich nicht wohl | 4 **sich … einhalten:** hier: sich … zurückziehen | 5 **unhold:** unfreundlich | 7 **gutes Muts:** nur Mut | 12 **herum schwadronieren:** prahlen | 23 f. **zusammenhalten:** hier: vergleichen

sitzen, dem wir denn auch alles dazu geben was wir haben, und noch eine gewisse idealische Behaglichkeit dazu. Und so ist der Glückliche vollkommen fertig, das Geschöpf unserer selbst.

Dagegen wenn wir mit all unserer Schwachheit und Mühseligkeit nur gerade fortarbeiten, so finden wir gar oft, dass wir mit all unserm Schlendern und Lavieren es weiter bringen als andre mit ihren Segeln und Rudern – und – das ist doch ein wahres Gefühl seiner selbst, wenn man andern gleich oder gar vorlauft.

am 10. Nov.

Ich fange an mich in sofern ganz leidlich hier zu befinden. Das beste ist, dass es zu tun genug giebt, und dann die vielerlei Menschen, die allerlei neue Gestalten, machen mir ein buntes Schauspiel vor meiner Seele. Ich habe den Grafen C . . kennen lernen, einen Mann, den ich jeden Tag mehr verehren muss. Einen weiten großen Kopf, und der deswegen nicht kalt ist, weil er viel übersieht; aus dessen Umgange so viel Empfindung für Freundschaft und Liebe hervorleuchtet. Er nahm Teil an mir, als ich einen Geschäftsauftrag an ihn ausrichtete, und er bei den ersten Worten merkte, dass wir uns verstunden, dass er mit mir reden konnte wie nicht mit jedem. Auch kann ich sein offnes Betragen gegen mich nicht genug rühmen. So eine wahre warme Freude ist nicht in der Welt, als eine große Seele zu sehen, die sich gegen einen öffnet.

am 24. Dec.

Der Gesandte macht mir viel Verdruss, ich hab es voraus gesehn. Es ist der pünktlichste Narre, den's nur geben kann. Schritt vor Schritt und umständlich wie eine Base. Ein Mensch, der nie selbst mit sich zufrieden ist, und dem's daher niemand zu Danke machen kann. Ich arbeite gern leicht weg, und wie's steht so steht's, da ist er im Stande, mir einen Aufsatz zurückzugeben und zu sagen:

2 **idealische:** realitätsferne | 7 **Lavieren:** geschicktes Hindurchschlängeln | 12 **leidlich:** erträglich | 30 **Base:** Tante | 32 **zu Danke machen:** es recht machen

er ist gut, aber sehen sie ihn durch, man findt immer ein besser Wort, eine reinere Partikel. Da möcht ich des Teufels werden. Kein Und, kein Bindwörtchen sonst darf außenbleiben, und von allen Inversionen die mir manchmal entfahren, ist er ein Todfeind. Wenn man seinen Period nicht nach der hergebrachten Melodie heraborgelt; so versteht er gar nichts drinne. Das ist ein Leiden, mit so einem Menschen zu tun zu haben.

Das Vertrauen des Grafen von C . . ist noch das einzige, was mich schadlos hält. Er sagte mir letzthin ganz aufrichtig: wie unzufrieden er über die Langsamkeit und Bedenklichkeit meines Gesandten sei. Die Leute erschweren sich's und andern. Doch, sagt er, man muss sich darein resignieren, wie ein Reisender, der über einen Berg muss. Freilich! wär der Berg nicht da, wäre der Weg viel bequemer und kürzer, er ist nun aber da! und es soll drüber! –

Mein Alter spürt auch wohl den Vorzug, den mir der Graf vor ihm giebt, und das ärgert ihn, und er ergreift jede ↗ Gelegenheit, übels gegen mich vom Grafen zu reden, ich halte, wie natürlich, Widerpart, und dadurch wird die Sache nur schlimmer. Gestern gar bracht' er mich auf, denn ich war mit gemeint. Zu so Weltgeschäften wäre der Graf ganz gut, er hätte viel Leichtigkeit zu arbeiten, und führte eine gute Feder, doch an gründlicher Gelehrsamkeit man- ↗ gelt es ihm, wie all den Belletristen. Darüber hätt' ich ihn gern ausgeprügelt, denn weiter ist mit den Kerls nicht zu raisonnieren, da das aber nun nicht angieng, so focht ich mit ziemlicher Heftigkeit, und sagt ihm, der Graf sei ein Mann, vor dem man Achtung haben müsste, wegen seines Charakters sowohl, als seiner Kenntnisse; ich habe, sagt ich, niemand gekannt, dem es so geglückt wäre, seinen Geist zu erweitern, ihn über unzählige Gegenstände zu verbreiten, und doch die Tätigkeit fürs gemeine Leben zu behalten. Das waren dem Gehirn spanische Dörfer, und ich empfahl mich, um nicht über ein weiteres Deraisonne- ↗ ment noch mehr Galle zu schlucken.

4 **Inversionen:** Umkehrungen der üblichen Wortstellung | 5 **Period:** Periode, aus mehreren Gliedsätzen bestehender Satz | 13 f. **resignieren:** sich ruhig verhalten | 27 **raisonnieren:** vernünftig reden | 27 **nicht angieng:** nicht anging, unmöglich war | 34 **spanische Dörfer:** unbekannte Dinge | 35 f. **Deraisonnement:** (frz.) unvernünftiges Geschwätz

Und daran seid ihr all Schuld, die ihr mich in das Joch geschwatzt, und mir so viel von Aktivität vorgesungen habt. Aktivität! Wenn nicht der mehr tut, der Kartoffeln steckt, und in die Stadt reitet, sein Korn zu verkaufen, als ich, so will ich zehn Jahre noch mich auf der Galeere abarbeiten, auf der ich nun angeschmiedet bin.

Und das glänzende Elend die Langeweile unter dem garstigen Volke das sich hier neben einander sieht. Die Rangsucht unter ihnen, wie sie nur wachen und aufpassen, einander ein Schrittgen abzugewinnen, die elendesten erbärmlichsten Leidenschaften, ganz ohne Röckgen! Da ist ein Weib, zum Exempel, die jederman von ihrem Adel und ihrem Lande unterhält, dass nun jeder Fremde denken muss: das ist eine Närrin, die sich auf das Bissgen Adel und auf den Ruf ihres Landes Wunderstreiche einbildet – Aber es ist noch viel ärger, eben das Weib ist hier aus der Nachbarschaft eine Amtschreibers Tochter. – Sieh, ich kann das Menschengeschlecht nicht begreifen, das so wenig Sinn hat, um sich so platt zu prostituieren.

Zwar ich merke täglich mehr, mein Lieber, wie töricht man ist andre nach sich zu berechnen. Und weil ich so viel mit mir selbst zu tun habe, und dieses Herz und Sinn so stürmisch ist, ach ich lasse gern die andern ihres Pfads gehen, wenn sie mich nur auch könnten gehn lassen.

Was mich am meisten neckt, sind die fatalen bürgerlichen Verhältnisse. Zwar weiß ich so gut als einer, wie nötig der Unterschied der Stände ist, wie viel Vorteile er mir selbst verschafft, nur soll er mir nicht eben grad im Wege stehn, wo ich noch ein wenig Freude, einen Schimmer von Glück auf dieser Erden genießen könnte. Ich lernte neulich auf dem Spaziergange ein Fräulein von B . . kennen, ein liebenswürdiges Geschöpf, das sehr viele Natur mitten in dem steifen Leben erhalten hat. Wir gefielen uns in unserm Gespräche, und da wir schieden, bat ich sie um Erlaubnis, sie bei sich sehen zu dürfen. Sie gestattete mir das mit so viel Freimütigkeit, dass ich den schicklichen Au-

11 **ohne Röckgen:** unverhohlen | 19 **sich … prostituieren:** sich blamieren | 21 **nach sich zu berechnen:** nach dem eigenen Maßstab zu beurteilen | 25 **neckt:** reizt, nerv

genblick kaum erwarten konnte, zu ihr zu gehen. Sie ist nicht von hier, und wohnt bei einer Tante im Hause. Die Physiognomie der alten Schachtel gefiel mir nicht. Ich bezeigte ihr viel Aufmerksamkeit, mein Gespräch war meist an sie gewandt, und in minder als einer halben Stunde hatte ich so ziemlich weg, was mir das Fräulein nachher selbst gestund: dass die liebe Tante in ihrem Alter, und dem Mangel von allem, vom anständigen Vermögen an bis auf den Geist, keine Stütze hat, als die Reihe ihrer Vorfahren, keinen Schirm, als den Stand, in dem sie sich verpallisadiert, und kein Ergötzen, als von ihrem Stockwerk herab über die bürgerlichen Häupter weg zu sehen. In ihrer Jugend soll sie schön gewesen sein, und ihr Leben so weggegaukelt, erst mit ihrem Eigensinne manchen armen Jungen gequält, und in reifern Jahren sich unter den Gehorsam eines alten Offiziers geduckt haben, der gegen diesen Preis und einen leidlichen Unterhalt das ehrne Jahrhundert mit ihr zubrachte, und starb, und nun sieht sie im eisernen sich allein, und würde nicht angesehn, wär ihre Nichte nicht so liebenswürdig.

den 8. Jan. 1772.

Was das für Menschen sind, deren ganze Seele auf dem Ceremoniel ruht, deren Dichten und Trachten Jahre lang dahin geht, wie sie um einen Stuhl weiter hinauf bei Tische sich einschieben wollen. Und nicht, dass die Kerls sonst keine Angelegenheit hätten, nein, vielmehr häufen sich die Arbeiten, eben weil man über die kleinen Verdrüsslichkeiten, von Beförderung der wichtigen Sachen abgehalten wird. Vorige Woche gab's bei der Schlittenfahrt Händel, und der ganze Spaß wurde verdorben.

Die Toren, die nicht sehen, dass es eigentlich auf den Platz gar nicht ankommt, und dass der, der den ersten hat, so selten die erste Rolle spielt! Wie mancher König wird durch seinen Minister, wie mancher Minister durch seinen Sekretär regiert. Und wer ist dann der Erste? der, dünkt

2 f. **Die Physiognomie:** hier: die Gesichtszüge | 10 f. **verpallisadiert:** verschanzt | 17 **ehrne:** hier: kupferne, bronzene; s. Anm. zu 66,17 f. | 22 f. **auf dem Ceremoniel:** auf der Etikette

mich, der die andern übersieht, und so viel Gewalt oder List hat, ihre Kräfte und Leidenschaften zu Ausführung seiner Plane anzuspannen.

am 20. Jan.

Ich muss Ihnen schreiben, liebe Lotte, hier in der Stube einer geringen Bauernherberge, in die ich mich vor einem schweren Wetter geflüchtet habe. So lange ich in dem traurigen Neste D . . unter dem fremden, meinem Herzen ganz fremden Volke, herumziehe, hab ich keinen Augenblick gehabt, keinen, an dem mein Herz mich geheißen hätte Ihnen zu schreiben. Und jetzt in dieser Hütte, in dieser Einsamkeit, in dieser Einschränkung, da Schnee und Schlossen wider mein Fenstergen wüten, hier waren Sie mein erster Gedanke. Wie ich herein trat, überfiel mich Ihre Gestalt, Ihr Andenken. O Lotte! so heilig, so warm! Guter Gott! der erste glückliche Augenblick wieder.

Wenn Sie mich sähen meine Beste, in dem Schwall von Zerstreuung! Wie ausgetrocknet meine Sinnen werden, nicht Einen Augenblick der Fülle des Herzens, nicht Eine selige tränenreiche Stunde. Nichts! Nichts! Ich stehe wie vor einem Raritätenkasten, und sehe die Männgen und Gäulgen vor mir herumrücken, und frage mich oft, ob's nicht optischer Betrug ist. Ich spiele mit, vielmehr, ich werde gespielt wie eine Marionette, und fasse manchmal meinen Nachbar an der hölzernen Hand und schaudere zurück.

Ein einzig weiblich Geschöpf hab ich hier gefunden. Eine Fräulein von B . . Sie gleicht Ihnen liebe Lotte, wenn man Ihnen gleichen kann. Ei! werden Sie sagen: der Mensch legt sich auf niedliche Komplimente! Ganz unwahr ist's nicht. Seit einiger Zeit bin ich sehr artig, weil ich doch nicht anders sein kann, habe viel Witz, und die Frauenzimmer sagen: es wüsste niemand so fein zu loben als ich (und zu lügen, setzen Sie hinzu, denn ohne das geht's nicht ab, verstehen Sie:) Ich wollte von Fräulein B . . re-

13 **Schlossen:** Hagel

den! Sie hat viel Seele, die voll aus ihren blauen Augen hervorblickt, ihr Stand ist ihr zur Last, der keinen der Wünsche ihres Herzens befriedigt. Sie sehnt sich aus dem Getümmel, und wir verphantasieren manche Stunde in ländlichen Szenen von ungemischter Glückseligkeit, ach! und von Ihnen! Wie oft muss sie Ihnen huldigen. Muss nicht, tut's freiwillig, hört so gern von Ihnen, liebt Sie –

O säß ich zu Ihren Füßen in dem lieben vertraulichen Zimmergen, und unsere kleinen Lieben wälzten sich miteinander um mich herum, und wenn sie Ihnen zu laut würden, wollt ich sie mit einem schauerlichen Märgen um mich zur Ruhe versammlen. Die Sonne geht herrlich unter über der schneeglänzenden Gegend, der Sturm ist hinüber gezogen. Und ich – muss mich wieder in meinen Käfig sperren. Adieu! Ist Albert bei Ihnen? Und wie –? Gott verzeihe mir diese Frage!

am 17. Febr.

Ich fürchte, mein Gesandter und ich, halten's nicht lange mehr zusammen aus. Der Mensch ist ganz und gar unerträglich. Seine Art zu arbeiten und Geschäfte zu treiben ist so lächerlich, dass ich mich nicht enthalten kann ihm zu widersprechen, und oft eine Sache nach meinem Kopfe und Art zu machen, das ihm denn, wie natürlich, niemals recht ist. Darüber hat er mich neulich bei Hofe verklagt, und der Minister gab mir einen zwar sanften Verweis, aber es war doch ein Verweis, und ich stand im Begriffe, meinen Abschied zu begehren, als ich einen Privatbrief* von ihm erhielt, einen Brief, vor dem ich mich niedergekniet, und den hohen, edlen, weisen Sinn angebetet habe, wie er meine allzugroße Empfindlichkeit zurechte weist, wie er meine überspannte Ideen von Würksamkeit, von Einfluss

* Man hat aus Ehrfurcht für diesen trefflichen Mann, gedachten Brief, und einen andern, dessen weiter hinten erwähnt wird, dieser Sammlung entzogen, weil man nicht glaubte, solche Kühnheit durch den wärmsten Dank des Publikums entschuldigen zu können.

4 **wir verphantasieren:** wir schwelgen in Phantasien; s. Anm. zu 26,10 | 5 **ungemischter:** ungetrübter, reiner | 11 **Märgen:** Märchen, Geschichte

auf andre, von Durchdringen in Geschäften als jugendlichen guten Mut zwar ehrt, sie nicht auszurotten, nur zu mildern und dahin zu leiten sucht, wo sie ihr wahres Spiel haben, ihre kräftige Würkung tun können. Auch bin ich auf acht Tage gestärkt, und in mir selbst einig geworden. Die Ruhe der Seele ist ein herrlich Ding, und die Freude an sich selbst, lieber Freund, wenn nur das Ding nicht eben so zerbrechlich wäre, als es schön und kostbar ist.

am 20. Febr.

Gott segne euch, meine Lieben, geb euch all die guten Tage, die er mir abzieht.

Ich danke dir Albert, dass du mich betrogen hast, ich wartete auf Nachricht, wann euer Hochzeittag sein würde, und hatte mir vorgenommen, feierlichst an demselben Lottens Schattenriss von der Wand zu nehmen, und sie unter andere Papiere zu begraben. Nun seid ihr ein Paar, und ihr Bild ist noch hier! Nun so soll's bleiben! Und warum nicht? Ich weiß, ich bin ja auch bei euch, bin dir unbeschadet in Lottens Herzen. Habe, ja ich habe den zweiten Platz drinne, und will und muss ihn behalten. O ich würde rasend werden, wenn sie vergessen könnte – Albert in dem Gedanken liegt eine Hölle. Albert! Leb wohl. Leb wohl, Engel des Himmels, leb wohl, Lotte!

am 15. März.

Ich hab einen Verdruss gehabt, der mich von hier wegtreiben wird, ich knirsche mit den Zähnen! Teufel! Er ist nicht zu ersetzen, und ihr seid doch allein schuld daran, die ihr mich sporntet und triebt und quältet, mich in einen Posten zu begeben, der nicht nach meinem Sinne war. Nun hab ich's nun habt ihr's. Und dass du nicht wieder sagst: meine überspannten Ideen verdürben alles; so hast du hier lieber Herr, eine Erzählung, plan und nett, wie ein Chronikenschreiber das aufzeichnen würde.

Der Graf v. C. liebt mich, distingwiert mich, das ist be-

33 **Chronikenschreiber:** Geschichtsschreiber | 34 **distingwiert mich:** lobt mich

kannt, das hab ich dir schon hundertmal gesagt. Nun war ich bei ihm zu Tische gestern, eben an dem Tage, da Abends die noble Gesellschaft von Herren und Frauen bei ihm zusammenkommt, an die ich nie gedacht hab, auch mir nie aufgefallen ist, dass wir Subalternen nicht hinein gehören. Gut. Ich speise beim Grafen und nach Tische gehn wir im großen Saale auf und ab, ich rede mit ihm, mit dem Obrist B. der dazu kommt, und so rückt die Stunde der Gesellschaft heran. Ich denke, Gott weiß, an nichts. Da tritt herein die übergnädige Dame von S . . mit Dero Herrn Gemahl und wohl ausgebrüteten Gänslein Tochter mit der flachen Brust und niedlichem Schnürleib, machen en passant ihre hergebrachten hochadlichen Augen und Naslöcher, und wie mir die Nation von Herzen zuwider ist, wollt ich eben mich empfehlen, und wartete nur, bis der Graf vom garstigen Gewäsche frei wäre, als eben meine Fräulein B . . herein trat, da mir denn das Herz immer ein bissgen aufgeht, wenn ich sie sehe, blieb ich eben, stellte mich hinter ihren Stuhl, und bemerkte erst nach einiger Zeit, dass sie mit weniger Offenheit als sonst, mit einiger Verlegenheit mit mir redte. Das fiel mir auf. Ist sie auch wie all das Volk, dacht ich, hol sie der Teufel! und war angestochen und wollte gehn, und doch blieb ich, weil ich intriguiert war, das Ding näher zu beleuchten. Über dem füllt sich die Gesellschaft. Der Baron F . . mit der ganzen Garderobe von den Krönungszeiten Franz des ersten her, der Hofrat R . . hier aber in qualitate Herr von R . . genannt mit seiner tauben Frau etc. den übel fournierten J. nicht zu vergessen, bei dessen Kleidung, Reste des altfränkischen mit dem neust aufgebrachten kontrastieren etc. das kommt all und ich rede mit einigen meiner Bekanntschaft, die alle sehr lakonisch sind, ich dachte – und gab nur auf meine B . . acht. Ich merkte nicht, dass die Weiber am Ende des Saals sich in die Ohren pisperten, dass es auf die Männer zirkulierte, dass Frau von S . . mit dem Grafen redte (das alles hat mir Fräulein B . . nachher

8 **Obrist:** militärischer Rang: Oberst | 12 **Schnürleib:** Korsett | 13 **en passant:** (frz.) im Vorbeigehen | 27 **in qualitate:** (lat.) in seiner Eigenschaft (als Adliger, nicht in seiner Amtsfunktion) | 28 f. **übel fournierten:** (frz.) hier: schlecht gekleideten | 30 **altfränkischen:** altmodischen; vgl. Anm. zu 70,26 f. | 32 **lakonisch:** wortkarg | 34 **pisperten:** wisperten, flüsterten

erzählt:) bis endlich der Graf auf mich losgieng und mich in ein Fenster nahm. Sie wissen sagt er, unsere wunderbaren Verhältnisse, die Gesellschaft ist unzufrieden, merk ich, sie hier zu sehn, ich wollte nicht um alles – Ihro Exzellenz, fiel ich ein, ich bitte tausendmal um Verzeihung, ich hätte eher dran denken sollen, und ich weiß, Sie verzeihen mir diese Inkonsequenz, ich wollte schon vorhin mich empfehlen, ein böser Genius hat mich zurück gehalten, setzte ich lächelnd hinzu, indem ich mich neigte. Der Graf drückte meine Hände mit einer Empfindung, die alles sagte. Ich machte der vornehmen Gesellschaft mein Compliment, gieng und setzte mich in ein Cabriolet und fuhr nach M . . dort vom Hügel die Sonne untergehen zu sehen, und dabei in meinem Homer den herrlichen Gesang zu lesen, wie Ulyss von dem trefflichen Schweinhirten bewirtet wird. Das war all gut.

Des Abends komm ich zurück zu Tische. Es waren noch wenige in der Gaststube, die würfelten auf einer Ecke, hatten das Tischtuch zurück geschlagen. Da kommt der ehrliche A . . hinein, legt seinen Hut nieder, indem er mich ansieht, tritt zu mir und sagt leise: Du hast Verdruss gehabt? Ich? sagt' ich – der Graf hat dich aus der Gesellschaft gewiesen – Hol sie der Teufel, sagt' ich, mir war's lieb, dass ich in die freie Luft kam – Gut, sagt er, dass du's auf die leichte Achsel nimmst. Nur verdrießt mich's. Es ist schon überall herum. – Da fieng mir das Ding erst an zu wurmen. Alle die zu Tische kamen und mich ansahen, dacht' ich die sehen dich darum an! Das fieng an mir böses Blut zu setzen.

Und da man nun heute gar wo ich hintrete mich bedauert, da ich höre, dass meine Neider nun triumphieren und sagen: Da sähe man's, wo's mit den Übermütigen hinausgieng, die sich ihres bissgen Kopfs überhüben und glaubten, sich darum über alle Verhältnisse hinaussetzen zu dürfen, und was des Hundegeschwätzes mehr ist. Da möchte man sich ein Messer ins Herz bohren. Denn man

8 **Genius:** Geist; s. Anm. zu 14,35 | 11 f. **machte … mein Compliment:** verabschiedete mich | 12 **Cabriolet:** (frz.) zweirädriger Einspänner | 15 **Ulyss:** (lat.) Odysseus; s. Anm. zu 9,2 | 33 **überhüben:** überheben, übernehmen

rede von Selbstständigkeit was man will, den will ich sehn der dulden kann, dass Schurken über ihn reden, wenn sie eine Prise über ihn haben. Wenn ihr Geschwätz leer ist, ach! da kann man sie leicht lassen.

am 16. März.

Es hetzt mich alles! Heut treff ich die Fräulein B . . in der Allee. Ich konnte mich nicht enthalten sie anzureden, und ihr, sobald wir etwas entfernt von der Gesellschaft waren, meine Empfindlichkeit über ihr neuliches Betragen zu zeigen. O Werther, sagte sie mit einem innigen Tone, konnten Sie meine Verwirrung so auslegen, da Sie mein Herz kennen. Was ich gelitten habe um ihrentwillen, von dem Augenblicke an, da ich in den Saal trat. Ich sah alles voraus, hundertmal saß mir's auf der Zunge, es Ihnen zu sagen, ich wusste, dass die von S . . und T . . mit ihren Männern eher aufbrechen würden, als in Ihrer Gesellschaft zu bleiben, ich wusste, dass der Graf es nicht mit Ihnen verderben darf, und jetzo der Lärm – Wie Fräulein? sagt' ich, und verbarg meinen Schrecken, denn alles, was Adelin mir ehgestern gesagt hatte, lief mir wie siedend Wasser durch die Adern in diesem Augenblicke. – Was hat mich's schon gekostet! sagte das süße Geschöpf, indem ihr die Tränen in den Augen stunden. Ich war nicht Herr mehr von mir selbst, war im Begriff, mich ihr zu Füßen zu werfen. Erklären sie sich, ruft' ich: Die Tränen liefen ihr die Wangen herunter, ich war außer mir. Sie trocknete sie ab, ohne sie verbergen zu wollen. Meine Tante kennen sie, fieng sie an; sie war gegenwärtig, und hat, o mit was für Augen hat sie das angesehn. Werther, ich habe gestern Nacht ausgestanden, und heute früh eine Predigt über meinen Umgang mit Ihnen, und ich habe müssen zuhören Sie herabsetzen, erniedrigen, und konnte und durfte Sie nur halb verteidigen.

Jedes Wort, das sie sprach, gieng mir wie Schwerder durchs Herz. Sie fühlte nicht, welche Barmherzigkeit es gewesen wäre, mir das alles zu verschweigen, und nun

2 f. **wenn sie eine Prise … haben:** wenn er ihnen einen Angriffspunkt geboten hat | 20 **ehgestern:** vorgestern | 29 f. **ausgestanden:** gelitten | 33 f. **Schwerder durchs Herz:** Bei bildhaften Darstellungen von Maria wird ein Schwert durch das Herz oft als Symbol für ihre Schmerzen verwendet.

fügte sie noch all dazu, was weiter würde geträtscht werden, was die schlechten Kerls alle darüber triumphieren würden. Wie man nunmehro meinen Übermut und Geringschätzung andrer, das sie mir schon lange vorwerfen, gestraft, erniedrigt ausschreien würde. Das alles, Wilhelm, von ihr zu hören, mit der Stimme der wahrsten Teilnehmung. Ich war zerstört, und bin noch wütend in mir. Ich wollte, dass sich einer unterstünde mir's vorzuwerfen, dass ich ihm den Degen durch den Leib stoßen könnte! Wenn ich Blut sähe würde mir's besser werden. Ach ich hab hundertmal ein Messer ergriffen, um diesem gedrängten Herzen Luft zu machen. Man erzählt von einer edlen Art Pferde, die, wenn sie schröcklich erhitzt und aufgejagt sind, sich selbst aus Instinkt eine Ader aufbeißen, um sich zum Atem zu helfen. So ist mir's oft, ich möchte mir eine Ader öffnen, die mir die ewige Freiheit schaffte.

am 24. März.

Ich habe meine Dimission bei Hofe verlangt, und werde sie, hoff ich erhalten, und ihr werdet mir verzeihen, dass ich nicht erst Permission dazu bei euch geholt habe. Ich musste nun einmal fort, und was ihr zu sagen hattet, um mir das Bleiben einzureden weiß ich all, und also – Bring das meiner Mutter in einem Säftgen bei, ich kann mir selbst nicht helfen, also mag sie sich's gefallen lassen, wenn ich ihr auch nicht helfen kann. Freilich muss es ihr weh tun. Den schönen Lauf, den ihr Sohn grad zum Geheimderat und Gesandten ansetzte, so auf einmal Halte zu sehen, und rückwärts mit dem Tiergen in Stall. Macht nun draus was ihr wollt und kombiniert die mögliche Fälle, unter denen ich hätte bleiben können und sollen. Genug ich gehe. Und damit ihr wisst wo ich hinkomme, so ist hier der Fürst ** der viel Geschmack an meiner Gesellschaft findet, der hat mich gebeten, da er von meiner Absicht hörte, mit ihm auf seine Güter zu gehen, und den

1 **geträtscht:** getratscht | 6 f. **Teilnehmung:** Anteilnahme | 18 **Dimission:** Entlassung | 20 **Permission:** Erlaubnis | 23 **in einem Säftgen:** gemeint ist, der Mutter eine schlechte Nachricht, gleich einer bitteren Medizin, einfühlsam zu überbringen | 26 f. **Geheimderat:** Titel eines hohen Staatsbeamten

schönen Frühling da zuzubringen. Ich soll ganz mir selbst gelassen sein, hat er mir versprochen, und da wir uns zusammen bis auf einen gewissen Punkt verstehn, so will ich's denn auf gut Glück wagen, und mit ihm gehn.

den 19. April.

Zur Nachricht.

Danke für deine beiden Briefe. Ich antwortete nicht, weil ich diesen Brief liegen ließ, bis mein Abschied von Hofe da wäre, weil ich fürchtete, meine Mutter möchte sich an den Minister wenden und mir mein Vorhaben erschweren. Nun aber ist's geschehen, mein Abschied ist da. Ich mag euch nicht sagen, wie ungern man mir ihn gegeben hat, und was mir der Minister schreibt, ihr würdet in neue Lamentationen ausbrechen. Der Erbprinz hat mir zum Abschiede fünf und zwanzig Dukaten geschickt, mit einem Wort, das mich bis zu Tränen gerührt hat. Also braucht die Mutter mir das Geld nicht zu schicken, um das ich neulich schrieb.

am 5. Mai.

Morgen geh ich von hier ab, und weil mein Geburtsort nur sechs Meilen vom Wege liegt, so will ich den auch wieder sehen, will mich der alten glücklich verträumten Tage erinnern. Zu eben dem Tore will ich hineingehn, aus dem meine Mutter mit mir herausfuhr, als sie nach dem Tode meines Vaters den lieben vertraulichen Ort verließ, um sich in ihre unerträgliche Stadt einzusperren. Adieu, Wilhelm, du sollst von meinem Zuge hören.

am 9. Mai.

Ich habe die Wallfahrt nach meiner Heimat mit aller Andacht eines Pilgrims vollendet, und manche unerwartete Gefühle haben mich ergriffen. An der großen Linde, die eine Viertelstunde vor der Stadt nach S . . zusteht, ließ ich halten, stieg aus und hieß den Postillion fortfahren, um zu

15 **Dukaten:** Goldmünzen; s. Anm. zu 74,15 | 30 **Pilgrims:** Pilgers | 35 **Postillion:** (frz.) Kutscher einer Postkutsche

Fuße jede Erinnerung ganz neu, lebhaft nach meinem Herzen zu kosten. Da stand ich nun unter der Linde, die ehedessen als Knabe das Ziel und die Gränze meiner Spaziergänge gewesen. Wie anders! Damals sehnt ich mich in glücklicher Unwissenheit hinaus in die unbekannte Welt, wo ich für mein Herz alle die Nahrung, alle den Genuss hoffte, dessen Ermangeln ich so oft in meinem Busen fühlte. Jetzt kam ich zurück aus der weiten Welt – O mein Freund, mit wie viel fehlgeschlagenen Hoffnungen, mit wie viel zerstörten Planen! – Ich sah das Gebürge vor mir liegen, das so tausendmal der Gegenstand meiner Wünsche gewesen. Stundenlang konnte ich hier sitzen, und mich hinüber sehnen, mit inniger Seele mich in denen Wäldern, denen Tälern verlieren, die sich meinen Augen so freundlich dämmernd darstellten – und wenn ich denn nun die bestimmte Zeit wieder zurück musste, mit welchem Widerwillen verließ ich nicht den lieben Platz! Ich kam der Stadt näher, alle alte bekannte Gartenhäusgen wurden von mir gegrüßt, die neuen waren mir zuwider, so auch alle Veränderungen, die man sonst vorgenommen hatte. Ich trat zum Tore hinein, und fand mich doch gleich und ganz wieder. Lieber, ich mag nicht ins Detail gehn, so reizend als es mir war, so einförmig würde es in der Erzählung werden. Ich hatte beschlossen auf dem Markte zu wohnen, gleich neben unserm alten Hause. Im Hingehen bemerkte ich dass die Schulstube, wo ein ehrlich altes Weib unsere Kindheit zusammengepfercht hatte, in einen Kram verwandelt war. Ich erinnerte mich der Unruhe, der Tränen, der Dumpfheit des Sinnes, der Herzensangst, die ich in dem Loche ausgestanden hatte – Ich tat keinen Schritt, der nicht merkwürdig war. Ein Pilger im heiligen Lande trifft nicht so viel Stätten religioser Erinnerung, und seine Seele ist schwerlich so voll heiliger Bewegung. – Noch eins für tausend. Ich gieng den Fluss hinab, bis an einen gewissen Hof, das war sonst auch mein Weg, und die Plätzgen da wir Knaben uns übten, die meisten

21 f. **fand mich … ganz wieder:** fand mich zurecht | 28 **Kram:** Kramladen, kleiner Lebensmittel- oder Kurzwarenladen

Sprünge der flachen Steine im Wasser hervorzubringen. Ich erinnere mich so lebhaft, wenn ich manchmal stand, und dem Wasser nachsah, mit wie wunderbaren Ahndungen ich das verfolgte, wie abenteuerlich ich mir die Gegenden vorstellte, wo es nun hinflösse, und wie ich da so bald Grenzen meiner Vorstellungskraft fand, und doch musste das weiter gehn, immer weiter, bis ich mich ganz in dem Anschauen einer unsichtbaren Ferne verlor. Siehe mein Lieber, das ist doch eben das Gefühl der herrlichen ↗ Altväter! Wenn Ulyss von dem ungemessenen Meere, und von der unendlichen Erde spricht, ist das nicht wahrer, menschlicher, inniger, als wenn jetzo jeder Schulknabe sich wunder weise dünkt, wenn er nachsagen kann, dass sie rund sei.

Nun bin ich hier auf dem fürstlichen Jagdschlosse. Es lässt sich noch ganz wohl mit dem Herrn leben, er ist ganz wahr, und einfach. Was mir noch manchmal leid tut, ist, dass er oft über Sachen redt, die er nur gehört und gelesen hat, und zwar aus eben dem Gesichtspunkte, wie sie ihm der andere darstellen mochte.

Auch schätzt er meinen Verstand und Talente mehr als dies Herz, das doch mein einziger Stolz ist, das ganz allein die Quelle von allem ist, aller Kraft, aller Seligkeit und alles Elends. Ach was ich weiß, kann jeder wissen. – Mein Herz hab ich allein.

am 25. Mai.

Ich hatte etwas im Kopfe, davon ich euch nichts sagen wollte, bis es ausgeführt wäre, jetzt da nichts draus wird, ist's eben so gut. Ich wollte in Krieg! Das hat mir lang am Herzen gelegen. Vornehmlich darum bin ich dem Fürsten hieher gefolgt, der General in *** schen Diensten ist. Auf einem Spaziergange entdeckte ich ihm mein Vorhaben, er widerriet mir's, und es müsste bei mir mehr Leidenschaft als Grille gewesen sein, wenn ich seinen Gründen nicht hätte Gehör geben wollen.

am 11. Juni.

Sag was Du willst, ich kann nicht länger bleiben. Was soll ich hier? Die Zeit wird mir lang. Der Fürst hält mich wie seines Gleichen gut, und doch bin ich nicht in meiner Lage. Und dann, wir haben im Grunde nichts gemeines mit einander. Er ist ein Mann von Verstande, aber von ganz gemeinem Verstande, sein Umgang unterhält mich nicht mehr, als wenn ich ein wohlgeschrieben Buch lese. Noch acht Tage bleib ich, und dann zieh ich wieder in der Irre herum. Das beste, was ich hier getan habe, ist mein Zeichnen. Und der Fürst fühlt in der Kunst, und würde noch stärker fühlen, wenn er nicht durch das garstige, wissenschaftliche Wesen, und durch die gewöhnliche Terminologie eingeschränkt wäre. Manchmal knirsch ich mit den Zähnen, wenn ich ihn mit warmer Imagination so an Natur und Kunst herum führe und er's auf einmal recht gut zu machen denkt, wenn er mit einem gestempelten Kunstworte drein tölpelt.

am 18. Juni.

Wo ich hin will? Das lass Dir im Vertrauen eröffnen. Vierzehn Tage muss ich doch noch hier bleiben, und dann hab ich mir weis gemacht, dass ich die Bergwerke in ** schen besuchen wollte, ist aber im Grunde nichts dran, ich will nur Lotten wieder näher, das ist alles. Und ich lache über mein eigen Herz – und tu ihm seinen Willen.

am 29. Juli.

Nein es ist gut! Es ist alles gut! Ich ihr Mann! O Gott, der du mich machtest, wenn du mir diese Seligkeit bereitet hättest, mein ganzes Leben sollte ein anhaltendes Gebet sein. Ich will nicht rechten, und verzeih mir diese Tränen, verzeih mir meine vergebliche Wünsche. – Sie meine Frau! Wenn ich das liebste Geschöpf unter der Sonne in meine Arme geschlossen hätte – Es geht mir ein Schauder durch den ganzen Körper, Wilhelm, wenn Albert sie um den schlanken Leib fasst.

9 **in der Irre:** in der Fremde | 13 **gewöhnliche Terminologie:** übliche Wissenschaftssprache | 14 f. **mit warmer Imagination:** mit lebhafter Phantasie | 16 f. **gestempelten Kunstworte:** gedruckten Fachbegriff | 29 **rechten:** rechthaberisch sein

Und, darf ich's sagen? Warum nicht, Wilhelm, sie wäre mit mir glücklicher geworden als mit ihm! O er ist nicht der Mensch, die Wünsche dieses Herzens alle zu füllen. ↗ Ein gewisser Mangel an Fühlbarkeit, ein Mangel – nimm's ↗ wie du willst, dass sein Herz nicht sympathetisch schlägt bei – Oh! – bei der Stelle eines lieben Buchs, wo mein Herz und Lottens in einem zusammen treffen. In hundert andern Vorfällen, wenn's kommt, dass unsere Empfindungen über eine Handlung eines dritten laut werden. Lieber Wilhelm! – Zwar er liebt sie von ganzer Seele, und so eine Liebe was verdient die nicht –

Ein unerträglicher Mensch hat mich unterbrochen. Meine Tränen sind getrocknet. Ich bin zerstreut. Adieu Lieber.

am 4. August.

Es geht mir nicht allein so. Alle Menschen werden in ihren Hoffnungen getäuscht, in ihren Erwartungen betrogen. Ich besuchte mein gutes Weib unter der Linde. Der ältste Bub lief mir entgegen, sein Freudengeschrei führte die Mutter herbei, die sehr niedergeschlagen aussah. Ihr erstes Wort war: Guter Herr! ach mein Hanns ist mir gestorben, es war der jüngste ihrer Knaben, ich war stille, und mein Mann sagte sie, ist aus der Schweiz zurück, und hat nichts mit gebracht, und ohne gute Leute hätte er sich heraus betteln müssen. Er hatte das Fieber kriegt unterwegs. Ich konnte ihr nichts sagen, und schenkte dem kleinen was, sie bat mich einige Äpfel anzunehmen, das ich tat und den Ort des traurigen Andenkens verließ.

am 21. Aug.

Wie man eine Hand umwendet, ist's anders mit mir. Manchmal will so ein freudiger Blick des Lebens wieder aufdämmern, ach nur für einen Augenblick! Wenn ich mich so in Träumen verliere, kann ich mich des Gedan-

4 **Fühlbarkeit:** Mitgefühl, Einfühlungsvermögen; s. Anm. zu 26,10 | 5 **sein Herz nicht sympathetisch schlägt:** nicht im Einklang mit ihrem Herzen schlägt; s. Anm. zu 26,10

kens nicht erwehren: Wie, wenn Albert stürbe! Du würdest! ja sie würde – und dann lauf ich dem Hirngespinste nach, bis es mich an Abgründe führt, vor denen ich zurückbebe.

Wenn ich so dem Tore hinaus gehe, den Weg den ich zum erstenmal fuhr, Lotten zum Tanze zu holen, wie war das all so anders! Alles, alles ist vorüber gegangen! Kein Wink der vorigen Welt, kein Pulsschlag meines damaligen Gefühls. Mir ist's, wie's einem Geiste sein müsste, der in das versengte verstörte Schloss zurückehrte, das er als blühender Fürst einst gebaut und mit allen Gaben der Herrlichkeit ausgestattet, sterbend seinem geliebten Sohne hoffnungsvoll hinterlassen.

am 3. September.

Ich begreife manchmal nicht, wie sie ein anderer lieb haben kann, lieb haben darf, da ich sie so ganz allein, so innig, so voll liebe, nichts anders kenne, noch weiß, noch habe als sie.

am 6. Sept.

Es hat schwer gehalten, bis ich mich entschloss, meinen blauen einfachen Frack, in dem ich mit Lotten zum erstenmal tanzte, abzulegen, er ward aber zuletzt gar unscheinbar. Auch hab ich mir einen machen lassen, ganz wie den vorigen, Kragen und Aufschlag und auch wieder so gelbe West und Hosen dazu.

Ganz will's es doch nicht tun. Ich weiß nicht – Ich denke mit der Zeit soll mir der auch lieber werden.

am 15. Sept.

Man möchte sich dem Teufel ergeben, Wilhelm, über all die Hunde, die Gott auf Erden duldet, ohne Sinn und Gefühl an dem wenigen, was drauf noch was wert ist. Du kennst die Nussbäume, unter denen ich bei dem ehrlichen

20 **Es hat schwer gehalten:** Es ist mir schwergefallen | 22 f. **unscheinbar:** hier: abgetragen, unansehnlich

Pfarren zu St .., mit Lotten gesessen, die herrlichen Nussbäume, die mich, Gott weiß, immer mit dem größten Seelenvergnügen füllten. Wie vertraulich sie den Pfarrhof machten, wie kühl und wie herrlich die Äste waren. Und die Erinnerung bis zu die guten Kerls von Pfarrers, die sie von so viel Jahren pflanzten. Der Schulmeister hat uns den einen Namen oft genannt, den er von seinem Großvater gehört hatte, und so ein braver Mann soll er gewesen sein, und sein Andenken war mir immer heilig, unter den Bäumen. Ich sage Dir, dem Schulmeister standen die Tränen in den Augen, da wir gestern davon redeten, dass sie abgehauen worden – Abgehauen! Ich möchte rasend werden, ich könnte den Hund ermorden, der den ersten Hieb dran tat. Ich, der ich könnte mich vertrauren, wenn so ein paar Bäume in meinem Hofe stünden, und einer davon stürbe vor Alter ab, ich muss so zusehn. Lieber Schatz, eins ist doch dabei! Was Menschengefühl ist! Das ganze Dorf murrt, und ich hoffe, die Frau Pfarrern soll's an Butter und Eiern und übrigem Zutrauen spüren, was für eine Wunde sie ihrem Orte gegeben hat. Denn sie ist's, die Frau des neuen Pfarrers, unser Alter ist auch gestorben, ein hageres, kränkliches Tier, das sehr Ursache hat an der Welt keinen Anteil zu nehmen, denn niemand nimmt Anteil an ihr. Eine Fratze, die sich abgiebt gelehrt zu sein, sich in die Untersuchung des Canons meliert, gar viel an der neumodischen moralisch kritischen Reformation des ↗ Christentums arbeitet, und über Lavaters Schwärmereien die Achseln zuckt, eine ganz zerrüttete Gesundheit hat, und auf Gottes Erdboden deswegen keine Freude. So ein Ding war's auch allein, um meine Nussbäume abzuhauen. Siehst du, ich komme nicht zu mir! Stelle dir vor, die abfallenden Blätter machen ihr den Hof unrein und dumpfig, die Bäume nehmen ihr des Tageslicht, und wenn die Nüsse reif sind, so werfen die Knaben mit Steinen darnach, und das fällt ihr auf die Nerven, und das stört sie in ↗ ihren tiefen Überlegungen, wenn sie Kennikot, Semler

14 **mich vertrauren:** mich in Trauer stürzen | 25 **des Canons:** der Kirchenlehre | 25 **meliert:** (frz.) hier: einmischt | 32 f. **dumpfig:** hier: rutschig

und Michaelis, gegen einander abwiegt. Da ich die Leute im Dorfe, besonders die Alten, so unzufrieden sah, sagt' ich: warum habt ihr's gelitten? – Wenn der Schulz will, hier zu Lande, sagten sie, was kann man machen. Aber eins ist recht geschehn, der Schulz und der Pfarrer, der doch auch von seiner Frauen Grillen, die ihm so die Suppen nicht fett machen, etwas haben wollte, dachten's mit einander zu teilen, da erfuhr's die Kammer und sagte: hier herein! und verkaufte die Bäume an den Meistbietenden. Sie liegen! O wenn ich Fürst wäre! Ich wollt die Pfarrern, den Schulzen und die Kammer – Fürst! – Ja wenn ich Fürst wäre, was kümmerten mich die Bäume in meinem Lande.

am 10. Oktober.

Wenn ich nur ihre schwarzen Augen sehe, ist mir's schon wohl! Sieh, und was mich verdrüßt, ist, dass Albert nicht so beglückt zu sein scheinet, als er – hoffte – als ich – zu sein glaubte – wenn – Ich mache nicht gern Gedankenstriche, aber hier kann ich mich nicht anders ausdrucken – und mich dünkt deutlich genug.

am 12. Oktober.

Ossian hat in meinem Herzen den Homer verdrängt. Welch eine Welt, in die der Herrliche mich führt. Zu wandern über die Heide, umsaust vom Sturmwinde, der in dampfenden Nebeln, die Geister der Väter im dämmernden Lichte des Mondes hinführt. Zu hören vom Gebürge her, im Gebrülle des Waldstroms, halb verwehtes Ächzen der Geister aus ihren Höhlen, und die Wehklagen des zu Tode gejammerten Mädgens, um die vier moosbedeckten, grasbewachsnen Steine des edelgefallnen ihres Geliebten. Wenn ich ihn denn finde, den wandelnden grauen Barden, der auf der weiten Heide die Fußtapfen seiner Väter sucht und ach! ihre Grabsteine findet. Und dann jammernd nach dem lieben Sterne des Abends hinblickt, der sich ins rollende Meer verbirgt, und die Zeiten

3 **Schulz:** Schultheiß, Gemeindevorsteher | 6 **Grillen:** verrückten Ideen | 8 **Kammer:** das Gericht | 31 **Barden:** Sänger | 31 **Fußtapfen:** Fußstapfen, Fußspuren

der Vergangenheit in des Helden Seele lebendig werden, da noch der freundliche Strahl den Gefahren der Tapfern leuchtete, und der Mond ihr bekränztes, siegrückkehrendes Schiff beschien. Wenn ich so den tiefen Kummer auf seiner Stirne lese, so den letzten verlassnen Herrlichen in aller Ermattung dem Grabe zu wanken sehe, wie er immer neue schmerzlich glühende Freuden in der kraftlosen Gegenwart der Schatten seiner Abgeschiedenen einsaugt, und nach der kalten Erde dem hohen wehenden Grase niedersieht, und ausruft: Der Wanderer wird kommen, kommen, der mich kannte in meiner Schönheit und fragen, wo ist der Sänger, Fingals trefflicher Sohn? Sein Fußtritt geht über mein Grab hin, und er fragt vergebens nach mir auf der Erde. O Freund! ich möchte gleich einem edlen Waffenträger das Schwert ziehen und meinen Fürsten von der zückenden Qual des langsam absterbenden Lebens auf einmal befreien, und dem befreiten Halbgott meine Seele nachsenden.

am 19. Oktober.

Ach diese Lücke! Diese entsetzliche Lücke, die ich hier in meinem Busen fühle! ich denke oft! – Wenn du sie nur einmal, nur einmal an dieses Herz drücken könntest. All diese Lücke würde ausgefüllt sein.

am 26. Oktober.

Ja es wird mir gewiss, Lieber! gewiss und immer gewisser, dass an dem Dasein eines Geschöpfs so wenig gelegen ist, ganz wenig. Es kam eine Freundin zu Lotten, und ich gieng herein ins Nebenzimmer, ein Buch zu nehmen, und konnte nicht lesen, und dann nahm ich eine Feder zu schreiben. Ich hörte sie leise reden, sie erzählten einander insofern unbedeutende Sachen, Stadtneuigkeiten: wie diese heiratet, wie jene krank, sehr krank ist. Sie hat einen trocknen Husten, die Knochen stehn ihr zum Gesichte heraus, und kriegt Ohnmachten, ich gebe keinen Kreuzer

6 **Ermattung:** Erschöpfung | 12 **Fingals trefflicher Sohn:** Ossian; s. Anm. zu 36,28

für ihr Leben, sagte die eine. Der N. N. ist auch so übel dran, sagte Lotte. Er ist schon geschwollen, sagte die andre. Und meine lebhafte Einbildungskraft versetzte mich ans Bette dieser Armen, ich sah sie, mit welchem Widerwillen sie dem Leben den Rücken wandten, wie sie – Wilhelm, und meine Weibgens redeten davon, wie man eben davon redt: dass ein Fremder stirbt. – Und wenn ich mich umsehe, und seh das Zimmer an, und ringsum mich Lottens Kleider, hier ihre Ohrringe auf dem Tischgen, und Alberts Scripturen und diese Meubels, denen ich nun so befreundet bin, so gar diesem Dintenfass; und denke: Sieh, was du nun diesem Hause bist! Alles in allem. Deine Freunde ehren dich! Du machst oft ihre Freude, und deinem Herzen scheint's, als wenn es ohne sie nicht sein könnte, und doch – wenn du nun giengst? wenn du aus diesem Kreise schiedest, würden sie? wie lange würden sie die Lücke fühlen, die dein Verlust in ihr Schicksal reißt? wie lang? – O so vergänglich ist der Mensch, dass er auch da, wo er seines Daseins eigentliche Gewissheit hat, da, wo er den einzigen wahren Eindruck seiner Gegenwart macht; in dem Andenken in der Seele seiner Lieben, dass er auch da verlöschen, verschwinden muss, und das – so bald!

am 27. Oktober.

Ich möchte mir oft die Brust zerreißen und das Gehirn einstoßen, dass man einander so wenig sein kann. Ach die Liebe und Freude und Wärme und Wonne, die ich nicht hinzu bringe, wird mir der andre nicht geben, und mit einem ganzen Herzen voll Seligkeit, werd ich den andern nicht beglücken der kalt und kraftlos vor mir steht.

am 30. Oktober.

Wenn ich nicht schon hundertmal auf dem Punkte gestanden bin ihr um den Hals zu fallen. Weiß der große Gott, wie einem das tut, so viel Liebenswürdigkeit vor sich her-

1 **N. N.:** lat. *nomine nominandum,* ›der noch zu nennende Name‹, hier: ein nicht Genannter | 2 **geschwollen:** hat geschwollene Gliedmaßen | 10 **Scripturen:** (lat.) Schriftstücke | 10 **Meubels:** Möbel | 11 **Dintenfass:** Tintenfass | 34 f. **herumkreuzen:** herumwandern, sich bewegen

umkreuzen zu sehn und nicht zugreifen zu dürfen. Und das Zugreifen ist doch der natürlichste Trieb der Menschheit. Greifen die Kinder nicht nach allem was ihnen in Sinn fällt? Und ich?

am 3. November.

Weiß Gott, ich lege mich so oft zu Bette mit dem Wunsche, ja manchmal mit der Hoffnung, nicht wieder zu erwachen, und Morgens schlag ich die Augen auf, sehe die Sonne wieder, und bin elend. O dass ich launisch sein könnte, könnte die Schuld aufs Wetter, auf einen dritten, auf eine fehlgeschlagene Unternehmung schieben; so würde die unerträgliche Last des Unwillens doch nur halb auf mir ruhen. Weh mir, ich fühle zu wahr, dass an mir allein alle Schuld liegt, – nicht Schuld! Genug dass in mir die Quelle alles Elendes verborgen ist, wie es ehemals die Quelle aller Seligkeiten war. Bin ich nicht noch eben derselbe, der ehemals in aller Fülle der Empfindung herumschwebte, dem auf jedem Tritte ein Paradies folgte, der ein Herz hatte, eine ganze Welt liebevoll zu umfassen. Und das Herz ist jetzo tot, aus ihm fließen keine Entzückungen mehr, meine Augen sind trocken, und meine Sinnen, die nicht mehr von erquickenden Tränen gelabt werden, ziehen ängstlich meine Stirne zusammen. Ich leide viel, denn ich habe verloren was meines Lebens einzige Wonne war, die heilige belebende Kraft, mit der ich Welten um mich schuf. Sie ist dahin! – Wenn ich zu meinem Fenster hinaus an den fernen Hügel sehe, wie die Morgensonne über ihn her den Nebel durchbricht und den stillen Wiesengrund bescheint, und der sanfte Fluss zwischen seinen entblätterten Weiden zu mir herschlängelt, o wenn da diese herrliche Natur so starr vor mir steht wie ein lackiert Bildgen, und all die Wonne keinen Tropfen Seligkeit aus meinem Herzen herauf in das Gehirn pumpen kann, und der ganze Kerl vor Gottes Angesicht steht wie ein versiegter Brunn, wie ein verlechter Eimer! Ich habe mich so oft

20 **jetzo:** jetzt | 22 **erquickenden:** erholsamen | 31 f. **lackiert Bildgen:** mit Lack überzogenes Bildchen | 35 **verlechter Eimer:** Eimer mit einem Leck

auf den Boden geworfen und Gott um Tränen gebeten, wie ein Ackersmann um Regen, wenn der Himmel ehern über ihm ist, und um ihn die Erde verdürstet.

Aber, ach ich fühl's! Gott giebt Regen und Sonnenschein nicht unserm ungestümen Bitten, und jene Zeiten, deren Andenken mich quält, warum waren sie so selig? als weil ich mit Geduld seinen Geist erwartete, und die Wonne, die er über mich ausgoss mit ganzem, innig dankbarem Herzen aufnahm.

am 8. Nov.

Sie hat mir meine Exzesse vorgeworfen! Ach mit so viel Liebenswürdigkeit! Meine Exzesse, dass ich mich manchmal von einem Glas Wein verleiten lasse, eine Bouteille zu trinken. Tun Sie's nicht! sagte sie, denken Sie an Lotten! – Denken! sagt' ich, brauchen Sie mir das zu heißen? Ich denke! – Ich denke nicht! Sie sind immer vor meiner Seelen. Heut saß ich an dem Flecke, wo Sie neulich aus der Kutsche stiegen – Sie redte was anders, um mich nicht tiefer in den Text kommen zu lassen. Bester, ich bin dahin! Sie kann mit mir machen was sie will.

am 15. Nov.

Ich danke Dir, Wilhelm, für Deinen herzlichen Anteil, für Deinen wohlmeinenden Rat, und bitte Dich, ruhig zu sein. Lass mich ausdulden, ich habe bei all meiner Müdseligkeit noch Kraft genug durchzusetzen. Ich ehre die Religion, das weißt Du, ich fühle, dass sie manchem Ermatteten Stab, manchem Verschmachtenden Erquickung ist. Nur – kann sie denn, muss sie denn das einem jeden sein? Wenn Du die große Welt ansiehst; so siehst du Tausende, denen sie's nicht war, Tausende denen sie's nicht sein wird, gepredigt oder ungepredigt, und muss sie mir's denn sein? Sagt nicht selbst der Sohn Gottes: dass die um ihn sein würden, die ihm der Vater gegeben hat. Wenn ich ihm nun nicht gegeben bin! Wenn mich nun der Vater für sich be-

2 **ehern:** hier: unbeweglich | 11 **Exzesse:** Ausschweifungen | 13 **Bouteille:** (frz.) Flasche | 15 **mir das zu heißen:** mich hierzu aufzufordern | 24 **ausdulden:** bis zum Ende erdulden | 24 f. **Müdseligkeit:** Todessehnsucht | 25 **durchzusetzen:** hier: durchzuhalten

halten will, wie mir mein Herz sagt! Ich bitte Dich, lege das nicht falsch aus, sieh nicht etwa Spott in diesen unschuldigen Worten, es ist meine ganze Seele, die ich dir vorlege. Sonst wollt' ich lieber, ich hätte geschwiegen, wie ich denn über all das, wovon jedermann so wenig weiß als ich, nicht gern ein Wort verliere. Was ist's anders als Menschenschicksal, sein Maß auszuleiden, seinen Becher auszutrinken. – Und ward der Kelch dem Gott vom Himmel auf seiner Menschenlippe zu bitter, warum soll ich groß tun und mich stellen, als schmeckte er mir süße. Und warum sollte ich mich schämen, in dem schröcklichen Augenblicke, da mein ganzes Wesen zwischen Sein und Nichtsein zittert, da die Vergangenheit wie ein Blitz über dem finstern Abgrunde der Zukunft leuchtet, und alles um mich her versinkt, und mit mir die Welt untergeht. – Ist es da nicht die Stimme der ganz in sich gedrängten, sich selbst ermangelnden, und unaufhaltsam hinabstürzenden Creatur, in den innern Tiefen ihrer vergebens aufarbeitenden Kräfte zu knirschen. Mein Gott! Mein Gott! warum hast du mich verlassen? Und sollt' ich mich des Ausdrucks schämen, sollte mir's vor dem Augenblicke bange sein, da ihm der nicht entgieng, der die Himmel zusammenrollt wie ein Tuch.

am 21. Nov.

Sie sieht nicht, sie fühlt nicht, dass sie einen Gift bereitet, der mich und sie zu Grunde richten wird. Und ich mit voller Wollust schlurfe den Becher aus, den sie mir zu meinem Verderben reicht. Was soll der gütige Blick, mit dem sie mich oft – oft? – nein nicht oft, aber doch manchmal ansieht, die Gefälligkeit, womit sie einen unwillkührlichen Ausdruck meines Gefühls aufnimmt, das Mitleiden mit meiner Duldung, das sich auf ihrer Stirne zeichnet.

Gestern als ich weggieng, reichte sie mir die Hand und sagte: Adieu, lieber Werther! Lieber Werther! Es war das erstemal, dass sie mich Lieber hieß, und mir gieng's durch

7 **sein Maß auszuleiden:** das persönliche Ausmaß an Unglück zu ertragen | 18 **Creatur:** Lebewesen | 19 f. **Mein Gott … verlassen:** vgl. Christus am Kreuz, Neues Testament, Markus 15,34 | 25 **einen Gift:** altert. der Gift

Mark und Bein. Ich hab mir's hundertmal wiederholt und gestern Nacht da ich ins Bette gehen wollte, und mit mir selbst allerlei schwatzte, sag ich so auf einmal: gute Nacht, lieber Werther! Und musste hernach selbst über mich lachen.

am 24. Nov.

Sie fühlt, was ich dulde. Heut ist mir ihr Blick tief durchs Herz gedrungen. Ich fand sie allein. Ich sagte nichts und sie sah mich an. Und ich sah nicht mehr in ihr die liebliche Schönheit, nicht mehr das Leuchten des trefflichen Geistes; das war all vor meinen Augen verschwunden. Ein weit herrlicherer Blick würkte auf mich, voll Ausdruck des innigsten Anteils des süßten Mitleidens. Warum durft' ich mich nicht ihr zu Füßen werfen! warum durft' ich nicht an ihrem Halse mit tausend Küssen antworten – Sie nahm ihre Zuflucht zum Claviere und hauchte mit süßer leiser Stimme harmonische Laute zu ihrem Spiele. Nie hab ich ihre Lippen so reizend gesehn, es war, als wenn sie sich lechzend öffneten, jene süße Töne in sich zu schlürfen, die aus dem Instrumente hervorquollen, und nur der heimliche Wiederschall aus dem süßen Munde zurückklänge – Ja wenn ich dir das so sagen könnte! Ich widerstund nicht länger, neigte mich und schwur: Nie will ich's wagen, einen Kuss euch einzudrücken Lippen, auf denen die Geister des Himmels schweben – Und doch – ich will – Ha siehst du, das steht wie eine Scheidewand vor meiner Seelen – diese Seligkeit – und da untergegangen, die Sünde abzubüßen – Sünde?

am 30. Nov.

Ich soll, ich soll nicht zu mir selbst kommen, wo ich hintrete, begegnet mir eine Erscheinung, die mich aus aller Fassung bringt. Heut! O Schicksal! O Menschheit!

Ich gehe an dem Wasser hin in der Mittagsstunde, ich hatte keine Lust zu essen. Alles war so öde, ein nasskalter

19 **lechzend:** dürstend

Abendwind blies vom Berge, und die grauen Regenwolken zogen das Tal hinein. Von ferne seh ich einen Menschen in einem grünen schlechten Rocke, der zwischen den Felsen herumkrabelte und Kräuter zu suchen schien. Als ich näher zu ihm kam und er sich auf das Geräusch, das ich machte, herumdrehte, sah ich eine gar interessante Physiognomie, darin eine stille Trauer den Hauptzug machte, die aber sonst nichts als einen graden guten Sinn ausdrückte, seine schwarzen Haare waren mit Nadeln in zwei Rollen gesteckt, und die übrigen in einen starken Zopf geflochten, der ihm den Rücken herunter hieng. Da mir seine Kleidung einen Menschen von geringem Stande zu bezeichnen schien, glaubt' ich, er würde es nicht übel nehmen, wenn ich auf seine Beschäftigung aufmerksam wäre, und daher fragte ich ihn, was er suchte? Ich suche, antwortete er mit einem tiefen Seufzer, Blumen – und finde keine – Das ist auch die Jahrszeit nicht, sagt' ich lächelnd. – Es giebt so viel Blumen, sagt er, indem er zu mir herunter kam. In meinem Garten sind Rosen und Je länger je lieber zweierlei Sorten, eine hat mir mein Vater gegeben, sie wachsen wie's Unkraut, ich suche schon zwei Tage darnach, und kann sie nicht finden. Da haußen sind auch immer Blumen, gelbe und blaue und rote, und das Tausend Güldenkraut hat ein schön Blümgen. Keines kann ich finden. Ich merkte was unheimliches, und drum fragte ich durch einen Umweg: Was will er denn mit den Blumen? Ein wunderbares zuckendes Lächlen verzog sein Gesicht. Wenn er mich nicht verraten will, sagt er, indem er den Finger auf den Mund drückte, ich habe meinem Schatze einen Strauß versprochen. Das ist brav, sagt' ich. O sagt' er, sie hat viel andre Sachen, sie ist reich. Und doch hat sie seinen Strauß lieb, versetzt' ich. O! fuhr er fort, sie hat Juwelen und eine Krone. Wie heißt sie denn? – Wenn mich die Generalstaaten bezahlen wollten! versetzte er, ich wär ein anderer Mensch! Ja es war einmal eine Zeit, da mir's so wohl war. Jetzt ist's aus mit mir, ich

7 **Physiognomie:** hier: Gestalt | 15 **was er suchte:** indirekte Anrede in der dritten Person gegenüber einer gesellschaftl. niedriger gestellten | 22 **haußen:** draußen | 34 **Generalstaaten:** bis 1795 Bezeichnung der Niederlande

bin nun – Ein nasser Blick zum Himmel drückte alles aus. Er war also glücklich? fragt' ich. Ach ich wollt' ich wäre wieder so! sagt' er, da war mir's so wohl, so lustig, so leicht wie ein Fisch im Wasser! Heinrich! rufte eine alte Frau, die den Weg herkam. Heinrich, wo stickst du. Wir haben dich überall gesucht. Komm zum Essen. Ist das euer Sohn? fragt' ich zu ihr tretend. Wohl mein armer Sohn, versetzte sie. Gott hat mir ein schweres Kreuz aufgelegt. Wie lang ist er so? fragt' ich. So stille, sagte sie, ist er nun ein halb Jahr. Gott sei Dank, dass es nur so weit ist. Vorher war er ein ganz Jahr rasend, da hat er an Ketten im Tollhause gelegen. Jetzt tut er niemand nichts, nur hat er immer mit Königen und Kaisern zu tun. Es war ein so guter stiller Mensch, der mich ernähren half, seine schöne Hand schrieb, und auf einmal wird er tiefsinnig, fällt in ein hitzig Fieber, daraus in Raserei, und nun ist er, wie sie ihn sehen. Wenn ich ihm erzählen sollt, Herr – Ich unterbrach ihren Strom von Erzählungen mit der Frage: was denn das für eine Zeit wäre von der er so rühmte, dass er so glücklich, so wohl darin gewesen wäre. Der törige Mensch, rief sie mit mitleidigem Lächlen, da meint er die Zeit, da er von sich war, das rühmt er immer! Das ist die Zeit, da er im Tollhause war, wo er nichts von sich wusste – Das fiel mir auf wie ein Donnerschlag, ich drückte ihr ein Stück Geld in die Hand und verließ sie eilend.

Da du glücklich warst! rief ich aus, schnell vor mich hin nach der Stadt zu gehend. Da dir's wohl war wie einem Fisch im Wasser! – Gott im Himmel! Hast du das zum Schicksal der Menschen gemacht, dass sie nicht glücklich sind, als eh sie zu ihrem Verstande kommen, und wenn sie ihn wieder verlieren! Elender und auch wie beneid ich deinen Trübsinn, die Verwirrung deiner Sinne, in der du verschmachtest! Du gehst hoffnungsvoll aus, deiner Königin Blumen zu pflücken – im Winter – und traurest, da du keine findest, und begreifst nicht warum, du keine finden

11 f. **an Ketten im Tollhause:** damalige Form der Verwahrung im Irrenhaus | 15 **tiefsinnig:** schwermütig; s. Anm. zu 9,6 | 35 **traurest:** trauerst

kannst. Und ich – und ich gehe ohne Hoffnung ohne Zweck heraus, und kehr wieder heim wie ich gekommen bin. – Du wähnst, welcher Mensch du sein würdest wenn die Generalstaaten dich bezahlten. Seliges Geschöpf, das den Mangel seiner Glückseligkeit einer irdischen Hindernis zuschreiben kann. – Du fühlst nicht! Du fühlst nicht! dass in deinem zerstörten Herzen, in deinem zerrütteten Gehirne dein Elend liegt, wovon alle Könige der Erde dir nicht helfen können.

Müsse der trostlos umkommen, der eines Kranken spottet, der nach der entferntesten Quelle reist die seine Krankheit vermehren, sein Ausleben schmerzhafter machen wird, der sich über das bedrängte Herz erhebt, das, um seine Gewissensbisse los zu werden und die Leiden seiner Seele abzutun, seine Pilgrimschaft nach dem heiligen Grabe tut! Jeder Fußtritt der seine Sohlen auf ungebahntem Wege durchschneidet, ist ein Lindrungstropfen der geängsteten Seele, und mit jeder ausgedauerten Tagreise legt sich das Herz um viel Bedrängnis leichter nieder. – Und dürft ihr das Wahn nennen – Ihr Wortkrämer auf eurem Polstern – Wahn! – O Gott! du siehst meine Tränen – Musstest du, der du den Menschen arm genug erschufst, ihm auch Brüder zugeben, die ihm das bissgen Armut, das bissgen Vertrauen noch raubten, das er auf dich hat, auf dich, du Allliebender, denn das Vertrauen zu einer heilenden Wurzel, zu den Tränen des Weinstocks, was ist's, als Vertrauen zu dir, dass du in alles, was uns umgiebt, Heil und Lindrungskraft gelegt hast, der wir so stündlich bedürfen. – Vater, den ich nicht kenne! Vater, der sonst meine ganze Seele füllte, und nun sein Angesicht von mir gewendet hat! Rufe mich zu dir! Schweige nicht länger! Dein Schweigen wird diese durstende Seele nicht aufhalten – Und würde ein Mensch, ein Vater zürnen können, dem sein unvermutet rückkehrender Sohn um den Hals fiele und rief: Ich bin wieder da mein Vater. Zürne nicht, dass ich die Wanderschaft abbreche, die ich

15 **Pilgrimschaft:** Wallfahrt | 15 f. **nach dem heiligen Grabe:** das Grab Jesu in Jerusalem | 18 **ausgedauerten:** ausgehaltenen, durchgehaltenen

nach deinem Willen länger aushalten sollte. Die Welt ist überall einerlei, auf Müh und Arbeit, Lohn und Freude; aber was soll mir das? mir ist nur wohl wo du bist, und vor deinem Angesichte will ich leiden und genießen – Und du, lieber himmlischer Vater, solltest ihn von dir weisen?

am 1. Dez.

Wilhelm! der Mensch, von dem ich dir schrieb, der glückliche Unglückliche, war Schreiber bei Lottens Vater, und eine unglückliche Leidenschaft zu ihr, die er nährte, verbarg, entdeckte, und aus dem Dienst, geschickt wurde, hat ihn rasend gemacht. Fühle Kerl, bei diesen trocknen Worten, mit welchem Unsinne mich die Geschichte ergriffen hat, da mir sie Albert eben so gelassen erzählte, als du's vielleicht liesest.

am 4. Dez.

Ich bitte dich – siehst du; mit mir ist's aus – Ich trag das all nicht länger. Heut saß ich bei ihr – saß, sie spielte auf ihrem Clavier, manchfaltige Melodien und all den Ausdruck! all! all! – Was willst du? – Ihr Schwestergen putzte ihre Puppe auf meinem Knie. Mir kamen die Tränen in die Augen. Ich neigte mich und ihr Trauring fiel mir ins Gesicht – Meine Tränen flossen – Und auf einmal fiel sie in die alte himmelsüße Melodie ein, so auf einmal, und mir durch die Seele gehn ein Trostgefühl und eine Erinnerung all des Vergangenen, all der Zeiten, da ich das Lied gehört, all der düstern Zwischenräume des Verdrusses, der fehlgeschlagenen Hoffnungen, und dann – Ich gieng in der Stube auf und nieder, mein Herz erstickte unter all dem. Um Gottes Willen, sagt' ich mit einem heftigen Ausbruch hin gegen sie fahrend, um Gottes Willen hören sie auf. Sie hielt, und sah mich starr an. Werther, sagte sie, mit einem Lächlen, das mir durch die Seele gieng, Werther, sie sind sehr krank, ihre Lieblingsgerichte widerstehen ihnen. Ge-

13 **Unsinne:** hier wohl: Wahnsinn | 19 **manchfaltige:** mannigfaltige, vielfältige | 34 **widerstehen ihnen:** sind Ihnen zuwider

hen sie! Ich bitte sie, beruhigen sie sich. Ich riss mich von ihr weg, und – Gott! du siehst mein Elend, und wirst es enden.

am 6. Dez.

Wie mich die Gestalt verfolgt. Wachend und träumend füllt sie meine ganze Seele. Hier, wenn ich die Augen schließe, hier in meiner Stirne, wo die innere Sehkraft sich vereinigt, stehen ihre schwarzen Augen. Hier! Ich kann dir's nicht ausdrücken. Mach ich meine Augen zu, so sind sie da, wie ein Meer, wie ein Abgrund ruhen sie vor mir, in mir, füllen die Sinnen meiner Stirne.

↗ Was ist der Mensch? der gepriesene Halbgott! Ermangeln ihm nicht da eben, die Kräfte wo er sie am nötigsten braucht? Und wenn er in Freude sich aufschwingt, oder im Leiden versinkt, wird er nicht in beiden eben da aufgehalten, eben da wieder zu dem stumpfen kalten Bewusstsein zurück gebracht, da er sich in der Fülle des Unendlichen zu verlieren sehnte.

am 8. Dez.

Lieber Wilhelm, ich bin in einem Zustande, in dem jene Unglücklichen müssen gewesen sein, von denen man glaubte, sie würden von einem bösen Geiste umher getrieben. Manchmal ergreift mich's, es ist nicht Angst, nicht Begier! es ist ein inneres unbekanntes Toben, das meine Brust zu zerreißen droht, das mir die Gurgel zupresst! Wehe! Wehe! Und dann schweif ich umher in den furchtbaren nächtlichen Szenen dieser menschenfeindlichen Jahrszeit.

Gestern Nacht musst' ich hinaus. Ich hatte noch Abends gehört, der Fluss sei übergetreten und die Bäche all, und von Wahlheim herunter all mein Liebestal überschwemmt. Nachts nach eilf rannt' ich hinaus. Ein fürchterliches Schauspiel. Vom Fels herunter die wühlenden Fluten in dem Mondlichte wirbeln zu sehn, über Äcker

12 **der gepriesene Halbgott:** Anspielung auf das Schöpfertum des Menschen; s. Anm. zu 92,12

und Wiesen und Hecken und alles, und das weite Tal hinauf und hinab eine stürmende See im Sausen des Windes. Und wenn denn der Mond wieder hervortrat und über der schwarzen Wolke ruhte, und vor mir hinaus die Flut in fürchterlich herrlichen Wiederschein rollte und klang, da überfiel mich ein Schauer, und wieder ein Sehnen! Ach! Mit offenen Armen stand ich gegen den Abgrund, und atmete hinab! hinab, und verlor mich in der Wonne, all meine Qualen all mein Leiden da hinab zu stürmen, dahin zu brausen wie die Wellen. Oh! Und den Fuß vom Boden zu heben! Vermochtest du nicht und alle Qualen zu enden! – Meine Uhr ist noch nicht ausgelaufen – ich, fühl's! O Wilhelm, wie gern hätt' ich all mein Menschsein drum gegeben, mit jenem Sturmwinde die Wolken zu zerreißen, die Fluten zu fassen. Ha! Und wird nicht vielleicht dem Eingekerkerten einmal diese Wonne zu Teil! –

Und wie ich wehmütig hinab sah auf ein Plätzgen, wo ich mit Lotten unter einer Weide geruht, auf einem heißen Spaziergange, das war auch überschwemmt, und kaum dass ich die Weide erkannte! Wilhelm. Und ihre Wiesen, dacht' ich, und all die Gegend um ihr Jagdhaus, wie jetzt vom reißenden Strome, verstört unsere Lauben, dacht' ich. Und der Vergangenheit Sonnenstrahl blickte herein – Wie einem Gefangenen ein Traum von Herden, Wiesen und Ehrenämtern. Ich stand! – Ich schelte mich nicht, denn ich habe Mut zu sterben – Ich hätte – Nun sitz ich hier wie ein altes Weib, das ihr Holz an Zäunen stoppelt, und ihr Brot an den Türen, um ihr hinsterbendes freudloses Dasein noch einen Augenblick zu verlängern und zu erleichtern.

am 17. Dez.

Was ist das, mein Lieber? Ich erschrecke vor mir selbst! Ist nicht meine Liebe zu ihr die heiligste, reinste, brüderlichste Liebe? Hab ich jemals einen strafbaren Wunsch in meiner Seele gefühlt – ich will nicht beteuren – und nun –

35 **beteuren:** beteuern, behaupten

Träume! O wie wahr fühlten die Menschen, die so widersprechende Würkungen fremden Mächten zuschrieben. Diese Nacht! Ich zittere es zu sagen, hielt ich sie in meinen Armen, fest an meinen Busen gedrückt und deckte ihren lieben lispelnden Mund mit unendlichen Küssen. Mein Auge schwamm in der Trunkenheit des ihrigen. Gott! bin ich strafbar, dass ich auch jetzt noch eine Seligkeit fühle, mir diese glühende Freuden mit voller Innigkeit zurück zu rufen, Lotte! Lotte! – Und mit mir ist's aus! Meine Sinnen verwirren sich. Schon acht Tage hab ich keine Besinnungskraft, meine Augen sind voll Tränen. Ich bin nirgends wohl, und überall wohl. Ich wünsche nichts, verlange nichts. Mir wär's besser ich gienge.

Der Herausgeber an den Leser.

Die ausführliche Geschichte der letzten merkwürdigen Tage unsers Freundes zu liefern, seh ich mich genötiget seine Briefe durch Erzählung zu unterbrechen, wozu ich den Stoff aus dem Munde Lottens, Albertens, seines Bedienten, und anderer Zeugen gesammlet habe.

Werthers Leidenschaft hatte den Frieden zwischen Alberten und seiner Frau allmählig untergraben, dieser liebte sie mit der ruhigen Treue eines rechtschaffnen Manns, und der freundliche Umgang mit ihr subordinierte sich nach und nach seinen Geschäften. Zwar wollte er sich nicht den Unterschied gestehen, der die gegenwärtige Zeit den Bräutigams-Tagen so ungleich machte: doch fühlte er innerlich einen gewissen Widerwillen gegen Werthers Aufmerksamkeiten für Lotten, die ihn zugleich ein Eingriff in seine Rechte und ein stiller Vorwurf zu sein scheinen mussten. Dadurch ward der üble Humor vermehrt, den ihm seine überhäuften, gehinderten, schlecht belohnten Geschäfte manchmal gaben, und da denn Werthers Lage auch ihn zum traurigen Gesellschafter machte, indem die Beängstigung seines Herzens, die übrige Kräfte seines Geistes, seine Lebhaftigkeit, seinen Scharfsinn aufgezehrt hatte; so konnte es nicht fehlen dass Lotte zuletzt selbst mit angesteckt wurde, und in eine Art von Schwermut verfiel, in der Albert eine wachsende Leidenschaft für ihren Liebhaber, und Werther einen tiefen Verdruss über das veränderte Betragen ihres Mannes zu entdecken glaubte. Das Misstrauen, womit die beiden Freunde einander ansahen, machte ihnen ihre wechselseitige Gegenwart höchst beschwerlich. Albert

3 **merkwürdigen:** bemerkenswerten | 11 **subordinierte:** ordnete sich unter | 30 **wechselseitige:** gegenseitige

mied das Zimmer seiner Frau, wenn Werther bei ihr war, und dieser, der es merkte, ergriff nach einigen fruchtlosen Versuchen ganz von ihr zu lassen, die Gelegenheit, sie in solchen Stunden zu sehen, da ihr Mann von seinen Geschäften gehalten wurde. Daraus entstund neue Unzufriedenheit, die Gemüter verhetzten sich immer mehr gegen einander, bis zuletzt Albert seiner Frau mit ziemlich trocknen Worten sagte: sie möchte, wenigstens um der Leute willen, dem Umgange mit Werthern eine andere Wendung geben, und seine allzuöfteren Besuche abschneiden.

Ohngefähr um diese Zeit hatte sich der Entschluss, diese Welt zu verlassen, in der Seele des armen Jungen näher bestimmt. Es war von je her seine Lieblingsidee gewesen, mit der er sich, besonders seit der Rückkehr zu Lotten, immer getragen.

Doch sollte es keine übereilte, keine rasche Tat sein, er wollte mit der besten Überzeugung, mit der möglichsten ruhigen Entschlossenheit diesen Schritt tun.

Seine Zweifel, sein Streit mit sich selbst, blicken aus einem Zettelgen hervor, das wahrscheinlich ein angefangener Brief an Wilhelmen ist, und ohne Datum, unter seinen Papieren gefunden worden.

Ihre Gegenwart, ihr Schicksal, ihr Teilnehmen an dem meinigen, presst noch die letzten Tränen aus meinem versengten Gehirn.

Den Vorhang aufzuheben und dahinter zu treten, das ist's all! Und warum das Zaudern und Zagen? – Weil man nicht weiß, wie's dahinten aussieht? – und man nicht zurückkehrt? – Und dass das nun die Eigenschaft unseres Geistes ist, da Verwirrung und Finsternis zu ahnden, wovon wir nichts Bestimmtes wissen.

Den Verdruss, den er bei der Gesandtschaft gehabt, konnte er nicht vergessen. Er erwähnte dessen selten, doch wenn es auch auf die entfernteste Weise geschah, so konnte man fühlen, dass er seine Ehre dadurch unwiederbringlich gekränkt hielte, und dass ihm dieser Vorfall eine Abneigung gegen alle Geschäfte und politische Wirksamkeit gegeben hatte. Daher überließ er sich ganz der wunderbaren Empfind- und Denkensart, die wir aus seinen Briefen kennen, und einer endlosen Leidenschaft, worüber noch endlich alles, was tätige Kraft an ihm war, verlöschen musste. Das ewige einerlei eines traurigen Umgangs mit dem liebenswürdigen und geliebten Geschöpfe, dessen Ruhe er störte, das stürmende Abarbeiten seiner Kräfte, ohne Zweck und Aussicht, drängten ihn endlich zu der schröcklichen Tat.

am 20. Dez.

Ich danke Deiner Liebe, Wilhelm, dass Du das Wort so aufgefangen hast. Ja Du hast recht: Mir wäre besser, ich gienge. Der Vorschlag, den Du zu einer Rückkehr zu euch tust, gefällt mir nicht ganz, wenigstens möcht ich noch gern einen Umweg machen, besonders da wir anhaltenden Frost und gute Wege zu hoffen haben. Auch ist mir's sehr lieb, dass Du kommen willst, mich abzuholen, verzieh nur noch vierzehn Tage, und erwarte noch einen Brief von mir mit dem weitern. Es ist nötig, dass nichts gepflückt werde, eh es reif ist. Und vierzehn Tage auf oder ab tun viel. Meiner Mutter sollst Du sagen: dass sie für ihren Sohn beten soll und dass ich sie um Vergebung bitte, wegen all des Verdrusses, den ich ihr gemacht habe. Das war nun mein Schicksal, die zu betrüben, denen ich Freude schuldig war. Leb wohl, mein Teuerster. Allen Segen des Himmels über Dich! Leb wohl!

An eben dem Tage, es war der Sonntag vor Weihnachten, kam er Abends zu Lotten, und fand sie allein. Sie beschäftigte sich, einige Spielwerke in Ordnung zu bringen, die sie ihren kleinen Geschwistern zum Christgeschenke

12 f. **schröcklichen:** schrecklichen | 21 **verzieh:** verzöger es | 33 **Spielwerke:** Spielzeuge

zurecht gemacht hatte. Er redete von dem Vergnügen, das die Kleinen haben würden, und von den Zeiten, da einen die unerwartete Öffnung der Türe, und die Erscheinung eines aufgeputzten Baums mit Wachslichtern, Zuckerwerk und Äpfeln, in paradiesische Entzückung setzte. Sie sollen, sagte Lotte, indem sie ihre Verlegenheit unter ein liebes Lächeln verbarg: Sie sollen auch beschert kriegen, wenn Sie recht geschickt sind, ein Wachsstöckgen und noch was. Und was heißen Sie geschickt sein? rief er aus, wie soll ich sein, wie kann ich sein, beste Lotte? Donnerstag Abend, sagte sie, ist Weihnachtsabend, da kommen die Kinder, mein Vater auch, da kriegt jedes das seinige, da kommen Sie auch – aber nicht eher. – Werther stutzte! – Ich bitte Sie, fuhr sie fort, es ist nun einmal so, ich bitte Sie um meiner Ruhe willen, es kann nicht, es kann nicht so bleiben! – Er wendete seine Augen von ihr, gieng in der Stube auf und ab, und murmelte das: es kann nicht so bleiben! zwischen den Zähnen. Lotte, die den schröcklichen Zustand fühlte, worin ihn diese Worte versetzt hatten, suchte durch allerlei Fragen seine Gedanken abzulenken, aber vergebens: Nein, Lotte, rief er aus: ich werde Sie nicht wieder sehn! – Warum das? versetzte sie, Werther, Sie können, Sie müssen uns wieder sehen, nur mäßigen Sie sich. O! warum mussten Sie mit dieser Heftigkeit, dieser unbezwinglich haftenden Leidenschaft für alles, das Sie einmal anfassen, geboren werden. Ich bitte Sie, fuhr sie fort, indem sie ihn bei der Hand nahm, mäßigen Sie sich, Ihr Geist, Ihre Wissenschaft, Ihre Talente, was bieten die Ihnen für mannigfaltige Ergötzungen dar! sein Sie ein Mann, wenden Sie diese traurige Anhänglichkeit von einem Geschöpfe, das nichts tun kann als Sie bedauren. – Er knirrte mit den Zähnen, und sah sie düster an. Sie hielt seine Hand: Nur einen Augenblick ruhigen Sinn, Werther, sagte sie. Fühlen Sie nicht, dass Sie sich betrügen, sich mit Willen zu Grunde richten? Warum denn mich! Werther! Just mich! das Eigentum eines andern. Just das! Ich fürch-

7 **beschert kriegen:** beschenkt werden | 8 **geschickt sind:** hier: sich schicklich verhalten | 9 **heißen:** nennen | 29 **Ergötzungen:** Befriedigungen, Freuden | 32 **knirrte:** knirschte

te, ich fürchte, es ist nur die Unmöglichkeit mich zu besitzen, die Ihnen diesen Wunsch so reizend macht. Er zog seine Hand aus der ihrigen, indem er sie mit einem starren unwilligen Blicke ansah. Weise! rief er, sehr weise! hat vielleicht Albert diese Anmerkung gemacht? Politisch! sehr politisch! – Es kann sie jeder machen, versetzte sie drauf. Und sollte denn in der weiten Welt kein Mädgen sein, das die Wünsche Ihres Herzens erfüllte. Gewinnen Sie's über sich, suchen Sie darnach, und ich schwöre Ihnen, Sie werden sie finden. Denn schon lange ängstet mich für Sie und uns die Einschränkung, in die Sie sich diese Zeit her selbst gebannt haben. Gewinnen Sie's über sich! Eine Reise wird Sie, muss Sie zerstreuen! Suchen Sie, finden Sie einen werten Gegenstand all Ihrer Liebe, und kehren Sie zurück, und lassen Sie uns zusammen die Seligkeit einer wahren Freundschaft genießen.

Das könnte man, sagte er mit einem kalten Lachen, drucken lassen, und allen Hofmeistern empfehlen. Liebe Lotte, lassen Sie mir noch ein klein wenig Ruh, es wird alles werden. – Nur das Werther! dass Sie nicht eher kommen als Weihnachtsabend! – Er wollte antworten, und Albert trat in die Stube. Man bot sich einen frostigen guten Abend, und gieng verlegen im Zimmer neben einander auf und nieder. Werther fieng einen unbedeutenden Diskurs an, der bald aus war, Albert desgleichen, der sodann seine Frau nach einigen Aufträgen fragte, und als er hörte, sie seien noch nicht ausgerichtet, ihr spitze Reden gab, die Werthern durchs Herz giengen. Er wollte gehn, er konnte nicht und zauderte bis Acht, da sich denn der Unmut und Unwillen an einander immer vermehrte, bis der Tisch gedeckt wurde und er Hut und Stock nahm, da ihm denn Albert ein unbedeutend Kompliment, ob er nicht mit ihnen vorlieb nehmen wollte? mit auf den Weg gab.

Er kam nach Hause, nahm seinem Burschen, der ihm leuchten wollte, das Licht aus der Hand, und gieng allein in sein Zimmer, weinte laut, redete aufgebracht mit sich

5 **Politisch:** Diplomatisch | 8 f. **Gewinnen Sie's über sich:** Überwinden Sie sich | 9 **darnach:** danach | 18 **Hofmeistern:** Privatlehrern | 24 **Diskurs:** Gespräch | 27 **spitze Reden:** Sticheleien, Widerworte, Angriffe

selbst, gieng heftig die Stube auf und ab, und warf sich endlich in seinen Kleidern aufs Bette, wo ihn der Bediente fand, der es gegen Eilf wagte hinein zu gehn, um zu fragen, ob er dem Herrn die Stiefel ausziehen sollte, das er denn zuließ und dem Diener verbot, des andern Morgens nicht ins Zimmer zu kommen, bis er ihm rufte.

Montags früh, den ein und zwanzigsten Dezember, schrieb er folgenden Brief an Lotten, den man nach seinem Tode versiegelt auf seinem Schreibtische gefunden und ihr überbracht hat, und den ich Absatzweise hier einrücken will, so wie aus den Umständen erhellet, dass er ihn geschrieben habe.

Es ist beschlossen, Lotte, ich will sterben, und das schreib ich Dir ohne romantische Überspannung gelassen, an dem Morgen des Tags, an dem ich Dich zum letzten mal sehn werde. Wenn Du dieses liesest, meine Beste, deckt schon das kühle Grab die erstarrten Reste des Unruhigen, Unglücklichen, der für die letzten Augenblicke seines Lebens keine größere Süßigkeit weiß, als sich mit Dir zu unterhalten. Ich habe eine schröckliche Nacht gehabt, und ach eine wohltätige Nacht, sie ist's, die meinen wankenden Entschluss befestiget, bestimmt hat: ich will sterben. Wie ich mich gestern von Dir riss, in der fürchterlichen Empörung meiner Sinnen, wie sich all all das nach meinem Herzen drängte, und mein hoffnungsloses, freudloses Dasein neben Dir, in grässlicher Kälte mich anpackte; ich erreichte kaum mein Zimmer, ich warf mich außer mir auf meine Knie, und o Gott! du gewährtest mir das letzte Labsal der bittersten Tränen, und tausend Anschläge, tausend Aussichten wüteten durch meine Seele, und zuletzt stand er da, fest ganz der letzte einzige Gedanke: Ich will sterben! – Ich legte mich nieder, und Morgens, in all der Ruh des Erwachens, steht er noch fest, noch ganz stark in meinem Herzen: Ich will sterben! – Es ist nicht Verzweiflung, es ist Gewissheit, dass ich ausge-

10 f. **einrücken:** einfügen, abdrucken | 14 **romantische:** romanhafte, empfindsame | 29 **das letzte Labsal:** den letzten Trost

tragen habe, und dass ich mich opfere für Dich, ja Lotte, warum sollt' ich's verschweigen: eins von uns dreien muss hinweg, und das will ich sein. O meine Beste, in diesem zerrissenen Herzen ist es wütend herum geschlichen, oft – Deinen Mann zu ermorden! – Dich! – mich! – So sei's denn! – Wenn du hinauf steigst auf den Berg, an einem schönen Sommerabende, dann erinnere Dich meiner, wie ich so oft das Tal herauf kam, und dann blicke nach dem Kirchhofe hinüber nach meinem Grabe, wie der Wind das hohe Gras im Schein der sinkenden Sonne, hin und her wiegt. – Ich war ruhig da ich anfieng, und nun wein ich wie ein Kind, da mir all das so lebhaft um mich wird. –

Gegen zehn Uhr rufte Werther seinem Bedienten, und unter dem Anziehen sagte er ihm: wie er in einigen Tagen verreisen würde, er solle daher die Kleider auskehren, und alles zum Einpacken zurechte machen, auch gab er ihm Befehl, überall Contis zu fordern, einige ausgeliehene Bücher abzuholen, und einigen Armen, denen er wöchentlich etwas zu geben gewohnt war, ihr Zugeteiltes auf zwei Monate voraus zu bezahlen.

Er ließ sich das Essen auf die Stube bringen, und nach Tische ritt er hinaus zum Amtmanne, den er nicht zu Hause antraf. Er gieng tiefsinnig im Garten auf und ab, und schien noch zuletzt alle Schwermut der Erinnerung auf sich häufen zu wollen.

Die Kleinen ließen ihn nicht lange in Ruhe, sie verfolgten ihn, sprangen an ihn hinauf, erzählten ihm: dass, wenn Morgen und wieder Morgen, und noch ein Tag wäre, dass sie die Christgeschenke bei Lotten holten, und erzählten ihm Wunder, die sich ihre kleine Einbildungskraft versprach. Morgen! rief er aus, und wieder Morgen, und noch ein Tag! Und küsste sie alle herzlich, und wollte sie verlassen, als ihm der kleine noch was ins Ohr sagen wollte. Der verriet ihm, dass die großen Brüder hätten schöne

14 **unter dem Anziehen:** beim Ankleiden | 15 **auskehren:** ausbürsten | 17 **Contis zu fordern:** Abrechnungen zu verlangen

Neujahrswünsche geschrieben, so groß, und einen für den Papa, für Albert und Lotte einen, und auch einen für Herrn Werther. Die wollten sie des Neujahrstags früh überreichen.

Das übermannte ihn, er schenkte jedem was, setzte sich zu Pferde, ließ den Alten grüßen, und ritt mit Tränen in den Augen davon.

Gegen fünfe kam er nach Hause, befahl der Magd nach dem Feuer zu sehen, und es bis in die Nacht zu unterhalten. Dem Bedienten hieß er Bücher und Wäsche unten in den Coffer packen, und die Kleider einnähen. Darauf schrieb er wahrscheinlich folgenden Absatz seines letzten Briefes an Lotten.

Du erwartest mich nicht. Du glaubst, ich würde gehorchen, und erst Weihnachtsabend Dich wieder sehn. O Lotte! Heut, oder nie mehr. Weihnachtsabend hältst Du dieses Papier in Deiner Hand, zitterst und benetzt es mit Deinen lieben Tränen. Ich will, ich muss! O wie wohl ist mir's, dass ich entschlossen bin.

Um halb sieben gieng er nach Albertens Hause, und fand Lotten allein, die über seinen Besuch sehr erschrocken war. Sie hatte ihrem Manne im Diskurs gesagt, dass Werther vor Weihnachtsabend nicht wiederkommen würde. Er ließ bald darauf sein Pferd satteln, nahm von ihr Abschied und sagte, er wolle zu einem Beamten in der Nachbarschaft reiten, mit dem er Geschäfte abzutun habe, und so machte er sich trutz der übeln Witterung fort. Lotte, die wohl wusste, dass er dieses Geschäft schon lange verschoben hatte, dass es ihn eine Nacht von Hause halten würde, verstund die Pantomime nur allzu wohl und ward herzlich betrübt darüber. Sie saß in ihrer Einsamkeit, ihr Herz ward weich, sie sah das Vergangene, fühlte all ihren Wert, und ihre Liebe zu ihrem Manne, der nun statt des

11 **Kleider einnähen:** Vor Reisen wurden oft die Kleider zum Schutz vor Verschmutzung in Tücher eingenäht | 30 **die Pantomime:** die Geste

versprochenen Glücks anfing das Elend ihres Lebens zu machen. Ihre Gedanken fielen auf Werthern. Sie schalt ihn, und konnte ihn nicht hassen. Ein geheimer Zug hatte ihr ihn vom Anfange ihrer Bekanntschaft teuer gemacht, und nun, nach so viel Zeit, nach so manchen durchlebten Situationen, musste sein Eindruck unauslöschlich in ihrem Herzen sein. Ihr gepresstes Herz machte sich endlich in Tränen Luft und gieng in eine stille Melancholie über, in der sie sich je länger je tiefer verlor. Aber wie schlug ihr Herz, als sie Werthern die Treppe herauf kommen und außen nach ihr fragen hörte. Es war zu spät, sich verleugnen zu lassen, und sie konnte sich nur halb von ihrer Verwirrung ermannen, als er ins Zimmer trat. Sie haben nicht Wort gehalten! rief sie ihm entgegen. Ich habe nichts versprochen, war seine Antwort. So hätten Sie mir wenigstens meine Bitte gewähren sollen, sagte sie, es war Bitte um unserer beider Ruhe willen. Indem sie das sprach, hatte sie bei sich überlegt, einige ihrer Freundinnen zu sich rufen zu lassen. Sie sollten Zeugen ihrer Unterredung mit Werthern sein, und Abends, weil er sie nach Hause führen musste, ward sie ihn zur rechten Zeit los. Er hatte ihr einige Bücher zurück gebracht, sie fragte nach einigen andern, und suchte das Gespräch in Erwartung ihrer Freundinnen, allgemein zu erhalten, als das Mädgen zurück kam und ihr hinterbrachte, wie sie sich beide entschuldigen ließen, die eine habe unangenehmen Verwandtenbesuch, und die andere möchte sich nicht anziehen, und in dem schmutzigen Wetter nicht gerne ausgehen.

Darüber ward sie einige Minuten nachdenkend, bis das Gefühl ihrer Unschuld sich mit einigem Stolze empörte. Sie bot Albertens Grillen Trutz, und die Reinheit ihres Herzens gab ihr eine Festigkeit, dass sie nicht, wie sie anfangs vorhatte, ihr Mädgen in die Stube rief, sondern, nachdem sie einige Menuets auf dem Clavier gespielt hatte, um sich zu erholen, und die Verwirrung ihres Herzens zu stillen, sich gelassen zu Werthern aufs Canapee setzte. ↗

36 **Canapee:** (frz.) Sofa

Haben Sie nichts zu lesen, sagte sie. Er hatte nichts. Da drinne in meiner Schublade, fieng sie an, liegt ihre Übersetzung einiger Gesänge Ossians, ich habe sie noch nicht gelesen, denn ich hoffte immer, sie von Ihnen zu hören, aber zeither sind Sie zu nichts mehr tauglich. Er lächelte, holte die Lieder, ein Schauer überfiel ihn, als er sie in die Hand nahm, und die Augen stunden ihm voll Tränen, als er hinein sah, er setzte sich nieder und las:

Stern der dämmernden Nacht, schön funkelst du in Westen. Hebst dein strahlend Haupt aus deiner Wolke. Wandelst stattlich deinen Hügel hin. Wornach blickst du auf die Heide? Die stürmende Winde haben sich gelegt. Von ferne kommt des Gießbachs Murmeln. Rauschende Wellen spielen am Felsen ferne. Das Gesumme der Abendfliegen schwärmet übers Feld. Wornach siehst du, schönes Licht? Aber du lächelst und gehst, freudig umgeben dich die Wellen und baden dein liebliches Haar. Lebe wohl ruhiger Strahl. Erscheine du herrliches Licht von Ossians Seele.

Und es erscheint in seiner Kraft. Ich sehe meine geschiedene Freunde, sie sammeln sich auf Lora, wie in den Tagen, die vorüber sind. – Fingal kommt wie eine feuchte Nebelsäule; um ihn sind seine Helden. Und sieh die Barden des Gesangs! grauer Ullin! stattlicher Ryno! Alpin lieblicher Sänger! Und du sanft klagende Minona! – Wie verändert seid ihr meine Freunde seit den festlichen Tagen auf Selma! da wir buhlten um die Ehre des Gesangs, wie Frühlingslüfte den Hügel hin wechselnd beugen das schwach lispelnde Gras.

Da trat Minona hervor in ihrer Schönheit, mit niedergeschlagenem Blick und tränenvollem Auge. Ihr Haar floss schwer im unsteten Winde der von dem Hügel herstieß. – Düster ward's in der Seele der Helden als sie die liebliche Stimme erhub; denn oft hatten sie das Grab Salgars gesehen, oft die finstere Wohnung der weißen Colma. Colma

2 drinne: drinnen | **27 buhlten:** warben

verlassen auf dem Hügel, mit all der harmonischen Stimme. Salgar versprach zu kommen; aber rings um zog sich die Nacht. Höret Colmas Stimme, da sie auf dem Hügel allein saß.

Colma.

Es ist Nacht; – ich bin allein, verloren auf dem stürmischen Hügel. Der Wind saust im Gebürg, der Strom heult den Felsen hinab. Keine Hütte schützt mich vor dem Regen, verlassen auf dem stürmischen Hügel.

Tritt, o Mond, aus deinen Wolken; erscheinet Sterne der Nacht! Leite mich irgend ein Strahl zu dem Orte wo meine Liebe ruht von den Beschwerden der Jagd, sein Bogen neben ihm abgespannt, seine Hunde schnobend um ihn! Aber hier muss ich sitzen allein auf dem Felsen des verwachsenen Stroms. Der Strom und der Sturm saust, ich höre nicht die Stimme meines Geliebten.

Warum zaudert mein Salgar? Hat er sein Wort vergessen? – Da ist der Fels und der Baum und hier der rauschende Strom. Mit der Nacht versprachst du hier zu sein. Ach! wohin hat sich mein Salgar verirrt? Mit dir wollt ich fliehen, verlassen Vater und Bruder! die Stolzen! Lange sind unsere Geschlechter Feinde, aber wir sind keine Feinde, o Salgar.

Schweig eine Weile o Wind, still eine kleine Weile o Strom, dass meine Stimme klinge durchs Tal, dass mein Wandrer mich höre. Salgar! Ich bin's die ruft. Hier ist der Baum und der Fels. Salgar, mein Lieber, hier bin ich. Warum zauderst du zu kommen?

Sieh, der Mond erscheint. Die Flut glänzt im Tale. Die Felsen stehn grau den Hügel hinauf. Aber ich seh ihn nicht auf der Höhe. Seine Hunde vor ihm her verkündigen nicht seine Ankunft. Hier muss ich sitzen allein.

Aber wer sind die dort unten liegen auf der Heide – Mein Geliebter? Mein Bruder? – Redet o meine Freunde!

13 **schnobend:** schnaubend | 14 f. **verwachsenen Stroms:** von Pflanzen zugewachsenen Stroms

Sie antworten nicht. Wie geängstet ist meine Seele – Ach sie sind tot! – Ihre Schwerte rot vom Gefecht. O mein Bruder, mein Bruder, warum hast du meinen Salgar erschlagen? O mein Salgar, warum hast du meinen Bruder erschlagen? – Ihr wart mir beide so lieb! O du warst schön an dem Hügel unter Tausenden; er war schröcklich in der Schlacht. Antwortet mir! Hört meine Stimme, meine Geliebten. Aber ach sie sind stumm. Stumm vor ewig. Kalt wie die Erde ist ihr Busen.

O von dem Felsen des Hügels, von dem Gipfel des stürmenden Berges, redet Geister der Toten! Redet! mir soll es nicht grausen! – Wohin seid ihr zur Ruhe gegangen? In welcher Gruft des Gebürges soll ich euch finden! – Keine schwache Stimme vernehm ich im Wind, keine wehende Antwort im Sturme des Hügels.

Ich sitze in meinem Jammer, ich harre auf den Morgen in meinen Tränen. Wühlet das Grab, ihr Freunde der Toten, aber schließt es nicht, bis ich komme. Mein Leben schwindet wie ein Traum, wie sollt' ich zurück bleiben. Hier will ich wohnen mit meinen Freunden an dem Strome des klingenden Felsen – Wenn's Nacht wird auf dem Hügel, und der Wind kommt über die Heide, soll mein Geist im Winde stehn und trauren den Tod meiner Freunde. Der Jäger hört mich aus seiner Laube, fürchtet meine Stimme und liebt sie, denn süß soll meine Stimme sein um meine Freunde, sie waren mir beide so lieb.

Das war dein Gesang, o Minona, Tormans sanfte errötende Tochter. Unsere Tränen flossen um Colma, und unsere Seele ward düster – Ullin trat auf mit der Harfe und gab uns Alpins Gesang – Alpins Stimme war freundlich, Rynos Seele ein Feuerstrahl. Aber schon ruhten sie im engen Hause, und ihre Stimme war verhallet in Selma – Einst kehrt Ullin von der Jagd zurück, eh noch die Helden fielen, er hörte ihren Wettegesang auf dem Hügel, ihr Lied war sanft, aber traurig, sie klagten Morars Fall, des ersten der Helden. Seine Seele war wie Fingals Seele: sein

16 **harre:** warte | 23 **trauren:** trauern

Schwert wie das Schwert Oslars – Aber er fiel und sein Vater jammerte und seiner Schwester Augen waren voll Tränen – Minonas Augen waren voll Tränen, der Schwester des herrlichen Morars. Sie trat zurück vor Ullins Gesang, wie der Mond in Westen, der den Sturmregen voraussieht und sein schönes Haupt in eine Wolke verbirgt. – Ich schlug die Harfe mit Ullin zum Gesange des Jammers.

Ryno.

Vorbei sind Wind und Regen, der Mittag ist so heiter, die Wolken teilen sich. Fliehend bescheint den Hügel die unbeständge Sonne. So rötlich fließt der Strom des Bergs im Tale hin. Süß ist dein Murmeln Strom, doch süßer die Stimme, die ich höre. Es ist Alpins Stimme, er bejammert den Toten. Sein Haupt ist vor Alter gebeugt, und rot sein tränendes Auge. Alpin trefflicher Sänger, warum allein auf dem schweigenden Hügel, warum jammerst du wie ein Windstoß im Wald, wie eine Welle am fernen Gestade.

Alpin.

Meine Tränen Ryno, sind für den Toten, meine Stimme für die Bewohner des Grabs. Schlank bist du auf dem Hügel, schön unter den Söhnen der Heide. Aber du wirst fallen wie Morar, und wird der traurende sitzen auf deinem Grabe. Die Hügel werden dich vergessen, dein Bogen in der Halle liegen ungespannt.

Du warst schnell o Morar, wie ein Reh auf dem Hügel, schrecklich wie die Nachtfeuer am Himmel, dein Grimm war ein Sturm. Dein Schwert in der Schlacht wie Wetterleuchten über der Heide. Deine Stimme glich dem Waldstrome nach dem Regen, dem Donner auf fernen Hügeln. Manche fielen vor deinem Arm, die Flamme deines

31 **fielen vor deinem Arm:** wurden durch deinen Arm bzw. dein Schwert getötet

Grimms verzehrte sie. Aber wenn du kehrtest vom Kriege, wie friedlich war deine Stimme! Dein Angesicht war gleich der Sonne nach dem Gewitter, gleich dem Monde in der schweigenden Nacht. Ruhig deine Brust wie der See, wenn sich das Brausen des Windes gelegt hat.

Eng ist nun deine Wohnung, finster deine Stätte. Mit drei Schritten mess ich dein Grab, o du, der du ehe so groß warst! Vier Steine mit mosigen Häuptern sind dein einzig Gedächtnis. Ein entblätterter Baum, lang Gras, das wispelt im Winde, deutet dem Auge des Jägers das Grab des mächtigen Morars. Keine Mutter hast du, dich zu beweinen, kein Mädgen mit Tränen der Liebe. Tot ist, die dich gebahr. Gefallen die Tochter von Morglan.

Wer auf seinem Stabe ist das? Wer ist's, dessen Haupt weiß ist vor Alter, dessen Augen rot sind von Tränen? – Es ist dein Vater, o Morar! Der Vater keines Sohns außer dir! Er hörte von deinem Rufe in der Schlacht; er hörte von zerstobenen Feinden. Er hörte Morars Ruhm! Ach nichts von seiner Wunde? Weine, Vater Morars! Weine! aber dein Sohn hört dich nicht. Tief ist der Schlaf der Toten, niedrig ihr Küssen von Staub. Nimmer achtet er auf die Stimme, nie erwacht er auf deinen Ruf. O wann wird es Morgen im Grabe? zu bieten dem Schlummerer: Erwache!

Lebe wohl, edelster der Menschen, du Eroberer im Felde! Aber nimmer wird dich das Feld sehn, nimmer der düstere Wald leuchten vom Glanze deines Stahls. Du hinterliesest keinen Sohn, aber der Gesang soll deinen Namen erhalten. Künftige Zeiten sollen von dir hören, hören sollen sie von dem gefallenen Morar.

Laut ward die Trauer der Helden, am lautsten Armins berstender Seufzer. Ihn erinnert's an den Tod seines Sohns, der fiel in den Tagen seiner Jugend. Carmor saß nah bei dem Helden, der Fürst des hallenden Galmal. Warum schluchset der Seufzer Armins? sprach er, was ist hier zu weinen? Klingt nicht Lied und Gesang, die Seele zu schmelzen und zu ergötzen. Sind wie sanfter Nebel der steigend vom See aufs Tal sprüht, und die blühenden Blumen füllet das Nass, aber die Sonne kommt wieder in ihrer Kraft und der Nebel ist gangen. Warum bist du so jammervoll, Armin, Herr des seeumflossenen Gorma?

Jammervoll! Wohl das bin ich, und nicht gering die Ursach meines Wehs. – Carmor, du verlorst keinen Sohn; verlorst keine blühende Tochter! Colgar der Tapfere lebt; und Amira, die schönste der Mädgen. Die Zweige deines Hauses blühen, o Carmor, aber Armin ist der letzte seines Stamms. Finster ist dein Bett, o Daura! Dumpf ist dein Schlaf in dem Grabe – Wann erwachst du mit deinen Gesängen, mit deiner melodischen Stimme? Auf! ihr Winde des Herbst, auf! Stürmt über die finstre Heide! Waldströme braust! Heult Stürme in dem Gipfel der Eichen! Wandle durch gebrochene Wolken o Mond, zeige wechselnd dein bleiches Gesicht! Erinnere mich der schröcklichen Nacht, da meine Kinder umkamen, Arindal der mächtige fiel, Daura, die liebe, vergieng.

Daura, meine Tochter, du warst schön! schön wie der Mond auf den Hügeln von Fura; weiß wie der gefallene Schnee, süß wie die atmende Luft. Arindal, dein Bogen war stark, dein Speer schnell auf dem Felde, dein Blick wie Nebel auf der Welle, dein Schild eine Feuerwolke im Sturme. Armar berühmt im Krieg, kam und warb um Dauras Liebe, sie widerstund nicht lange, schön waren die Hoffnungen ihrer Freunde.

Erath, der Sohn Odgals, grollte, denn sein Bruder lag erschlagen von Armar. Er kam in einen Schiffer verkleidet, schön war sein Nachen auf der Welle; weiß seine Locken vor Alter, ruhig sein ernstes Gesicht. Schönste der Mädgen, sagt er, liebliche Tochter von Armin. Dort am Fels nicht fern in der See, wo die rote Frucht vom Baume herblinkt, dort wartet Armar auf Daura. Ich komme, seine Liebe zu führen über die rollende See.

Sie folgt ihm, und rief nach Armar. Nichts antwortete als die Stimme des Felsens. Armar mein Lieber, mein Lie-

13 f. **Waldströme:** anschwellende Flüsse in einem Gebirgswald | 29 **Nachen:** kleines Boot

ber, warum ängstest du mich so? Höre, Sohn Arnats, höre. Daura ist's, die dich ruft!

Erath, der Verräter, floh lachend zum Lande. Sie erhub ihre Stimme, rief nach ihrem Vater und Bruder. Arindal! Armin! Ist keiner, seine Daura zu retten?

Ihre Stimme kam über die See. Arindal mein Sohn, stieg vom Hügel herab rau in der Beute der Jagd. Seine Pfeile rasselten an seiner Seite. Seinen Bogen trug er in der Hand. Fünf schwarzgraue Docken waren um ihn. Er sah den kühnen Erath am Ufer, fasst und band ihn an die Eiche. Fest umflocht er seine Hüften, er füllt mit Ächzen die Winde.

Arindal betritt die Welle in seinem Boote, Daura herüber zu bringen. Armar kam in seinem Grimm, drückt ab den grau befiederten Pfeil, er klang, er sank in dein Herz, o Arindal, mein Sohn! Statt Erath des Verräters kamst du um, das Boot erreicht den Felsen, er sank dran nieder und starb. Welch war dein Jammer, o Daura, da zu deinen Füßen floss deines Bruders Blut.

Die Wellen zerschmettern das Boot. Armar stürzt sich in die See, seine Daura zu retten oder zu sterben. Schnell stürmt ein Stoß vom Hügel in die Wellen, er sank und hub sich nicht wieder.

Allein auf dem seebespülten Felsen hört ich die Klage meiner Tochter. Viel und laut war ihr Schreien; doch konnt' sie ihr Vater nicht retten. Die ganze Nacht stund ich am Ufer, ich sah sie im schwachen Strahle des Monds, die ganze Nacht hört ich ihr Schrein. Laut war der Wind, und der Regen schlug scharf nach der Seite des Bergs. Ihre Stimme ward schwach, eh der Morgen erschien, sie starb weg wie die Abendluft zwischen dem Grase der Felsen. Beladen mit Jammer starb sie und ließ Armin allein! dahin ist meine Stärke im Krieg, gefallen mein Stolz unter den Mädgen.

Wenn die Stürme des Berges kommen, wenn der Nord die Wellen hoch hebt, sitz ich am schallenden Ufer, schaue

9 **Docken:** Doggen, große Hunde

nach dem schröcklichen Felsen. Oft im sinkenden Mond seh ich die Geister meiner Kinder, halb dämmernd, wandeln sie zusammen in trauriger Eintracht.

Ein Strom von Tränen, der aus Lottens Augen brach und ihrem gepressten Herzen Luft machte, hemmte Werthers Gesang, er warf das Papier hin, und fasste ihre Hand und weinte die bittersten Tränen. Lotte ruhte auf der andern und verbarg ihre Augen ins Schnupftuch, die Bewegung beider war fürchterlich. Sie fühlten ihr eigenes Elend in dem Schicksal der Edlen, fühlten es zusammen, und ihre Tränen vereinigten sie. Die Lippen und Augen Werthers glühten an Lottens Arme, ein Schauer überfiel sie, sie wollte sich entfernen und es lag all der Schmerz, der Anteil betäubend wie Blei auf ihr. Sie atmete sich zu erholen, und bat ihn schluchsend, fortzufahren, bat mit der ganzen Stimme des Himmels, Werther zitterte, sein Herz wollte bersten, er hub das Blatt auf und las halb gebrochen:

Warum weckst du mich Frühlingsluft, du buhlst und sprichst: ich betaue mit Tropfen des Himmels. Aber die Zeit meines Welkens ist nah, nah der Sturm, der meine Blätter herabstört! Morgen wird der Wandrer kommen, kommen der mich sah in meiner Schönheit, rings wird sein Aug im Felde mich suchen, und wird mich nicht finden. –

Die ganze Gewalt dieser Worte fiel über den Unglücklichen, er warf sich vor Lotten nieder in der vollen Verzweiflung, fasste ihre Hände, druckte sie in seine Augen, wider seine Stirn, und ihr schien eine Ahndung seines schröcklichen Vorhabens durch die Seele zu fliegen. Ihre Sinnen verwirrten sich, sie druckte seine Hände, druckte sie wider ihre Brust, neigte sich mit einer wehmütigen

20 **betaue:** benetze | 22 **herabstört:** abreißt | 28 **Ahndung:** Ahnung | 30 **druckte:** drückte

Bewegung zu ihm, und ihre glühenden Wangen berührten sich. Die Welt vergieng ihnen, er schlang seine Arme um sie her, presste sie an seine Brust, und deckte ihre zitternde stammelnde Lippen mit wütenden Küssen. Werther! rief sie mit erstickter Stimme sich abwendend, Werther! und drückte mit schwacher Hand seine Brust von der ihrigen! Werther! rief sie mit dem gefassten Tone des edelsten Gefühls; er widerstund nicht, ließ sie aus seinen Armen, und warf sich unsinnig vor sie hin. Sie riss sich auf, und in ängstlicher Verwirrung, bebend zwischen Liebe und Zorn sagte sie: Das ist das letztemal! Werther! Sie sehn mich nicht wieder. Und mit dem vollsten Blick der Liebe auf den Elenden eilte sie ins Nebenzimmer, und schloss hinter sich zu. Werther streckte ihr die Arme nach, getraute sich nicht sie zu halten. Er lag an der Erde, den Kopf auf dem Canapee, und in dieser Stellung blieb er über eine halbe Stunde, bis ihn ein Geräusch zu sich selbst rief. Es war das Mädgen, das den Tisch decken wollte. Er gieng im Zimmer auf und ab, und da er sich wieder allein sah, gieng er zur Türe des Cabinets, und rief mit leiser Stimme, Lotte! Lotte! nur noch ein Wort, ein Lebe wohl! – Sie schwieg, er harrte – und bat – und harrte, dann riss er sich weg und rief, Leb wohl, Lotte! auf ewig leb wohl!

Er kam ans Stadttor. Die Wächter die ihn schon gewohnt waren, ließen ihn stillschweigend hinaus, es stübte zwischen Regen und Schnee, und erst gegen eilfe klopfte er wieder. Sein Diener bemerkte, als Werther nach Hause kam, dass seinem Herrn der Hut fehlte. Er getraute sich nichts zu sagen, entkleidete ihn, alles war nass. Man hat nachher den Hut auf einem Felsen, der an dem Abhange des Hügels ins Tal sieht gefunden, und es ist unbegreiflich, wie er ihn in einer finstern feuchten Nacht ohne zu stürzen erstiegen hat.

Er legte sich zu Bette und schlief lange. Der Bediente fand ihn schreiben, als er ihm den andern Morgen auf sein

26 f. **es stübte zwischen:** es regnete ein Gemisch aus | 27 **eilfe:** elfe

Rufen den Caffee brachte. Er schrieb folgendes am Briefe an Lotten:

Zum letztenmale denn, zum letztenmale schlag ich diese Augen auf, sie sollen ach die Sonne nicht mehr sehen, ein trüber neblichter Tag hält sie bedeckt. So traure denn, Natur, dein Sohn, dein Freund, dein Geliebter naht sich seinem Ende. Lotte, das ist ein Gefühl ohne gleichen, und doch kommt's dem dämmernden Traume am nächsten, zu sich zu sagen: das ist der letzte Morgen. Der letzte! Lotte, ich habe keinen Sinn vor das Wort, der letzte! Steh ich nicht da in meiner ganzen Kraft, und Morgen lieg ich ausgestreckt und schlaff am Boden. Sterben! Was heißt das? Sieh wir träumen, wenn wir vom Tode reden. Ich hab manchen sterben sehen, aber so eingeschränkt ist die Menschheit, dass sie für ihres Daseins Anfang und Ende keinen Sinn hat. Jetzt noch mein, dein! dein! o Geliebte, und einen Augenblick – getrennt, geschieden – vielleicht auf ewig. – Nein, Lotte, nein – Wie kann ich vergehen, wie kannst du vergehen, wir sind ja! – Vergehen! – Was heißt das? das ist wieder ein Wort! ein leerer Schall ohne Gefühl für mein Herz. – – Tot, Lotte! Eingescharrt der kalten Erde, so eng, so finster! – Ich hatte eine Freundin, die mein Alles war meiner hülflosen Jugend, sie starb und ich folgte ihrer Leiche, und stand an dem Grabe. Wie sie den Sarg hinunter ließen und die Seile schnurrend unter ihm weg und wieder herauf schnellten, dann die erste Schaufel hinunter schollerte und die ängstliche Lade einen dumpfen Ton wiedergab, und dumpfer und immer dumpfer und endlich bedeckt war! – Ich stürzte neben das Grab hin – Ergriffen erschüttert geängstet zerrissen mein innerstes, aber ich wusste nicht wie mir geschah, – wie mir geschehen wird – Sterben! Grab! Ich verstehe die Worte nicht!

O vergieb mir! vergieb mir! Gestern! Es hätte der letzte Augenblick meines Lebens sein sollen. O du Engel! zum erstenmale, zum erstenmale ganz ohne Zweifel durch

5 **neblichter:** nebeliger | 27 **ängstliche Lade:** Sarg

mein innig innerstes durchglühte mich das Wonnegefühl: Sie liebt mich! Sie liebt mich. Es brennt noch auf meinen Lippen das heilige Feuer das von den deinigen strömte, neue warme Wonne ist in meinem Herzen. Vergieb mir, vergieb mir.

Ach ich wusste, dass du mich liebtest, wusste es an den ersten seelenvollen Blicken, an dem ersten Händedruck, und doch wenn ich wieder weg war, wenn ich Alberten an deiner Seite sah, verzagt' ich wieder in fieberhaften Zweifeln.

Erinnerst du dich der Blumen die du mir schicktest, als du in jener fatalen Gesellschaft mir kein Wort sagen, keine Hand reichen konntest, o ich habe die halbe Nacht davor gekniet, und sie versiegelten mir deine Liebe. Aber ach! diese Eindrücke gingen vorüber, wie das Gefühl der Gnade seines Gottes allmählig wieder aus der Seele des Gläubigen weicht, die ihm mit ganzer Himmelsfülle im heiligen sichtbaren Zeichen gereicht ward.

Alles das ist vergänglich, keine Ewigkeit soll das glühende Leben auslöschen, das ich gestern auf deinen Lippen genoss, das ich in mir fühle. Sie liebt mich! Dieser Arm hat sie umfasst, diese Lippen auf ihren Lippen gezittert, dieser Mund am ihrigen gestammelt. Sie ist mein! du bist mein! ja Lotte auf ewig!

Und was ist das? dass Albert dein Mann ist! Mann? – das wäre denn für diese Welt – und für diese Welt Sünde, dass ich dich liebe, dass ich dich aus seinen Armen in die meinigen reißen möchte? Sünde? Gut! und ich strafe mich davor: Ich hab sie in ihrer ganzen Himmelswonne geschmeckt diese Sünde, habe Lebensbalsam und Kraft in mein Herz gesaugt, du bist von dem Augenblicke mein! Mein, o Lotte. Ich gehe voran! Geh zu meinem Vater, zu deinem Vater, dem will ich's klagen und er wird mich trösten bis du kommst, und ich fliege dir entgegen und fasse dich und bleibe bei dir vor dem Angesichte des Unendlichen in ewigen Umarmungen.

12 **fatalen:** schicksalhaften, fürchterlichen | 14 **versiegelten:** hier: bestätigten, versicherten

Ich träume nicht, ich wähne nicht! nah am Grabe ward mir's heller. Wir werden sein, wir werden uns wieder sehn! Deine Mutter sehn! ich werde sie sehen, werde sie finden, ach und vor ihr all mein Herz ausschütten. Deine Mutter. Dein Ebenbild.

Gegen eilfe fragte Werther seinen Bedienten, ob wohl Albert zurück gekommen sei. Der Bediente sagte: ja er habe dessen Pferd dahin führen sehn. Drauf giebt ihm der Herr ein offenes Zettelgen des Inhalts:

Wollten Sie mir wohl zu einer vorhabenden Reise ihre Pistolen leihen? Leben Sie recht wohl.

Die liebe Frau hatte die letzte Nacht wenig geschlafen, ihr Blut war in einer fieberhaften Empörung, und tausenderlei Empfindungen zerrütteten ihr Herz. Wider ihren Willen fühlte sie tief in ihrer Brust das Feuer von Werthers Umarmungen, und zugleich stellten sich ihr die Tage ihrer unbefangenen Unschuld, des sorglosen Zutrauens auf sich selbst in doppelter Schöne dar, es ängstigten sie schon zum voraus die Blicke ihres Manns, und seine halb verdrüsslich halb spöttische Fragen, wenn er Werthers Besuch erfahren würde; sie hatte sich nie verstellt, sie hatte nie gelogen, und nun sah sie sich zum erstenmal in der unvermeidlichen Notwendigkeit; der Widerwillen, die Verlegenheit die sie dabei empfand, machte die Schuld in ihren Augen größer, und doch konnte sie den Urheber davon weder hassen, noch sich versprechen, ihn nie wieder zu sehn. Sie weinte bis gegen Morgen, da sie in einen matten Schlaf versank, aus dem sie sich kaum aufgerafft und angekleidet hatte, als ihr Mann zurückkam, dessen Gegenwart ihr zum erstenmal ganz unerträglich war; denn indem sie zitterte, er würde das verweinte überwachte ihrer Augen

1 **ich wähne nicht:** ich bin nicht wahnsinnig | 3 **Deine Mutter:** vgl. hier S. 59 | 10 **vorhabenden Reise:** einer Reise, die ich vorhabe

und ihrer Gestalt entdecken, ward sie noch verwirrter, bewillkommte ihn mit einer heftigen Umarmung, die mehr Bestürzung und Reue, als eine auffahrende Freude ausdrückte, und eben dadurch machte sie die Aufmerksamkeit Albertens rege, der, nachdem er einige Briefe und Pakets erbrochen, sie ganz trocken fragte, ob sonst nichts vorgefallen, ob niemand da gewesen wäre? Sie antwortete ihm stockend, Werther seie gestern eine Stunde gekommen. – Er nimmt seine Zeit gut, versetzt er, und gieng nach seinem Zimmer. Lotte war eine Viertelstunde allein geblieben. Die Gegenwart des Mannes, den sie liebte und ehrte, hatte einen neuen Eindruck in ihr Herz gemacht. Sie erinnerte sich all seiner Güte, seines Edelmuts seiner Liebe, und schalt sich, dass sie es ihm so übel gelohnt habe. Ein unbekannter Zug reizte sie ihm zu folgen, sie nahm ihre Arbeit, wie sie mehr getan hatte, gieng nach seinem Zimmer und fragte, ob er was bedürfte? er antwortete: nein! stellte sich an Pult zu schreiben, und sie setzte sich nieder zu stricken. Eine Stunde waren sie auf diese Weise neben einander, und als Albert etlichemal in der Stube auf und ab gieng, und Lotte ihn anredete, er aber wenig oder nichts drauf gab und sich wieder an Pult stellte, so verfiel sie in eine Wehmut, die ihr um desto ängstlicher ward, als sie solche zu verbergen und ihre Tränen zu verschlucken suchte.

Die Erscheinung von Werthers Knaben versetzte sie in die größte Verlegenheit, er überreichte Alberten das Zettelgen, der sich ganz kalt nach seiner Frau wendete, und sagte: gieb ihm die Pistolen. – Ich lass ihm glückliche Reise wünschen, sagt er zum Jungen. Das fiel auf sie wie ein Donnerschlag. Sie schwankte aufzustehn. Sie wusste nicht wie ihr geschah. Langsam gieng sie nach der Wand, zitternd nahm sie sie herunter, putzte den Staub ab und zauderte, und hätte noch lang gezögert, wenn nicht Albert durch einen fragenden Blick: was denn das geben sollte? sie gedrängt hätte. Sie gab das unglückliche Gewehr dem Knaben, ohne ein

5 **rege:** lebendig | 9 **Er nimmt seine Zeit gut:** Er nutzt seine Zeit | 18 **an Pult:** an das Stehpult | 20 **etlichemal:** mehrfach | 36 **das unglückliche Gewehr:** die unglückbringende Waffe

Wort vorbringen zu können, und als der zum Hause draus war, machte sie ihre Arbeit zusammen, gieng in ihr Zimmer in dem Zustand des unaussprechlichsten Leidens. Ihr Herz weissagte ihr alle Schröcknisse. Bald war sie im Begriff sich zu den Füßen ihres Mannes zu werfen, ihm alles zu entdecken, die Geschichte des gestrigen Abends, ihre Schuld und ihre Ahndungen. Dann sah sie wieder keinen Ausgang des Unternehmens, am wenigsten konnte sie hoffen ihren Mann zu einem Gange nach Werthern zu bereden. Der Tisch ward gedeckt, und eine gute Freundin, die nur etwas zu fragen kam und die Lotte nicht wegließ, machte die Unterhaltung bei Tische erträglich, man zwang sich, man redete, man erzählte, man vergaß sich.

Der Knabe kam mit den Pistolen zu Werthern, der sie ihm mit Entzücken abnahm, als er hörte, Lotte habe sie ihm gegeben. Er ließ sich ein Brot und Wein bringen, hieß den Knaben zu Tisch gehn, und setzte sich nieder zu schreiben.

Sie sind durch deine Hände gegangen, du hast den Staub davon geputzt, ich küsse sie tausendmal, du hast sie berührt. Und du Geist des Himmels begünstigst meinen Entschluss! Und du Lotte reichst mir das Werkzeug, du, von deren Händen ich den Tod zu empfangen wünschte, und ach nun empfange. O ich habe meinen Jungen ausgefragt, du zittertest, als du sie ihm reichtest, du sagtest kein Lebe wohl; – Weh! Weh! – kein Lebe wohl! – Solltest du dein Herz für mich verschlossen haben, um des Augenblicks willen der mich auf ewig an dich befestigte. Lotte, kein Jahrtausend vermag den Eindruck auszulöschen! Und ich fühl's, du kannst den nicht hassen, der so für dich glüht.

Nach Tische hieß er den Knaben alles vollends einpacken, zerriss viele Papiere, gieng aus, und brachte noch kleine Schulden in Ordnung. Er kam wieder nach Hause,

4 **Schröcknisse:** Schrecken | 7 **Ahndungen:** Ahnungen

gieng wieder aus, vors Tor ohngeachtet des Regens, in den gräflichen Garten, schweifte weiter in der Gegend umher, und kam mit einbrechender Nacht zurück und schrieb.

Wilhelm, ich habe zum letztenmale Feld und Wald und den Himmel gesehn. Leb wohl auch du! Liebe Mutter, verzeiht mir! Tröste sie, Wilhelm. Gott segne euch! Meine Sachen sind all in Ordnung. Lebt wohl! Wir sehen uns wieder und freudiger.

Ich habe dir übel gelohnt, Albert, und du vergiebst mir. Ich habe den Frieden deines Hauses gestört, ich habe Misstrauen zwischen euch gebracht. Leb wohl, ich will's enden. O dass ihr glücklich wäret durch meinen Tod! Albert! Albert! mache den Engel glücklich. Und so wohne Gottes Segen über dir!

Er kramte den Abend noch viel in seinen Papieren, zerriss vieles und warf's in Ofen, versiegelte einige Päcke mit den Adressen an Wilhelmen. Sie enthielten kleine Aufsätze, abgerissene Gedanken, deren ich verschiedene gesehen habe; und nachdem er um zehn Uhr im Ofen nachlegen, und sich einen Schoppen Wein geben lassen, schickte er den Bedienten, dessen Kammer wie auch die Schlafzimmer der Hausleute weit hinten hinaus waren, zu Bette, der sich denn in seinen Kleidern niederlegte um früh bei der Hand zu sein, denn sein Herr hatte gesagt, die Postpferde würden vor sechse vors Haus kommen.

nach eilfe.

Alles ist so still um mich her, und so ruhig meine Seele, ich danke dir Gott, der du diesen letzten Augenblicken diese Wärme, diese Kraft schenkest.

Ich trete ans Fenster, meine Beste, und seh und sehe noch durch die stürmenden vorüberfliehenden Wolken

21 **Schoppen:** ca. ein viertel Liter

einzelne Sterne des ewigen Himmels! Nein, ihr werdet nicht fallen! Der Ewige trägt euch an seinem Herzen, und mich. Ich sah die Deichselsterne des Wagens, des liebsten unter allen Gestirnen. Wenn ich Nachts von dir gieng, wie ich aus deinem Tore trat, stand er gegen über! Mit welcher Trunkenheit hab ich ihn oft angesehen! Oft mit aufgehabenen Händen ihn zum Zeichen, zum heiligen Merksteine meiner gegenwärtigen Seligkeit gemacht, und noch – O Lotte, was erinnert mich nicht an dich! Umgiebst du mich nicht, und hab ich nicht gleich einem Kinde, ungenügsam allerlei Kleinigkeiten zu mir gerissen, die du Heilige berührt hattest!

Liebes Schattenbild! Ich vermache dir's zurück, Lotte, und bitte dich es zu ehren. Tausend, tausend Küsse hab ich drauf gedrückt, tausend Grüße ihm zugewinkt, wenn ich ausgieng, oder nach Hause kam.

Ich habe deinen Vater in einem Zettelgen gebeten, meine Leiche zu schützen. Auf dem Kirchhofe sind zwei Lindenbäume, hinten im Ecke nach dem Felde zu, dort wünsch ich zu ruhen. Er kann, er wird das für seinen Freund tun. Bitt ihn auch. Ich will frommen Christen nicht zumuten, ihren Körper neben einem armen Unglücklichen niederzulegen. Ach ich wollte, ihr begrübt mich am Wege, oder im einsamen Tale, dass Priester und Levite vor dem bezeichnenden Steine sich segnend vorübergieng, und der Samariter eine Träne weinte.

Hier Lotte! Ich schaudere nicht den kalten schröcklichen Kelch zu fassen, aus dem ich den Taumel des Todes trinken soll! Du reichtest mir ihn, und ich zage nicht. All! All! so sind all die Wünsche und Hoffnungen meines Lebens erfüllt! So kalt, so starr an der ehernen Pforte des Todes anzuklopfen.

Dass ich des Glücks hätte teilhaftig werden können! Für dich zu sterben, Lotte, für dich mich hinzugeben. Ich wollte mutig, ich wollte freudig sterben, wenn ich dir die Ruhe, die Wonne deines Lebens wieder schaffen könnte;

6 f. **aufgehabenen:** erhobenen

aber ach das ward nur wenig Edlen gegeben, ihr Blut für die Ihrigen zu vergießen, und durch ihren Tod ein neues hundertfältiges Leben ihren Freunden anzufachen.

In diesen Kleidern, Lotte, will ich begraben sein. Du hast sie berührt, geheiligt. Ich habe auch darum deinen Vater gebeten. Meine Seele schwebt über dem Sarge. Man soll meine Taschen nicht aussuchen. Diese blassrote Schleife, die du am Busen hattest, als ich dich zum erstenmale unter deinen Kindern fand. O küsse sie tausendmal und erzähl ihnen das Schicksal ihres unglücklichen Freunds. Die Lieben, sie wimmeln um mich. Ach wie ich mich an dich schloss! Seit dem ersten Augenblicke dich nicht lassen konnte. Diese Schleife soll mit mir begraben werden. An meinem Geburtstage schenktest du mir sie! Wie ich das all verschlang – Ach ich dachte nicht, dass mich der Weg hierher führen sollte! – – Sei ruhig! ich bitte dich, sei ruhig! –

Sie sind geladen – es schlägt zwölfe! – So sei's denn – Lotte! Lotte leb wohl! Leb wohl!

Ein Nachbar sah den Blick vom Pulver und hörte den Schuss fallen, da aber alles still blieb achtete er nicht weiter drauf.

Morgens um sechse tritt der Bediente herein mit dem Lichte, er findet seinen Herrn an der Erde, die Pistole und Blut. Er ruft, er fasst ihn an, keine Antwort, er röchelt nur noch. Er lauft nach den Ärzten, nach Alberten. Lotte hörte die Schelle ziehen, ein Zittern ergreift all ihre Glieder, sie weckt ihren Mann, sie stehen auf, der Bediente bringt heulend und stotternd die Nachricht, Lotte sinkt ohnmächtig vor Alberten nieder.

Als der Medikus zu dem Unglücklichen kam, fand er ihn an der Erde ohne Rettung, der Puls schlug, die Glieder waren alle gelähmt, über dem rechten Auge hatte er sich durch den Kopf geschossen, das Gehirn war herausgetrie-

20 **Blick:** Blitz | 27 **Schelle:** Türschelle, Glocke | 32 **an der Erde:** auf dem Boden

ben. Man ließ ihm zum Überflusse eine Ader am Arme, das Blut lief, er holte noch immer Atem.

Aus dem Blut auf der Lehne des Sessels konnte man schließen, er habe sitzend vor dem Schreibtische die Tat vollbracht. Dann ist er herunter gesunken, hat sich konvulsivisch um den Stuhl herum gewälzt, er lag gegen das Fenster entkräftet auf dem Rücken, war in völliger Kleidung gestiefelt, im blauen Frack mit gelber Weste.

Das Haus, die Nachbarschaft, die Stadt kam in Aufruhr. Albert trat herein. Werthern hatte man aufs Bett gelegt, die Stirne verbunden, sein Gesicht schon wie eines Toten, er rührte kein Glied, die Lunge röchelte noch fürchterlich bald schwach bald stärker, man erwartete sein Ende.

Von dem Weine hatte er nur ein Glas getrunken. Emilia Galotti lag auf dem Pulte aufgeschlagen.

Von Alberts Bestürzung, von Lottens Jammer lasst mich nichts sagen.

Der alte Amtmann kam auf die Nachricht hereingesprengt, er küsste den Sterbenden unter den heißesten Tränen. Seine ältsten Söhne kamen bald nach ihm zu Fuße, sie fielen neben dem Bette nieder im Ausdruck des unbändigsten Schmerzens, küssten ihm die Hände und den Mund, und der ältste, den er immer am meisten geliebt, hing an seinen Lippen, bis er verschieden war und man den Knaben mit Gewalt wegriss. Um zwölfe Mittags starb er. Die Gegenwart des Amtmanns und seine Anstalten tischten einen Auflauf. Nachts gegen eilfe ließ er ihn an die Stätte begraben, die er sich erwählt hatte, der Alte folgte der Leiche und die Söhne. Albert vermocht's nicht. Man fürchtete für Lottens Leben. Handwerker trugen ihn. Kein Geistlicher hat ihn begleitet.

1 **Man ließ ihm … eine Ader:** man öffnete ihm … eine Ader; s. Anm. zu 9,6 | 5 f. **konvulsivisch:** krampfhaft zuckend | 26 f. **seine Anstalten tischten einen Auflauf:** seine Vorsichtsmaßnahmen verhinderten einen Menschenauflauf

Anhang

Die Abschnitte 2. (Anmerkungen), 4. (Historischer Hintergrund), 6. (Reaktionen der Zeitgenossen), 8. (*Werther* in der Literatur der Folgezeit) und 9. (*Werther* im Film) wurden übernommen aus: Johann Wolfgang Goethe, *Die Leiden des jungen Werther*, hrsg. von Anna Riman unter Mitarbeit von Markus Köcher, Stuttgart 2013 (Reclam XL Nr. 19124), und für die vorliegende Ausgabe leicht bearbeitet.

1. Zur Textgestalt

Der Text dieser Ausgabe ist seiten- und zeilengleich mit der Ausgabe der Universal-Bibliothek Nr. 18632.

Goethe schrieb *Die Leiden des jungen Werthers* im Frühjahr 1774 in wenigen Wochen nieder. Das Werk wurde im Sommer gedruckt und erschien anonym zur Michaelismesse bei der Weygandschen Buchhandlung in Leipzig. Der Text dieser Ausgabe folgt der im September 1774 erschienenen Erstausgabe:

> [Johann Wolfgang Goethe:] Die Leiden des jungen Werthers. Erster [und] Zweyter Theil. Leipzig, in der Weygandschen Buchhandlung. 1774. [Exemplar: Württembergische Landesbibliothek Stuttgart, Signatur R 18 Goe 23].

Die Orthographie wurde im Bereich der Laut-Buchstaben-Verbindung behutsam dem heutigen Gebrauch angeglichen, unter Vermeidung von Eingriffen in den Lautstand oder nur möglicher Lautstände. Die Interpunktion, die Groß- und Kleinschreibung sowie Getrennt- und Zusammenschreibung folgen in ihrer historischen Ausprägung und gegebenenfalls Unregelmäßigkeit der Vorlage. Ebenso wenig wurde eingegriffen in die Fremdwortschreibung, Namenschreibung sowie in alle nicht regelgemäßen Schreibungen, die nicht mit Sicherheit als Satzfehler identifiziert werden konnten. Apostrophe wurden weitgehend getilgt und nur dort gesetzt bzw. stehengelassen, wo sie eine Verständnisschwierigkeit zu überwinden helfen. Die Kurzform »ꝛc« wurde aufgelöst zu »etc.«. Vereinzelte lateinische Wörter, die im Fraktursatz des Originals aus der Antiqua gesetzt sind, wurden nicht hervorgehoben. Eindeutige Satzfehler wie kopfstehende und vertauschte Lettern wurden stillschweigend korrigiert. Alle weiteren Eingriffe sind im folgenden verzeichnet.

5,1 Erster Teil.] *fehlt im Original*
11,16 Batteux] Batteur
12,1 22. Mai] 22 May
19,17 Vergebung] Vegebung
26,17 19. Juni] 19 Juny
31,36 dünkt] dün t
32,13 ich, es] ich »es
38,2 liebt.] liebt

48,16 Tode] Todte
62,1 Zweiter Teil.] *fehlt im Original*
65,15 Wunderstreiche] Wundersttreiche
71,27 Alle] Allo
81,21 verdrängt] verdr ngt
87,13 Mitleidens] Mileidens
91,15 vielleicht] velleicht
92,4 6. Dez.] 6 Dez.
92,19 8. Dez.] 8 Dez.
104,10 Wolke.] Wolke
106,25 denn süß] den süß

2. Anmerkungen

5,2 **Werthers:** starke Flexion des Namens (Genitiv), in der Zweitfassung von 1787 schwach flektiert wie dann üblicher (»Werther«).

5,14 **Herz:** Hier wird zum ersten Mal der für den Sturm und Drang so typische Begriff gebraucht.

6,9 **Du bist so gut:** Bitte sei so gut.

7,3 **wissenschaftlicher Gärtner:** Gärtner, der sich an den auf Symmetrie bedachten Regeln der ausgezirkelten französischen Gartenkunst orientiert.

8,12 **Melusine:** Der Mythos der Melusine geht auf eine altfranzösische Sage aus dem Mittelalter über eine schöne Wassernixe, die mit ihren Schwestern im sogenannten Durstbrunnen festgehalten wird, zurück. Der arme Ritter Reymond heiratet Melusine und gelangt mit ihrer Hilfe zu Wohlstand und Reichtum. Als einzige Bedingung fordert Melusine, dass ihr Gatte sie nie beim Baden beobachtet, wo sie ihre wahre Gestalt annimmt, nämlich die eines Zwitterwesens aus Mensch und Fisch. Als Reymond das Tabu jedoch bricht, verschwindet Melusine aus seinem Leben und mit ihr sein Wohlstand und Glück. Goethe war von diesem Mythos so fasziniert, dass er später *Die neue Melusine* als freie Bearbeitung in sein Spätwerk *Wilhelm Meisters Wanderjahre* einfügte. Dort überträgt er die Problematik des Sagenstoffs auf das Leben zweier Ehepartner, die unterschiedlichen Kulturen entstammen.

8,23 f. **die patriarchalische Idee | Altväter** (8,24 und 76,10) **| Züge patriarchalischen Lebens** (28,20 f.): Der Begriff der »Altväter« spiegelt Werthers sentimentale Vorstellung von biblischen Stammvätern und Patriarchen als fürsorglichen Herren über Familie und Bedienstete wider. Auch der antike Dichter Homer zählt für Werther zu den Altvätern, gewissermaßen als Altvater der Dichtkunst.

9,2 **Homer:** Der griechische Dichter Homer soll im 8. Jahrhundert v. Chr. gelebt haben und gilt als Autor der Heldenepen *Ilias* und *Odyssee*, der ältesten Zeugnisse der europäischen Literatur. Die seit der Neuzeit in ganz Europa einsetzende Renaissance der Homerischen Schriften hat in Deutschland vor allem im 18. und 19. Jahrhundert zur Entstehung der Literatur der Klassik und der Romantik beigetragen. Auch Goethe wurde von Homers Werk geprägt und ließ vieles von der damals allgemein herrschenden Begeisterung für antike Autoren in den *Werther* einfließen.

die herrlichen übermütigen Freier der Penelope (28,17 f.): Goethe macht mehrere Anspielungen auf Homers Epos *Odyssee*, von dem Werther sich vor seiner *Ossian*-Lektüre äußerst begeistert zeigt. Penelope ist die Gattin des Odysseus, die geduldig alle Freier abwehrt, bis ihr Mann nach 20 Jahren endlich heimkehrt. Sie gilt als das Muster der treuen Ehefrau und entspricht den Vorstellungen einer vom Patriarchen geprägten Frau.

wie Ulyss von dem trefflichen Schweinhirten bewirtet wird (71,15 f.) | **Wenn Ulyss von dem ungemessenen Meere, und von der unendlichen Erde spricht** (76,10 f.): Odysseus, im Lateinischen Ulixes genannt, woraus sich »Ulysses« ableitet, ist ein griechischer Held, dessen listenreiche Taten den Trojanischen Krieg entscheiden. Thema der *Odyssee* ist die zehnjährige Seefahrt nach Beendigung des Krieges um Troja voller Strapazen und Herausforderungen, die Odysseus überstehen muss, ehe er in seine Heimat Ithaka und zu Penelope zurückkehren kann. Der von Goethe erwähnte Schweinehirte Eumaios bewirtet Odysseus, ohne zu ahnen, dass es sich um seinen heimgekehrten Herrn handelt (*Odyssee*, 14. Gesang).

der kleine Wetsteinische Homer (55,2 f.) | **Ernestischen** (55,4 f.): Im Werther werden zwei damals verbreitete Homer-Ausgaben erwähnt, nämlich der Wetsteinische Homer des Amsterdamer Buchdruckers J. H. Wetstein, eine handliche Ausgabe im Taschenformat (Duodez = Bogen aus 12 Blatt gefalzt), sowie die Ausgabe von J. A. Ernesti (1759–64), die im größeren Oktav-Format (8 Blatt) erschienen war.

9,2 **empörendes Blut:** s. Anm. zu 9,6.

9,6 **süßer Melancholie | tiefsinnig** (89,15) | **Galle** (64,36): Das Wort »Melancholie« hat seine Wurzeln im Griechischen und bedeutet eigentlich »schwarze Galle«. Dieser Begriff, der im heutigen Sprachgebrauch für eine schwermütige und tiefsinnige Geistesverfassung steht, geht auf die antike Vier-Säfte-Lehre zurück. Ihr zufolge wird das Verhalten des Menschen durch die *quattuor humores* (lat.), die vier Launen, bestimmt, die mit der Vorstellung der Körpersäfte in Zusammenhang stehen. Die »schwarze Galle« bezeichnet den dritten Körpersaft, nach »Blut« und »gelber Galle« und vor dem sogenannten »Phlegma«. Die Melancholie wurde zu allen Zeiten in Verbindung mit Kunst und Literatur gebracht. Zur

Zeit der Entstehung des *Werthers* war sie geradezu eine Modestimmung der empfindsamen Literaten und ihrer Leserschaft.
guten Humor (29,17) | **seine Säfte verbessert** (50,11 f.) | **leichteres Blut** (62,9): In der griechischen Tradition stand die Ausgewogenheit der Säfte für einen gesunden sowohl körperlichen als auch seelischen Zustand.
empörendes Blut (9,2) | **übler Humor** (31,16) | **Tumult seines Blutes** (50,12): Krankheiten wurden auf die Dominanz eines bestimmten Körpersaftes zurückgeführt. In der mittelalterlichen Natur- und Heillehre wurde das Zusammenwirken der Säfte zudem als Ursache für Temperamente und Gemütszustände gedeutet und zur Basis eines ganzen Ordnungssystems gemacht:

Säfte	*Elemente*	*Tempera-mente*	*Jahreszeiten*	*Lebens-abschnitte*	*Eigen-schaften*
Blut	Luft	Sanguiniker	Frühling	Kindheit	warm-feucht
gelbe Galle	Feuer	Choleriker	Sommer	Jugend	warm-trocken
schwarze Galle	Erde	Melancho-liker	Herbst	Erwachse-nenalter	kalt-trocken
Phlegma	Wasser	Phleg-matiker	Winter	Greisenalter	kalt-feucht

Tabelle: Vier-Säfte-Lehre

Man ließ ihm ... eine Ader (121,1): Auf diese Theorien aufbauend entwickelte sich in der Antike der Aderlass als Heilmethode, die völlig selbstverständlich bis zum Ende des 18. Jahrhunderts praktiziert wurde. Dabei wurden dem Patienten die Adern an Armen und Beinen aufgeschnitten, da man meinte, durch das Abfließen des Blutes die Ausgewogenheit der Säfte wiederherstellen zu können.

9,23 f. **desto empfindlicher zu machen:** umso mehr spüren zu lassen.

11,5 **Stempel des Genies:** s. Anm. zu 14,35.

11,10 **glücklichen Gesichtsbildung:** mit einem schönen Gesicht.

11,16–19 **Batteux ... Wood ... de Piles ... Winkelmann ... Sulzers ... Heynen:** Charles Batteux (1713–1780), Robert Wood (1716–1771), Roger de Piles (1635–1709), Johann Joachim Winckelmann (1717–1768), Johann Georg Sulzer (1720–1779) und Christian Gottlob Heyne (1729–1812) waren Kunsttheoretiker, die der Ansicht waren, das Wesen der Kunst ließe sich in Regeln und Systemen erfassen. Dieser Gedanke steht im Widerspruch zu Werthers Vorstellung vom Genie, das aus sich heraus, frei von Theorien, Kunstwerke erschafft.

11,31 **verzerrte Originale:** vermeintliche Genies; s. Anm. zu 14,35.

11,34 f. **historisch:** hier: der Geschichte, den Tatsachen entsprechend.

12,2 **nur ein Traum:** möglicherweise Anspielung auf Pedro Calderón de la Barcas Theaterstück *La vida es sueño* (*Das Leben ist ein Traum*), das 1635 uraufgeführt wurde und den freien Willen und die Rolle des Schicksals thematisiert.

14,35 **Philister | dogmatische Drahtpuppe** (29,2) | **Pedanten** (46,19): Der Begriff des Philisters leitet sich von der biblischen Bezeichnung eines im 12. Jahrhundert v. Chr. auf dem Gebiet Palästinas lebenden Volksstammes ab. Er stand im 18. und vor allem im 19. Jahrhundert für den Lebensentwurf des etablierten, aber kleinlichen Spießbürgers mit Familie und Eigentum. Der Philister zeichnet sich meistens durch seine Pedanterie aus, d. h. seine überordentliche, schulmeisterliche und immerzu belehrende Art. Der Begriff ›Pedant‹ wurde daher oft gleichbedeutend mit »Philister« verwendet.

Stempel des Genies (11,5) | **Originale** (11,31) | **Strom des Genies** (15,11 f.) | **böser Genius** (71,8): Philister und Pedant bilden den Gegenentwurf zu Künstlern, Poeten oder Studenten, die eine unbeständige Lebensweise und ein Dasein als Taugenichtse führen. Mit dem Künstler-, Dichter- und Studentenleben wurde darüber hinaus auch die im 18. Jahrhundert aufkommende Vorstellung vom Genie assoziiert. Der Geniebegriff, der sich vom frz. *génie* ableitet und ursprünglich vom lat. *genius* (= persönlicher Schutzengel) abstammt, wurde in Deutschland erstmals maßgebend vom Dichter und Philosophen Christian Fürchtegott Gellert (1715–1769) verwendet und entwickelte sich in der Folge zu einem Modewort. Nach Gellert steht Genie für einen naturbegabten, von der Natur und nicht von einer Akademie »gebildeten« Menschen, der sich durch seine von Vernunft sowie Theorie unverstellte und unverbildete Kreativität und Originalität auszeichnet.

15,11 f. **Strom des Genies:** s. Anm. zu 14,35.

16,17 **Kreuzer:** Der Kreuzer ist eine Münzeinheit, die seit dem 13. Jahrhundert in Süddeutschland, Österreich und in der Schweiz verwendet wurde und ihren Namen von einem ursprünglich aufgeprägten Doppelkreuz erhalten hat. Später wurde der Kreuzer zur Einheit für das kleine Silbergeld (Silber-Kupfer-Legierung). Bis zur Abschaffung der Münzwährungen entsprachen vier Pfennige dem Wert eines Kreuzers und 60 Kreuzer dem eines Gulden.

21,6 **Miss Jenny:** *Histoire de Miss Jenny Glanville* lautet der Titel eines empfindsamen Romans von Marie-Jeanne Riccoboni (1713–1792), der 1764 in der deutschen Übersetzung von J. G. Gellius erschienen war und auf dessen Titelheldin hier vermutlich angespielt wird.

21,18 f. **Landpriester von Wakefield:** Idyllische Familiengeschichte von Oliver Goldsmith (1728–1774), auf die Goethe während seines Aufenthaltes in Straßburg gestoßen war. Der 1766 unter dem Titel *The Vicar of Wakefield* erschienene Roman handelt vom sozio-ökonomischen Fall und Aufstieg der Familie des Reverend Primrose.

21,30 **Contretanz:** Der C., eingedeutscht auch ›Kontertanz‹, ist ein ursprünglich aus England stammender ländlicher Volkstanz (*country dance*), bei dem immer zwei Paare gegeneinander tanzen, er entwickelte sich mit der Zeit zu einem höfischen Tanz und fand im 18. Jahrhundert in ganz Europa Verbreitung.

22,13 **Menuets | einige Menuets** (103,34): Das Menuett, zu Goethes Zeiten noch im Femininum, war ursprünglich ein französischer Volkstanz mit kleinen Schritten, der ab dem 17. Jahrhundert zum stilisierten Hof- und Gesellschaftstanz aufstieg.

22,17 **englischen:** Als ›Englischen‹ oder ›Anglaise‹ bezeichnete man vom 17. bis 19. Jahrhundert verschiedene Tanzstile aus England. Hier ist jedoch die englische Version des Contretanzes gemeint, in Unterscheidung zur französischen (Française) oder schottischen (Ecossaise).

22,28 **deutsch tanzte:** Der deutsche Tanz, auch »Allemande« genannt, ist eine weitere Variation des Contretanzes, die diesen um Figuren wie »das Walzen« erweitert. Die **große Achte** (24,6) wie auch die **Promenade** (24,10) sind Tanzfiguren.

24,6 **die große Achte:** die Paare trennen sich und teilen sich auf zwei Kreise auf, die zusammen eine Acht ergeben.

26,10 **Klopstock!:** Friedrich Gottlieb Klopstock (1724–1803) war als bedeutendster Dichter der sogenannten Empfindsamkeit ein gefeierter Autor. Er gab der deutschsprachigen Literatur neue Impulse, indem er z. B. als erster Dichter in der deutschen Sprache den Hexameter als Versmaß verwendete und persönliche

Natureindrücke in seinen Gedichten wiedergab. Klopstock prägte maßgeblich die Generation des jungen Goethe, mit dem er persönlich bekannt war. Lotte und Werther nennen seinen Namen als eine Art Losung, die auf das gemeinsame Empfinden angesichts des Gewitters als besonderen Naturschauspiels hinweist, wie es Klopstock in seiner Ode *Die Frühlingsfeyer* (1759) besingt.

der Fühlbarkeit geöffnet (24,30 f.; vgl. 78,4) | **ein geheimer sympathetischer Zug** (57,17 f.) | **wir verphantasieren** (68,4) | **sein Herz nicht sympathetisch schlägt** (78,5): Die hier aufgeführten Begriffe gehören zum typischen Vokabular empfindsamer Dichtung. Die Empfindsamkeit bezeichnet im 18. Jahrhundert ein Lebensgefühl, das sich zu einer literarischen Strömung entwickelte, in deren Mittelpunkt ein mitfühlendes, oft tränenreiches und beinahe religiöses Natur- und Kunsterleben stand.

28,17 f. **die ... Freier der Penelope:** s. Anm. zu 9,2.

28,20 f. **Züge patriarchalischen Lebens:** s. Anm. zu 8,23 f.

29,17 **guten Humor:** s. Anm. zu 9,6.

29,19–21 **goldnen Worte ... wie eines von diesen!:** vgl. Neues Testament, Matthäus 18,3, Jesus spricht: »Es sei denn, dass ihr umkehret und werdet wie die Kinder, so werdet ihr nicht ins Himmelreich kommen.«

30,24 f. **Nussbäume:** vgl. S. 80.

31,16 **übler Humor:** s. Anm. zu 9,6.

32,34 **Lavatern** | **Lavaters Schwärmereien** (80,27): Johann Caspar Lavater (1741–1801) war ein evangelischer Theologe, Philosoph und Schriftsteller aus der Schweiz und zur Zeit der Entstehung des *Werthers* mit Goethe befreundet. Seine unkonventionellen Positionen zum Christentum beeinflussten viele Dichter und Denker seiner Zeit. Seine *Predigten über das Buch Jonas* (Zwei Teile, Zürich 1773) waren sehr umfangreich.

35,10–18 **Sie haben übel getan ... einen hässlichen Bart zu kriegen:** Anspielung auf den alten Aberglauben, dass kleine Mädchen vom Männerkuss einen Bart bekämen.

36,28 **Ossian** | **Fingals trefflicher Sohn** (82,12): Ossian ist der Name des blinden Helden und Sängers aus James Macphersons (1736–1796) Epos *Die Gesänge des Ossian*, im Original von 1765 *The works of Ossian* betitelt. Der Schotte Macpherson hatte seine 1761–69 im homerischen Stil verfassten epischen Dichtungen fälschlich als Übersetzungen alter gälischer Gesänge und Ossian als deren Verfasser ausgegeben. Ähnlich wie bei den Dichtungen Homers oder Klopstocks entwickelte sich die Lektüre des Ossian zu einem regelrechten Kult.

37,16 **Gulden:** Der G. war eine seit 1350 in Florenz geprägte Goldmünze, die später europaweit verwendet wurde und im Gegensatz zum Dukaten durch den Zusatz von Silber oder Kupfer eine zunehmende Münzverschlechterung erfuhr. So war ein Gulden zu Beginn des 18. Jahrhunderts 60, ein Dukat dagegen 240 Kreuzer wert.

39,1 **Kugel vorn Kopf schießen:** erster Hinweis auf suizidale Tendenzen bei Werther.

39,6 **Zauberlaterne:** Die sogenannte Laterna magica ist ein Projektionsgerät, mit dem, ähnlich wie bei einem Diaprojektor, Bilder und Schriftzüge auf eine Oberfläche projiziert werden. Die Laterna magica war vom 17. bis ins 20. Jahrhundert hinein in ganz Europa verbreitet und wurde von umherziehenden Schaustellern auf Jahrmärkten, Messen und in Varietétheatern gezeigt. Im 19. Jahrhundert wurde sie zunehmend als Massenmedium zur Volksbildung eingesetzt.

39,19 **Bononischen Stein:** Bei dem von Goethe als »Bononischer Stein« bezeichneten und seit den Publikationen des Ulisse Aldrovandi (1522–1605) als »Bologneser Schwerspat« bekannten Gestein handelt es sich eigentlich um Baryt, ein bariumhaltiges Mineral, welches beim Erhitzen mit organischen Substanzen phosphoresziert und im Dunkeln leuchtet.

39,26 **Taler:** Der Taler ist eine große Silbermünze, die ihren Namen von der böhmischen Stadt Joachimsthal ableitet, wo sie seit 1519 geprägt wurde. Seit 1623 behielt der Taler seinen stabilen Wert gegenüber dem Gulden, und so entsprachen $1\,^1/_2$ Gulden einem Taler, während ein Dukat etwa $2\,^2/_3$ Taler wert war.

40,29 **Schattenriss:** seit der 2. Hälfte des 18. Jhs. eine Modewelle, z. B. aus Papier die Silhouette eines Gesichts oder auch einer ganzen Person als Porträt auszuschneiden.

41,9 **Märgen vom Magnetenberg:** Märchen aus *Tausendundeiner Nacht*, das die Geschichte eines herumirrenden Königs erzählt, der nach einer langen, strapaziösen Suche nach den Geheimnissen des Lebens als einfacher Lastenträger ans Ziel seiner Reise und zur tieferen Erkenntnis gelangt: Die Wege des Menschen seien durch sein Schicksal ebenso vorherbestimmt wie der Kurs eines Schiffes durch den Magnetberg.

44,20 **hinunterwallen:** Das Motiv des melancholisch gestimmten Menschen, der Blumen in den Fluss wirft und ihnen nachsieht, wurde in vielen Wertheriaden aufgegriffen. S. Anm. zu 9,6.

45,12 **Ladstock:** Stock, mit dem man bei einem Vorderlader Pulver, Blei usw. von vorne in den Lauf feststopft.

45,25 **kam er sehr tief in Text:** verlor er sich sehr in dieses Thema.

50,11 f. **seine Säfte verbessert:** s. Anm. zu 9,6.

50,12 **Tumult seines Blutes:** s. Anm. zu 9,6.

51,5 f. **Prinzessin, die von Händen bedient wird:** Es handelt sich hierbei um ein Märchen, in dem eine gefangene Prinzessin von aus den Wänden wachsenden Händen mit Essen versorgt wird. Diese Geschichte ist wiederum eingebettet in ein anderes Märchen, nämlich *La chatte blanche* aus den *Contes des Fées* von Marie-Catherine Jumelle de Barneville, Gräfin von Aulnoy (um 1650–1705).

54,23 **Fabel vom Pferde:** Die Fabel vom Pferd findet sich schon bei antiken Autoren wie dem griechischen Lyriker Stesichoros (632–553 v. Chr.) oder dem römischen Satiriker Horaz (65–8 v. Chr.). Auch der französische Klassiker Jean de La Fontaine (1621–1695) verarbeitet den Stoff in seinen Fabeln. Im Wettstreit mit dem Hirsch bittet das Pferd den Menschen um Hilfe, um den schnelleren Hirsch endlich besiegen zu können. Anschließend muss es dafür mit seiner Freiheit bezahlen, da es von nun an vom Menschen als Lastentier gehalten wird.

55,2 f. **der kleine Wetsteinische Homer:** s. Anm. zu 9,2.

55,4 f. **Ernestischen:** s. Anm. zu 9,2.

57,17 f. **ein geheimer sympathetischer Zug:** s. Anm. zu 26,10.

62,9 **leichteres Blut:** s. Anm. zu 9,6.

64,19 f. **ich halte ... Widerpart:** ich widerspreche.

64,25 **Belletristen:** (frz.) Verfasser von Unterhaltungsliteratur, hier abwertend gemeint.

64,36 **Galle:** vgl. Anm. zu 9,6.

66,17–19 **ehrne Jahrhundert ... im eisernen:** Der Begriff des ehernen Jahrhunderts, auch bronzenes Weltalter genannt, entspringt der antiken Mythologie und bezeichnet die dritte Entwicklungsphase der Menschheit, die auf das goldene und das silberne Weltalter folgt. In den *Metamorphosen* Ovids (Met. 1,89–150) steht die Geschichte der vier Weltalter gleich am Anfang direkt nach der Entstehungsgeschichte der Welt und der Menschheit. Die vier Phasen der Menschheit beschreiben den stetigen Abstieg vom ursprünglichen Paradieszustand des goldenen Weltalters bis hin zum von Gewalt und Misstrauen geprägten eisernen Weltalter. Werther verwendet diesen Ausdruck hier als Metapher für die Lebensphasen eines Menschen: Das eherne und eiserne Jahrhundert stehen hier für die mittlere und letzte Lebensphase eines Menschen.

67,21 **Raritätenkasten:** Der Begriff »Rarität« bezeichnet eigentlich einen merkwürdigen, seltenen Gegenstand. Bei einem Raritätenkasten, auch »Guckkasten« genannt, handelt es sich um eine Vorrichtung, die mit Hilfe verschiedener Linsen die optische Täuschung räumlicher Tiefe eines Bildes erzeugt. Anders als bei einer Laterna magica muss der Betrachter durch ein Loch in den Kasten schauen, um das Bild betrachten zu können. Der Guckkasten war ab Mitte des 18. Jahrhunderts ebenfalls eine beliebte Attraktion auf Jahrmärkten.

70,5 **Subalternen:** Leute von untergeordnetem Rang.

70,26–30 **Krönungszeiten Franz des ersten ... altfränkischen:** Franz Stephan I. (1708–1765), Herzog von Lothringen, wurde 1745 zum deutschen Kaiser gekrönt. Zur Zeit, in der der Roman spielt, wirkt die Mode des Gekrönten, vor allem für einen jungen Mann wie Werther, altmodisch.

71,8 **böser Genius:** s. Anm. zu 14,35.

71,15 f. **wie Ulyss ... bewirtet wird:** s. Anm. zu 9,2.

74,15 **Dukaten:** Die wertvollste Goldmünze war der Dukat, der 1264 in Venedig eingeführt wurde. Der Name »Dukat« leitet sich von der auf der Rückseite eingeprägten lateinischen Inschrift ab: *Sit tibi Christe datus quem tu regis iste ducatus* (»Dir, Christus, sei dieses Herzogtum, welches du regierst, gegeben«). Der Dukat wie auch die anderen Münzeinheiten wurden im Zuge der Reichsgründung 1871 unter Wilhelm I. abgeschafft und durch die Mark ersetzt.

76,10 **Altväter:** s. Anm. zu 8,23 f.

76,10 f. **Wenn Ulyss ... spricht:** s. Anm. zu 9,2.

78,4 **Fühlbarkeit:** s. Anm. zu 26,10.

78,5 **sein Herz nicht sympathetisch schlägt:** s. Anm. zu 26,10.

80,27 **Lavaters Schwärmereien:** s. Anm. zu 32,34.

80,36–81,1 **Kennikot, Semler und Michaelis:** Benjamin Kennicott (1718–1783), Johann Salomo Semler (1725–1791) und Johann David Michaelis (1717–1791) waren zu Goethes Zeiten bekannte Professoren, die die Aussagen der Bibel kritisch hinterfragten und vom reinen, unverfälschten Wort Gottes unterschieden.

82,12 **Fingals trefflicher Sohn:** s. Anm. zu 36,28.

85,32 f. **dass … Vater gegeben hat:** vgl. Neues Testament, Johannes 6,37: Jesus spricht: »Alle, die mein Vater mir gibt, werden zu mir kommen, und niemand, der zu mir kommt, wird von mir abgewiesen.«

89,15 **tiefsinnig:** s. Anm. zu 9,6.

92,12 **der gepriesene Halbgott:** Werther stellt den Menschen hier auf eine Stufe mit dem Gott Prometheus, der in der antiken Mythologie oft als Schöpfer und Kulturstifter der Menschheit angesehen wird und den Göttern das Feuer stiehlt, um es verbotenerweise den Menschen zu bringen (vgl. hier S. 166–168).

103,34 **einige Menuets:** s. Anm. zu 22,13.

119,3 **Deichselsterne des Wagens:** Deichsel: Zugvorrichtung am Wagen; Deichselsterne des Wagens: Großer Wagen, die hellsten Sterne im Sternbild Großer Bär, die ganzjährig zu sehen sind; die Deichselsterne sind Alioth, Mizar und Alkaid.

119,24–26 **Priester … Levite … Samariter:** vgl. Neues Testament, Lukas 10,30–37: »Da antwortete Jesus und sprach: Es war ein Mensch, der ging von Jerusalem hinab gen Jericho und fiel unter die Mörder; die zogen ihn aus und schlugen ihn und gingen davon und ließen ihn halbtot liegen. Es begab sich aber ungefähr [zufällig], dass ein Priester dieselbe Straße hinabzog, und da er ihn sah, ging er vorüber. Desgleichen auch ein Levit; da er kam zu der Stätte und sah ihn, ging er vorüber. Ein Samariter aber reiste und kam dahin; und da er ihn sah, jammerte ihn sein [jammerte ihn der Mensch], ging zu ihm, verband ihm seine Wunden und goss darein Öl und Wein und hob ihn auf sein Tier und führte ihn in die Herberge und pflegte sein [ihn]. Des andern Tages reiste er [ab] und zog heraus zwei Groschen und gab sie dem Wirte und sprach zu ihm: Pflege sein; und so du was mehr wirst dartun [und solltest du mehr Geld benötigen], will ich dir's bezahlen, wenn ich wiederkomme. Welcher dünkt dich [scheint dir], der unter diesen dreien der Nächste sei gewesen dem, der unter die Mörder gefallen war? Er sprach: Der die Barmherzigkeit an ihm tat. Da sprach Jesus zu ihm: So gehe hin und tue desgleichen!«

121,14 f. **Emilia Galotti:** Bürgerliches Trauerspiel (1772) von Gotthold Ephraim Lessing (1729–1781), in dem sich die Titelheldin in den Tod rettet, um der Versuchung zu widerstehen.

3. Goethes Leben in Daten

1749 Am 28. August wurde Goethe in Frankfurt a. M. im Haus ›Zu den drei Leyern‹ am Großen Hirschgraben geboren. Sein Vater ist der kaiserliche Rat Dr. jur. Johann Caspar, die Mutter Catharina Elisabeth Goethe geb. Textor.

1752–55 Goethe besucht die Spielschule der Frau Hoff. Das Erdbeben von Lissabon (1. November 1755) führt zu einer religiösen Verunsicherung des Kindes.

1756–59 Unterricht im Lateinischen, Griechischen und Französischen sowie im Zeichnen.

1759–63 Frankfurt von den Franzosen besetzt (bis Februar 1763). Am 28. August 1762 überreicht er seinem Vater den ersten Band eigener Gedichte.

1764 Goethe erlebt die Krönung Josephs II. zum römischdeutschen Kaiser. Unterricht durch einen Hofmeister.

1765 Ab Herbst Studium in Leipzig (bis August 1768). Die meisten der dort entstandenen Dichtungen werden von Goethe später vernichtet; erhalten sind einige Gedichte – u. a. die Oden an den Freund Behrisch – und das Lustspiel *Die Laune des Verliebten.*

1768 Ende Juli erleidet Goethe einen Blutsturz. Am 1. September Rückkehr nach Frankfurt. Im Herbst Umgang mit dem pietistischen Kreis Katharina von Klettenbergs.

1769 Nur langsame Erholung von der schweren Krankheit.

1770 Ende März Abreise nach Straßburg. Im September juristisches Vorexamen. Im Oktober erster Besuch im elsässischen Sessenheim, wo er Friederike Brion kennenlernt. Bekanntschaft mit Herder, der ihm Homer, Shakespeare, Ossian und die Volkspoesie nahebringt.

1771 Mai bis Juni in Sessenheim. Bekanntschaft mit J. M. R. Lenz. Es entstehen Gedichte an Friederike Brion und der Essay *Von deutscher Baukunst* (ersch. 1773). Im August promoviert Goethe zum Lizentiaten der Rechte und kehrt nach Frankfurt zurück, wo er als Advokat am Schöffengericht zugelassen wird. Im Oktober Rede *Zum Schäkespears-Tag.* Niederschrift der 1. Fassung des *Götz von Berlichingen.*

1772 Bekanntschaft mit J. H. Merck und dem empfindsamen Kreis der ›Gemeinschaft der Heiligen‹ in Darmstadt.

Von Mai bis September am Reichskammergericht in Wetzlar. Bekanntschaft mit Charlotte Buff und deren Bräutigam J. Chr. Kestner. Mitarbeit an den ›Frankfurter Gelehrten Anzeigen‹. – In den Jahren 1772–74 entstehen so bedeutende Gedichte wie »Wandrers Sturmlied«, »Mahomets Gesang«, »Prometheus«, »Ganymed«, »An Schwager Kronos«.

1773 Die Umarbeitung des *Götz von Berlichingen* erscheint im Selbstverlag (UA 1774 in Berlin).

1774 Zwischen Februar und April entsteht der Briefroman *Die Leiden des jungen Werthers* (2. Fass. 1787). Das Trauerspiel *Clavigo* erscheint.

1775 Entstehung der *Früheren Fassung* des Faust. Auf Einladung des Herzogs Carl August reist Goethe im Oktober nach Weimar. Bekanntschaft mit Charlotte von Stein.

1776 Goethe wohnt (bis 1782) im Gartenhaus, einem Geschenk Carl Augusts.

1777 Beginn der Arbeit an dem Roman *Wilhelm Meisters theatralische Sendung.* November/Dezember Harz-Reise.

1778 Im Mai Reise mit dem Herzog nach Potsdam und Berlin. Wiederaufnahme der Arbeit an *Egmont.*

1779 Goethe übernimmt in Weimar die Kriegskommission und die Direktion des Wegebaus; er wird zum Geheimen Rat ernannt. Im April Uraufführung der *Iphigenie auf Tauris.* Im Herbst erneute Reise in die Schweiz.

1780 Arbeit an *Tasso.* Aufnahme in die Freimaurer-Loge Amalia. Erste naturwissenschaftliche Studien.

1782 Erhebung in den Adelsstand durch Joseph II. Im Juni bezieht Goethe das Haus am Frauenplan.

1785 *Wilhelm Meisters theatralische Sendung* abgeschlossen.

1786 Im Juli nach Karlsbad; am 3. September ohne Abschied nach Italien; am 29. Oktober Ankunft in Rom.

1787 Im Februar Abreise nach Neapel, Besteigung des Vesuv; weiter nach Sizilien; ab Juni wieder in Rom. Es erscheinen die Dramen *Die Mitschuldigen, Die Geschwister, Iphigenie auf Tauris.*

1788 Am 18. Juni zurück in Weimar. Entlastung von Regierungsgeschäften. Beginn der Lebensgemeinschaft mit Christiane Vulpius. Das Trauerspiel *Egmont* erscheint.

1790 Im März Abreise zur zweiten Italienreise, die bis Venedig und durch oberitalienische Städte führt; im Juni zurück in Weimar. Es erscheinen *Torquato Tasso* und *Faust. Ein Fragment.*

1791 Beschäftigung mit der Farbenlehre; die ersten *Beiträge zur Optik* erscheinen. Übernahme der Leitung des Weimarer Hoftheaters (bis 1817).

1792 Im Gefolge des Herzogs Teilnahme an der Kanonade von Valmy während der Kampagne in Frankreich.

1793 Mai bis Juli Teilnahme an der Belagerung von Mainz.

1794 Nähere Verbindung mit Schiller, der starken Anteil nimmt an der Umarbeitung des *Wilhelm Meister.* Das Tierepos *Reineke Fuchs* erscheint.

1797 Im sogenannten »Balladenjahr« entstehen in Zusammenarbeit mit Schiller viele berühmte Balladen (von Goethe u. a. »Der Zauberlehrling«, »Der Schatzgräber«, »Die Braut von Korinth«; von Schiller u. a. »Der Taucher«, »Die Kraniche des Ibykus« und »Der Ring des Polykrates«).

1801 Erkrankung an Gesichtsrose. Kur in Pyrmont.

1803 Die Oberaufsicht über die naturwissenschaftlichen Institute der Universität Jena wird Goethe übertragen. Riemer wird Goethes Sekretär und Hauslehrer seines Sohnes August (geb. 1789). Das Trauerspiel *Die natürliche Tochter* erscheint.

1804 Ernennung zum Wirklichen Geheimen Rat.

1805 Anfang des Jahres schwere Nierenkoliken. Kur in Lauchstädt. Herausgabe des Sammelwerks *Winkelmann und sein Jahrhundert.*

1806 Juni bis August in Karlsbad, das Goethe in den nächsten Jahren regelmäßig zur Kur aufsuchen wird (neben Franzensbad oder Teplitz). Im Oktober Besetzung Weimars durch die Franzosen. Am 19. Oktober lässt sich Goethe mit Christiane trauen.

1807 Erste Besuche Bettina Brentanos. Leidenschaftliche Neigung Goethes zu ›Minchen‹ Herzlieb.

1808 Im Oktober mehrere Begegnungen mit Napoleon. Als 8. Band der *Werke* erscheint *Faust. Eine Tragödie.*

1809 Der Roman *Die Wahlverwandtschaften* erscheint.

1810 *Zur Farbenlehre* erscheint in 2 Bänden.

1811 Der Erste Band von *Aus meinem Leben. Dichtung und Wahrheit* erscheint (4 Bde. bis 1833).

1812 Im Juli mehrere Treffen mit Ludwig van Beethoven in Teplitz.

1814 Reisen nach Wiesbaden, wo Goethe Marianne von Willemer kennenlernt. Orientalische Studien; *Divan*-Gedichte.

1815 Im Juli Rhein-Fahrt nach Köln. August/September in Frankfurt; leidenschaftliche Neigung zu Marianne von Willemer. Zahlreiche *Divan*-Gedichte entstehen. Im Dezember Ernennung zum Staatsminister.

1816 Am 6. Juni Tod Christianes. Juli bis September Kur in Tennstedt. Erstes Heft der Zeitschrift *Über Kunst und Altertum*, die bis 1832 erscheint.

1819 *West-östlicher Divan* erscheint. *Goethes Werke* liegen vor (20 Bde. seit 1815).

1821 *Wilhelm Meisters Wanderjahre.* Juli/August in Marienbad, Begegnung mit Ulrike von Levetzow.

1823 Im Februar an Herzbeutelentzündung schwer erkrankt. Juli/August wieder in Marienbad (*Marienbader Elegie* entsteht.) Im November Erkrankung an Krampfhusten.

1825 Wiederaufnahme der Arbeit am *Faust* (bis 1831).

1827 Die ersten 10 Bände der ›Ausgabe letzter Hand‹ erscheinen (40 Bde. bis 1830; postum weitere 20 Bde.).

1828 14. Juni Tod des Herzogs Carl August. Juli bis September Aufenthalt in Dornburg. *Briefwechsel zwischen Goethe und Schiller* erscheint (6 Bde. bis 1829).

1830 Goethes Sohn August stirbt in Rom. Ende November erleidet Goethe einen Blutsturz.

1832 Am 22. März stirbt Goethe in Weimar.

4. Historischer Hintergrund zur Entstehung des *Werthers*

In zahlreichen Briefen und Tagebucheinträgen sind die Ereignisse und Begegnungen, die für die Entstehung des *Werthers* entscheidend waren, dokumentiert. Als Quellen dienen hier zum einen Goethes ab 1811 verfasste Selbstzeugnisse in *Dichtung und Wahrheit*, zum anderen der Briefwechsel Goethes mit Johann Christian Kestner und Charlotte Kestner, geborene Buff, sowie auch einige Tagebucheinträge Kestners. Bei aller Überschneidung der Biografie Goethes mit seinem Werk sei jedoch angemerkt, dass die Geschichte Werthers nicht als Autobiografie Goethes missverstanden werden sollte. Auch wenn sie in vielem durch Goethes eigene Biografie inspiriert wurde, so bleiben *Die Leiden des jungen Werthers* dennoch eine Fiktion des jungen Wolfgang Goethe.

4.1 Wetzlar 1772

Nach Abschluss seiner juristischen Studien in Straßburg im Jahre 1771 kehrte Goethe zunächst nach Frankfurt zurück, um dort in der Kanzlei seines Vaters dem Beruf als Anwalt nachzugehen. Der Vater drängte ihn jedoch bald, aufgrund mangelnder Berufserfahrung, eine Praktikantenstelle am Reichskammergericht von Wetzlar anzutreten. Von Mai bis September 1772 lebte Goethe also in Wetzlar, wo er bald Bekanntschaft mit dem Kammergerichtssekretär Johann Christian Kestner machte. Dieser schilderte rückblickend seinem Freund August von Hennings die Begebenheiten um Goethes Aufenthalt in Wetzlar. Der folgende Auszug gibt eine detaillierte Charakterstudie des jungen Goethe (Briefentwurf aus dem Herbst 1772):

»Im Frühjahr kam hier ein gewisser Goethe aus Frankfurt, seiner Hantierung nach Dr. Juris, 23 Jahr alt, einziger Sohn eines sehr reichen Vaters, um sich hier – dies war seines Vaters Absicht – in Praxi umzusehen, der seinigen nach aber, den Homer, Pindar etc. zu studieren, und was sein Genie, seine Denkungsart und sein Herz ihm weiter für Beschäftigungen eingeben würden.

Gleich Anfangs kündigten ihn die hiesigen schönen Geister als einen ihrer Mitbrüder und als Mitarbeiter an der neuen Frankfurter

Abb. 1: Goethe mit der Silhouette einer Unbekannten. Ölgemälde von Georg Melchior Kraus (1737–1806), 1775

Gelehrten Zeitung, beiläufig auch als Philosophen im Publico an, und gaben sich Mühe mit ihm in Verbindung zu stehen. […]

Er hat sehr viel Talente, ist ein wahres Genie, und ein Mensch von Charakter; besitzt eine außerordentlich lebhafte Einbildungskraft, daher er sich meist in Bildern und Gleichnissen ausdrückt. […]

Er ist in allen seinen Affekten heftig, hat jedoch oft viel Gewalt über sich. Seine Denkungsart ist edel; von Vorurteilen so viel frei, handelt er, wie es ihm einfällt, ohne sich darum zu bekümmern, ob es Andern gefällt, ob es Mode ist, ob es die Lebensart erlaubt. Aller Zwang ist ihm verhasst.

Er liebt Kinder und kann sich mit ihnen sehr beschäftigen. Er ist bizarre und hat in seinem Betragen, seinem Äußerlichen verschiedenes, das ihn unangenehm machen könnte. Aber bei Kindern, bei Frauenzimmern und vielen Andern ist er doch wohl angeschrieben. […]

Er hat schon viel getan und viele Kenntnisse, viel Lektüre; aber doch noch mehr gedacht und raisonniert. Aus den schönen Wissenschaften und Künsten hat er sein Hauptwerk gemacht, oder vielmehr aus allen Wissenschaften, nur nicht den sogenannten Brotwissenschaften.«

> Goethe und Werther. Briefe […] mit erläuternden Documenten. Hrsg. von August Kestner. Stuttgart/Tübingen 1854. S. 35–39.

In Wetzlar kamen am Reichskammergericht die diplomatischen Beamten der Gesandtschaften verschiedener deutscher Staaten zusammen. So traf Goethe mit dem damaligen Braunschweiger Gesandtschaftssekretär Karl Wilhelm Jerusalem einen ehemaligen Studienkollegen aus Leipziger Tagen wieder, welcher durch seinen tragischen Tod ein Jahr später die Vorlage für Werthers Suizid liefern würde. Anders als Kestner äußerte sich jener in einem Brief an Johann Joachim Eschenburg vom 18. Juli 1772 über Goethes Ankunft in Wetzlar jedoch weniger schmeichelhaft:

»Jetzt ist unser kleiner Leipziger Consul Born […] hier. […] Bei ihm ist sein Freund Göden. Er war zu unserer Zeit in Leipzig und ein Geck, jetzt ist er noch außerdem Frankfurter Zeitungs-Schreiber.«

> Goethe über seine Dichtungen. Versuch einer Sammlung aller Äußerungen des Dichters über seine poetischen Werke. Hrsg. von Hans Gerhard Gräf. Bd. 1,2. Frankfurt a. M. 1902. S. 598,32 f.

Goethe und Jerusalem hatten beide am 9. Juni 1772 an jenem berühmten Ball in Volpertshausen teilgenommen, der später zur Vorlage für die im *Werther*-Brief vom 16. Juni 1771 geschilderte erste Begegnung Werthers mit Lotte werden sollte. Kestner hatte anlässlich dieses Ereignisses in seinem Tagebuch notiert:

»Le 9me Juin fut un bal à Volpertshausen, village à deux lieues de Wetzlar. Il était composé de 25 personnes. On s'y rendit le soir en carosse et à cheval et on revint le lendemain matin. […] Je partis à 7 heures du soir à cheval tout seul […].« (»Am 9. Juni fand ein Ball in Volpertshausen statt, einem Dorf, zwei Meilen von Wetzlar entfernt. 25 Personen waren anwesend. Man hatte sich abends mit der Kutsche oder zu Pferd dorthin begeben und kehrte am nächsten Morgen wieder zurück. […] Ich machte mich erst um 7 Uhr abends alleine zu Pferd auf den Weg.«)

Erich Trunz: Quellen und Daten zur Geschichte des »Werther«-Romans. In: Goethes Werke. Hrsg. von E. T. [Hamburger Ausgabe.] Bd. 6: Romane und Novellen I. München ^{12}1981. S. 514.

Der Ball in Volpertshausen sollte zum folgenreichen Ausgangspunkt der Freundschaft Goethes mit Kestner und dessen Verlobter Charlotte Buff werden.

4.2 Johann Christian Kestner

Der aus Hannover stammende Johann Christian Kestner (1741–1800) war von 1767 bis 1773 am Wetzlarer Kammergericht tätig und hatte sich 1768 mit Charlotte Buff, der Tochter des Amtmanns Heinrich Adam Buff, verlobt. Goethe nennt Kestner in seinen Beschreibungen in *Dichtung und Wahrheit* daher ausschließlich den »Bräutigam«:

»Unter den jungen Männern, welche der Gesandtschaft zugegeben, sich zu ihrem künftigen Dienstlauf vorüben sollten, fand sich einer den wir kurz und gut den Bräutigam zu nennen pflegten. Er zeichnete sich aus durch ein ruhiges gleiches Betragen, Klarheit der Ansichten, Bestimmtheit im Handeln und Reden. Seine heitere Tätigkeit, sein anhaltender Fleiß empfahl ihn dergestalt den Vorgesetzten, daß man ihm eine baldige Anstellung versprach. Hiedurch berechtigt, unternahm er sich mit einem Frauenzimmer zu verloben, das seiner Gemütsart und seinen Wünschen völlig zusagte. […] Der Bräutigam, bei seiner durchaus rechtlichen und zutraulichen Sinnesart, machte jeden, den er schätzte, bald mit ihr bekannt, und sah gern, weil er den größten Teil des Tages den Geschäften eifrig oblag, wenn seine Verlobte, nach vollbrachten häuslichen Bemü-

Abb. 2: Johann Georg Christian Kestner. Pastell von Johann Heinrich Schröder, 1782

hungen, sich sonst unterhielt und sich gesellig auf Spaziergängen und Landpartieen mit Freunden und Freundinnen ergetzte.«

> Johann Wolfgang Goethe: Dichtung und Wahrheit. Hrsg. von Walter Hettche. Bd. 1. Stuttgart 1991. S. 581–583.

Auch Goethe wurde mit Kestners Verlobter bekannt gemacht und war bald sehr angetan von ihr. Kestner schien die sich entwickelnde Freundschaft zwischen Charlotte Buff und Goethe zu tolerieren und verbrachte seinerseits viele Stunden mit dem glühenden Verehrer seiner Verlobten. Der schon im vorigen Kapitel zitierte Brief an August von Hennings zeugt davon, wie wohlgesinnt er Goethe trotz aller Gefühlsverwirrungen war. Seine Tagebucheinträge 1772 geben jedoch ein weitaus vielschichtigeres Bild seiner persönlichen Eindrücke und Gefühle angesichts der Freundschaft mit Goethe wider:

Q »[Ende Juni:] Nachher und wie ich meine Arbeit getan, geh' ich zu meinem Mädchen, ich finde den Dr. Goethe da […] Er liebt sie, und ob er gleich ein Philosoph und mir gut ist, sieht er mich doch nicht gern kommen, um mit meinem Mädchen vergnügt zu sein. Und ich, ob ich ihm gleich recht gut bin, so sehe ich doch auch nicht gern, dass er bei meinem Mädchen allein bleiben und sie unterhalten soll […].

15. August: […] Ich ging mit Goethe noch Nachts bis 12 Uhr auf der Gasse spazieren. Merkwürdiges Gespräch, da er voll Unmut war und allerhand Phantasien hatte, worüber wir am Ende im Mondschein an eine Mauer gelehnt lachten.

16. August: Bekam Goethe von Lottchen gepredigt: sie deklariert[1] ihm, dass er nichts als Freundschaft hoffen dürfe; er ward blass und sehr niedergeschlagen. Wir gingen aus dem Neustädter Tor spazieren […].«

Erich Trunz: Quellen und Daten zur Geschichte des »Werther«-Romans. In: Goethes Werke. Hrsg. von E. T. [Hamburger Ausgabe.] Bd. 6: Romane und Novellen I. München ^{12}1981. S. 514.

In seinem Brief an Hennings (Wetzlar, 18. November 1772) betonte Kestner jedoch im nachhinein, welch wichtige Bedeutung die Freundschaft mit Goethe für ihn hatte. Auch der noch einige Jahre nach Goethes Abreise aus Wetzlar anhaltende Briefverkehr lässt darauf schließen, dass beide, sowohl Kestner als auch Goethe, einen einvernehmlichen Weg gefunden hatten, mit Goethes Leidenschaft für Charlotte umzugehen.

Q »Dieser gleiche Geschmack, und da wir uns näher kennen lernten, knüpfte zwischen ihm und mir das festeste Band der Freundschaft, so dass er bei mir gleich auf meinen lieben Hennings folgt.«

Goethe und Werther. Briefe […] mit erläuternden Documenten. Hrsg. von August Kestner. Stuttgart/Tübingen 1854. S. 78.

1 offenbart ihm, zeigt ihm

4.3 Charlotte Buff

Goethe begegnete der damals 19-jährigen Charlotte Buff (1753–1828) erstmals am 9. Juni 1772 auf der Fahrt zum Ball in Volpertshausen. »Lottchen eroberte ihn [Goethe] ganz« an jenem Abend, wie Kestner selbst bemerkt, »um destomehr, da sie sich keine Mühe gab, sondern sich nur dem Vergnügen überließ« (Briefentwurf an August von Hennings, Herbst 1772, in: *Goethe und Werther. Briefe [...] mit erläuternden Documenten*, hrsg. von August Kestner, Stuttgart/Tübingen 1854, S. 41).

Charlotte war die zweitälteste Tochter des verwitweten Heinrich Adam Buff, der als Amtmann mit seiner 16-köpfigen Kinderschar im Deutschordens-Haus von Wetzlar lebte. Am Tag nach dem Ball stattete Goethe der Familie Buff einen Besuch ab und lernte Charlotte, wie Kestner schreibt, »von der häuslichen Seite kennen«. Goethe beschreibt die häusliche Tatkraft der jungen Frau 40 Jahre später in *Dichtung und Wahrheit* wie folgt:

> »Nach dem Tode ihrer Mutter, hatte sie sich als Haupt einer zahlreichen jüngeren Familie höchst tätig erwiesen und den Vater in seinem Witwerstand allein aufrecht erhalten, so dass ein künftiger Gatte von ihr das gleiche für sich und seine Nachkommenschaft hoffen und ein entschiedenes häusliches Glück erwarten konnte. Ein jeder gestand, auch ohne diese Lebenszwecke eigennützig für sich im Auge zu haben, dass sie ein wünschenswertes Frauenzimmer sei. Sie gehörte zu denen, die, wenn sie nicht heftige Leidenschaft einflößen, doch ein allgemeines Gefallen zu erregen geschaffen sind. Eine leicht aufgebaute, nett gebildete Gestalt, eine reine gesunde Natur und die daraus entspringende frohe Lebenstätigkeit, eine unbefangene Behandlung des täglich Notwendigen, das alles war ihr zusammen gegeben.«
>
> Johann Wolfgang Goethe: Dichtung und Wahrheit. Hrsg. von Walter Hettche. Bd. 1. Stuttgart 1991. S. 582.

Den Schilderungen Goethes wie auch Kestners zufolge war der Sommer 1772 geprägt vom vergnügten Beisammensein der drei jungen Leute, von langen Spaziergängen Goethes mit Charlotte oder Kestner, sofern möglich auch mit beiden gemeinsam, sowie zahlreichen Gesprächen und Diskussionen. Mitte August kam es dann doch zum Bruch, als Goethe seine Gefühle für Charlotte nicht mehr zurückzuhalten vermochte und es zu einem Kuss kam, über den ein knapper Tagebucheintrag Kestners informiert:

»Donnerstag, 13. August: […] war ich in Gießen. […] Über Schiffenberg kehrte ich zurück. Lottchen, Goethe und Mademoiselle Dortchen Brandt kamen mir [von Wetzlar] entgegen. Abends das Geständnis von einem Kuss. Kleine Brouillerie [Streiterei] mit Lottchen […].«

Goethes Leben von Tag zu Tag. Eine dokumentarische Chronik. Bd. 1. Hrsg. von Robert Steiger. Zürich/München 1982. S. 525.

Nach diesem Ereignis, das Auslöser einer Auseinandersetzung zwischen Kestner und Lotte gewesen sein muss – »Brouillerie«, wie Kestner verharmlosend schreibt –, war das Verhältnis der beiden Verlobten gegenüber Goethe gespannt. Es ist wohl auf den Großmut Kestners zurückzuführen, dass es lediglich bei einer leichten Irritation der Freundschaft blieb und die Spannungen bald beigelegt werden konnten.

Goethe selbst berichtet über die Zeit seiner Liebe zu Charlotte in *Dichtung und Wahrheit* mit der Gelassenheit und Distanz des inzwischen 40 Jahre älteren, gereiften Mannes:

»Der neue Ankömmling, völlig frei von allen Banden, sorglos in der Gegenwart eines Mädchens, das, schon versagt, den gefälligsten Dienst nicht als Bewerbung auslegen und sich desto eher daran erfreuen konnte, ließ sich ruhig gehen, war aber bald dergestalt eingesponnen und gefesselt, und zugleich von dem jungen Paare so zutraulich und freundlich behandelt, dass er sich selbst nicht mehr kannte. Müßig und träumerisch, weil ihm keine Gegenwart genügte, fand er das was ihm abging in einer Freundin, die, indem sie fürs ganze Jahr lebte, nur für den Augenblick zu leben schien. Sie mochte ihn gern zu ihrem Begleiter; er konnte bald ihre Nähe nicht missen, denn sie vermittelte ihm die Alltagswelt, und so waren sie, bei einer ausgedehnten Wirtschaft, auf dem Acker und den Wiesen, auf dem Krautland wie im Garten, bald unzertrennliche Gefährten.«

Johann Wolfgang Goethe: Dichtung und Wahrheit. Hrsg. von Walter Hettche. Bd. 1. Stuttgart 1991. S. 583.

Abb. 3: Charlotte Kestner geb. Buff. Stich von A. Schultheiß, 1853, nach einem Pastellbild von J. Heinrich Schröder, 1782

4.4 Abschied von Kestner und Charlotte

Kurz nach dem verbotenen Kuss hatte Charlotte ihre Treue Kestner gegenüber bekräftigt, indem sie Goethe endgültig zu verstehen gab, dass seine Liebe unerwidert bleiben und ihr Verhältnis zu ihm rein freundschaftlich sein würde. Goethe reiste, ohne sich von seinen Freunden persönlich zu verabschieden, überstürzt ab.

Abb. 4: Ansicht vom Deutschordenshof mit der Amtmannswohnung (Lottehaus) im Vordergrund. Zeichnung von Carl Stuhl, um 1850

Am 11. September 1772 verließ Goethe Wetzlar, mit Ausnahme eines letzten Besuchs im November desselben Jahres, für immer. Die folgenden Abschiedsbriefe spiegeln nicht nur das Durcheinander seiner Gefühle und die Aufregung wider, in der er diese Notizen verfasst haben muss, sondern auch seinen Hang zur dramatischen Selbstinszenierung.

Goethe an Kestner, 10. September 1772:

»Er ist fort Kestner wenn Sie diesen Zettel kriegen, er ist fort. Geben Sie Lottchen innliegenden Zettel. Ich war sehr gefasst aber euer Gespräch hat mich aus einander gerissen. Ich kann Ihnen in den Augenblick nichts sagen, als leben Sie wohl. Wäre ich einen Augenblick länger bei euch geblieben, ich hätte nicht gehalten. Nun bin ich allein, und morgen geh ich. O mein armer Kopf.«

Goethes Werke. Hrsg. im Auftrage der Großherzogin Sophie von Sachsen. [Weimarer Ausgabe.] Abt. IV, Bd. 2. Weimar 1887. S. 21.

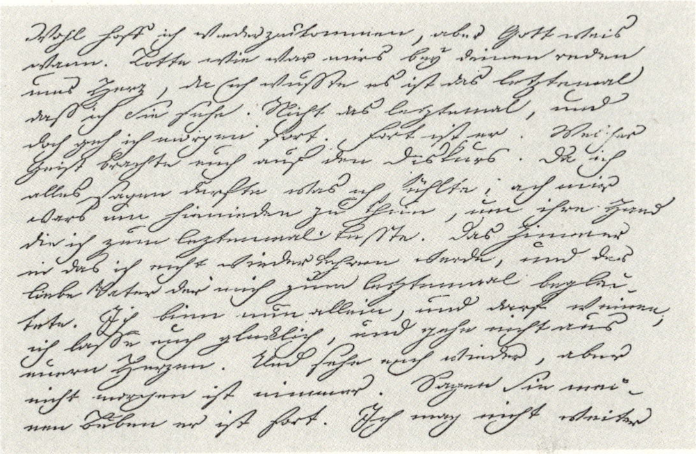

Abb. 5: Durchzeichnung (stark verkleinert) von Goethes Abschiedsbrief an Lotte Buff

Im selben Brief lag eine Nachricht an Charlotte Buff bei:

»Wohl hoff ich wiederzukommen, aber Gott weiß wann. Lotte wie war mirs bei deinen reden ums Herz, da ich wusste es ist das letztemal dass ich Sie sehe. Nicht das letztemal, und doch geh ich morgen fort. Fort ist er. Welcher Geist brachte euch auf den Diskurs. Da ich alles sagen durfte was ich fühlte, ach mir wars um hienieden zu tun, um Ihre Hand die ich zum letztenmal küsste. Das Zimmer in das ich nicht wiederkehren werde, und der liebe Vater der mich zum letztenmal begleitete. Ich bin nun allein, und darf weinen, ich lasse euch glücklich, und gehe nicht aus euern Herzen. Und sehe euch wieder, aber nicht morgen ist nimmer. Sagen Sie meinen Buben er ist fort. Ich mag nicht weiter.«

Ebd. S. 21 f.

4.5 Korrespondenz mit den Kestners

Trotz allem, was im Sommer 1772 vorgefallen war, pflegte Goethe noch mehrere Jahre nach seiner überstürzten Abreise innigen Kontakt mit Kestner und dessen Verlobter und späterer Gattin. Wie lange er jedoch noch an der Überwindung seines Liebesschmerzes arbeitete, zeigen die vielen Briefe an Kestner und Charlotte sowie die in ihnen übermittelten Freundschaftsbeschwörungen, kleine Aufmerksamkeiten und Andenken. Im folgenden Brief etwa ist von einem blütenfarbenen Band die Rede, welches Charlotte bei ihrer ersten Begegnung mit Goethe getragen haben soll und das als »blassrote Schleife« in den *Werther*-Briefen vom 16. Juni und vom 28. August 1771 auftaucht.

»Dank Ihrem guten Geist goldne Lotte, der Sie trieb mir eine unerwartete Freude zu machen, und wenn er so schwarz wäre wie das Schicksal, dank ihm. Heut eh ich zu Tisch ging grüßt ich Ihr Bild herzlich, und bei Tisch – ich wunderte mich über den seltsamen Brief, brach ihn auf und steckt ihn weg. O liebe Lotte seit ich Sie das erstemal sah, wie ist das alles so anders, es ist noch eben diese Blütenfarbe am Band, doch verschossner kommt mirs vor, als im Wagen, ist auch natürlich. Dank Ihrem Herzen dass Sie mir noch so ein Geschenk machen können, ich wollt aber auch in die finsterste Höhlen meines Verdrusses – Nein Lotte Sie bleiben mir, dafür geb Ihnen der Reiche im Himmel seiner schönsten Früchte, und wem er sie auf Erden versagt dem lass er droben im Paradiese wo kühle Bäche fließen zwischen Palmbäumen und Früchte drüber hängen wie Gold – indessen wollt ich wäre auf eine Stunde bei Ihnen. […] Gute Nacht.«

Goethes Werke. Hrsg. im Auftrage der Großherzogin Sophie von Sachsen. [Weimarer Ausgabe.] Abt. IV, Bd. 2. Weimar 1887. S. 29 f.

Goethes Anteilnahme am Leben der beiden ging sogar so weit, dass er auf eigenes Bestreben hin für das Paar die Hochzeitsringe beschaffte. Kestner und Charlotte indessen scheinen geahnt zu haben, welche Selbstüberwindung es den Freund gekostet haben musste, ihnen einen solchen Dienst zu erweisen, und verschwiegen ihm den Hochzeitstermin. Entsprechend überrascht war Goethe, als er schließlich kurz danach davon erfuhr:

»Gott segn euch denn ihr habt mich überrascht. Auf den Karfreitag wollt ich heilig Grab machen und Lottens Sillhouette begraben. So hängt sie noch und soll denn auch hängen bis ich sterbe. Lebt wohl. Grüßt mir euern Engel […]. Ich wandre in Wüsten da kein Wasser ist, meine Haare sind mir Schatten und mein Blut mein Brunnen.

Und euer Schiff doch mit bunten Flaggen und Jauchzen zuerst im Hafen freut mich. Ich gehe nicht in die Schweiz. Und unter und über Gottes Himmel bin ich euer Freund und Lottens.«

Ebd. S. 74 f.

4.6 Maximiliane La Roche

Nach seiner überstürzten Abreise aus Wetzlar zog Goethe weiter nach Koblenz, wo er für einige Tage im Hause der Dichterin Sophie La Roche (1730–1807) einkehrte. Über die Aufnahme bei Familie La Roche erzählt Goethe in *Dichtung und Wahrheit*:

»Angekündigt von Merk [Johann Heinrich Merck], ward ich von dieser edlen Familie sehr freundlich empfangen, und geschwind als ein Glied derselbe betrachtet. Mit der Mutter verband mich mein belletristisches und sentimentales Streben, mit dem Vater ein heiterer Weltsinn, und mit den Töchtern meine Jugend.«

Johann Wolfgang Goethe. Dichtung und Wahrheit. Hrsg. von Walter Hettche. Bd. 1. Stuttgart 1991. S. 598.

Vor allem von Sophie La Roches ältester Tochter, Maximiliane (1756–1793), war Goethe bald sehr angetan, und so schilderte er die neu aufkeimende Leidenschaft folgendermaßen:

»Es ist eine sehr angenehme Empfindung, wenn sich eine neue Leidenschaft in uns zu regen anfängt, ehe die alte noch ganz verklungen ist. So sieht man bei untergehender Sonne gern auf der entgegengesetzten Seite den Mond aufgehn und erfreut sich an dem Doppelglanze der beiden Himmelslichter.«

Ebd. S. 602 f.

Nach dieser ersten Begegnung mit Maximiliane entwickelte sich ein enges Verhältnis zwischen den beiden, welches Goethe Jahre später als lediglich »geschwisterlich« herunterspielte. Doch einigen Briefen an Mutter La Roche sowie an Kestner ist zu entnehmen, dass Goethe, der inzwischen wieder in Frankfurt lebte, die baldige Verheiratung Maximilianes im Januar 1774 mit dem über 20 Jahre älteren Frankfurter Kaufmann Peter Anton Brentano (1735–1797) doch mehr zusetzte, als er später eingestehen wollte. An Kestner schrieb er im März 1774:

»Die Max la Roche ist hierher [Frankfurt] verheuratet, und das macht einem das Leben noch erträglicher, wenn anders dran was erträglich zu machen ist.«

Goethes Werke. Hrsg. im Auftrage der Großherzogin Sophie von Sachsen. [Weimarer Ausgabe.] Abt. IV, Bd. 2. Weimar 1887. S. 149.

Da Maximiliane seit ihrer Hochzeit auch in Frankfurt lebte, brach der Kontakt zu Goethe nicht ab, der der jungen Frau in ihrer neuen Umgebung nun öfter Gesellschaft leistete:

»Mein früheres Verhältnis zur jungen Frau, eigentlich ein geschwisterliches, ward nach der Heirat fortgesetzt; meine Jahre sagten den ihrigen zu, ich war der einzige in dem ganzen Kreise, an dem sie noch einen Widerklang jener geistigen Töne vernahm, an die sie von Jugend auf gewöhnt war. Wir lebten in einem kindlichen Vertrauen zusammen fort, und ob sich gleich nichts Leidenschaftliches in unsern Umgang mischte, so war er doch peinigend genug, weil sie sich auch in ihre neue Umgebung nicht zu finden wusste […].«

Johann Wolfgang Goethe: Dichtung und Wahrheit. Hrsg. von Walter Hettche. Bd. 1. Stuttgart 1991. S. 629.

Was Goethe in seinen Schilderungen dieser Zeit geflissentlich überging, ist die Eifersucht Brentanos, dem das enge Verhältnis Goethes zu seiner Frau offen missfiel. So sah sich Goethe abermals gezwungen, sich gewaltsam von einer unglücklichen Leidenschaft zu lösen. Am 16. Juni 1774 schrieb er an Sophie La Roche:

»Glauben Sie mir dass das Opfer das ich Ihrer Max mache sie nicht mehr zu sehn, werter ist als die Assiduität [Beharrlichkeit] des feurigsten Liebhabers, dass es im Grunde doch Assiduität ist. Ich will gar nicht anrechnen was es mich gekostet hat, denn es ist ein Capital von dem wir Beide Interessen ziehen.«

Goethes Werke. Hrsg. im Auftrage der Großherzogin Sophie von Sachsen. [Weimarer Ausgabe.] Abt. IV, Bd. 2. Weimar 1887. S. 168 f.

Das »Capital«, welches Goethe aus dieser Trennung schlug, war die Niederschrift des *Werthers*, welche er schon im Februar 1774 begonnen und innerhalb von nur vier Wochen beendet hatte. Für Goethe hatte die Arbeit an den *Leiden des jungen Werthers* zunächst wohl vor allem therapeutischen Wert und trug vermutlich entscheidend

Abb. 6: Maximiliane von La Roche. Selbstporträt, 1773. © akg-images

dazu bei, dass er sich schließlich von den unglücklichen Liebeserfahrungen der letzten beiden Jahre befreien konnte:

Q

»Ich fühlte mich, wie nach einer Generalbeichte, wieder froh und frei, und zu einem neuen Leben berechtigt.«

Johann Wolfgang Goethe: Dichtung und Wahrheit. Hrsg. von Walter Hettche. Bd. 1. Stuttgart 1991. S. 631.

Maximiliane La Roche jedoch wurde in dieser »Generalbeichte« die Ehre zuteil, Werthers Lotte Gestalt zu verleihen. Ihre Erscheinung, vor allem aber ihre schwarzen Augen, wurde mit den Charaktereigenschaften der Charlotte Buff zu einer Figur vermengt:

»[…] eher klein als groß von Gestalt, niedlich gebaut; eine freie anmutige Bildung, die schwärzesten Augen und eine Gesichtsfarbe, die nicht reiner und blühender gedacht werden konnte.«

Ebd. S. 601.

4.7 Karl Wilhelm Jerusalem

Über Karl Wilhelm Jerusalem (1747–1772), den Braunschweiger Juristenkollegen, schreibt Goethe in *Dichtung und Wahrheit* wie folgt:

»Nur wenig, aber gerade so viel als nötig sein mag, kann ich nunmehr von einem jungen Manne sagen, dessen Name in der Folgezeit nur allzu oft genannt worden. Es war Jerusalem, der Sohn des frei und zart denkenden Gottesgelehrten. Auch er war bei einer Gesandtschaft angestellt: seine Gestalt gefällig, mittlere Größe, wohlgebaut; ein mehr rundes als längliches Gesicht; weiche ruhige Züge und was sonst noch einem hübschen blonden Jüngling zukommen mag; blaue Augen sodann, mehr anziehend als sprechend zu nennen. Seine Kleidung war die unter den Niederdeutschen, in Nachahmung der Engländer, hergebrachte: blauer Frack, ledergelbe Weste und Unterkleider, und Stiefeln mit braunen Stolpen. Der Verfasser [Goethe] hat ihn nie besucht, auch nicht bei sich gesehen: manchmal traf er ihn bei Freunden.«

Johann Wolfgang Goethe: Dichtung und Wahrheit. Hrsg. von Walter Hettche. Bd. 1. Stuttgart 1991. S. 584.

Wie dieser Schilderung zu entnehmen ist, stand der junge Mann, »dessen Name in der Folgezeit nur allzu oft genannt worden«, Goethe nicht sonderlich nahe und wurde letztlich erst durch seinen spektakulären Suizid für ihn und die literarische Verarbeitung seines Liebeskummers um Charlotte Buff und Maximiliane La Roche im *Werther* bedeutsam. Ein ausführlicher Bericht Kestners an Goethe im November 1772 über Jerusalems Tod stellt die wichtigste Quelle für die Gestaltung der Werther-Figur dar, teilweise übernimmt Goethe Passagen sogar wörtlich:

»Jerusalem ist die ganze Zeit seines hiesigen Aufenthalts missvergnügt gewesen, es sei nun überhaupt wegen der Stelle die er hier bekleidete, und dass ihm gleich Anfangs (bei Graf Bassenheim) der Zutritt in den großen Gesellschaften auf eine unangenehme Art versagt worden, aber insbesondere wegen des Braunschweigischen Gesandten, mit dem er bald nach seiner Ankunft kundbar heftige Streitigkeiten hatte, die ihm Verweise vom Hofe zuzogen und noch weitere verdrießliche Folgen für ihn gehabt haben. […]

Neben dieser Unzufriedenheit war er auch in des pfälz[ischen] Secret[airs] H… Frau verliebt. Ich glaube nicht, dass diese zu dergleichen Galanterien aufgelegt ist, mithin, da der Mann noch dazu sehr eifersüchtig war, musste diese Liebe vollends seiner Zufriedenheit und Ruhe den Stoß geben.

Er entzog sich allezeit der menschlichen Gesellschaft und den übrigen Zeitvertreiben und Zerstreuungen, liebte einsame Spaziergänge im Mondenscheine, gieng oft viele Meilen weit und hieng da seinem Verdruss und seiner Liebe ohne Hoffnung nach. […]

Dabei behielt er seinen ganzen Kummer bei sich, und entdeckte solchen, oder vielmehr die Ursachen davon, nicht einmal seinen Freunden. […]

Er las viel Romane, und hat selbst gesagt, dass kaum ein Roman sein würde, den er nicht gelesen hätte. Die fürchterlichsten Trauerspiele waren ihm die liebsten. Er las ferner philosophische Schriftsteller mit großem Eifer und grübelte darüber. Er hat auch verschiedene philosophische Aufsätze gemacht […]; unter andern auch einen besondern Aufsatz, worin er den Selbstmord verteidigte. […]

Am Mittewochen, da im Kronprinz groß Fest war und jeder jemanden zu Gaste hatte, gieng er, ob er gleich sonst zu Haus aß, zu Tisch und brachte den Secr[etair] H… mit sich. Er hat sich da nicht anders als sonst, vielmehr muntrer betragen. Nach dem Essen nimmt ihn Secr[etair] H… mit nach Haus zu seiner Frau. Sie trinken Kaffee. Jerusalem sagt zu der H…: Liebe Frau Secretairin, dies ist der letzte Kaffee, den ich mit Ihnen trinke. – Sie hält es für Spaß und antwortet in diesem Tone. Diesen Nachmittag (Mittwochs) ist Jerusalem allein bei H…s gewesen, was da vorgefallen, weiß man nicht. […]

Inzwischen, oder noch später, ist unter H… und seiner Frau etwas vorgegangen, wovon H… einer Freundin vertrauet, dass sie sich über Jerusalem etwas entzweiet und die Frau endlich verlangt, dass er ihm das Haus verbieten solle, worauf er es auch folgenden Tags in einem Billet getan. […]

Mittags [am nächsten Tag] isset er zu Haus, aber wenig, etwas Suppe. Schickt um 1 Uhr ein Billet an mich und zugleich an seinen Gesandten, worin er diesen ersucht, ihm auf diesen (oder künftigen) Monat sein Geld zu schicken. […]

Ich war inzwischen zu Haus gekommen, es mochte … 4 Uhr sein, als ich das Billet bekam:

›Dürfte ich Ew. Wohlgeb. Wohl zu einer vorhabenden Reise um ihre Pistolen gehorsamst ersuchen?

J.‹

Da ich nun von alle dem vorher erzählten und von seinen Grundsätzen nichts wusste, indem ich nie besondern Umgang mit ihm gehabt – so hatte ich nicht den mindesten Anstand ihm die Pistolen sogleich zu schicken. […]

Den ganzen Nachmittag war Jerusalem für sich allein beschäftigt, kramte in seine Papieren, schrieb, ging, wie die Leute im Hause gehört, oft im Zimmer heftig auf und nieder. Er ist auch verschiedene Mal ausgegangen, hat seine kleinen Schulden […] bezahlt […].

Der Bediente ist zu Jerusalem gekommen, um ihm die Stiefel auszuziehen. Dieser hat aber gesagt, er gienge noch aus; wie er auch wirklich getan hat, vor das Silbertor auf die Starke Weide, und sonst auf die Gasse, wo er bei Verschiedenen, den Hut tief in die Augen gedrückt, vorbei gerauscht ist, mit schnellen Schritten, ohne jemand anzusehen. Man hat ihn auch um diese Zeit eine ganze Weile an dem Fluss stehen sehen, in einer Stellung, als wenn er sich hineinstürzen wolle (so sagt man).

Vor 9 Uhr kommt er zu Haus, sagt dem Bedienten, es müsse im Ofen noch etwas nachgelegt werden, weil er so bald nicht zu Bette ginge, auch solle er auf Morgen früh 6 Uhr alles zurecht machen, lässt sich auch noch einen Schoppen Wein geben. […]

Da nun Jerusalem allein war, scheint er alles zu der schrecklichen Handlung vorbreitet zu haben. Er hat seine Briefschaften alle zerrissen und unter den Schreibtisch geworfen, wie ich selbst gesehen. Er hat zwei Briefe, einen an seine Verwandte, den Andern an H… geschrieben; […]

Erster, den der Medicus[2] andern Morgens gesehen, hat überhaupt nur folgendes enthalten, wie Dr. Held, der ihn gelesen, mir erzählt:

2 Arzt

Abb. 7: Karl-Wilhelm Jerusalem. Ölgemälde von unbekanntem Künstler, um 1770. Städtische Museen Wetzlar

Lieber Vater, liebe Mutter, liebe Schwestern und Schwager, verzeihen Sie Ihrem unglücklichen Sohn und Bruder; Gott, Gott, segne euch!

In dem zweiten hat er H… um Verzeihung gebeten, dass er die Ruhe und das Glück seiner Ehe gestört, und unter diesem teuren Paar Uneinigkeit gestiftet etc. Anfangs sei seine Neigung gegen seine

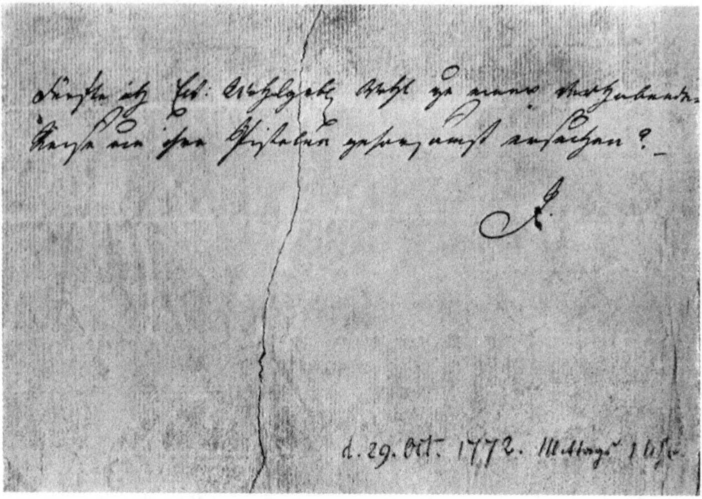

Abb. 8: Das (stark verkleinerte) Billet, mit dem Jerusalem am 29. Oktober 1772 Kestners Reisepistolen erbat

Frau nur Tugend gewesen etc. In der Ewigkeit aber hoffe er ihr einen Kuss geben zu dürfen etc. Er soll drei Blätter groß gewesen sein, und sich damit geschlossen haben: ›Um 1 Uhr. In jenem Leben sehen wir uns wieder.‹ […]

Nach diesen Vorbereitungen, etwa gegen 1 Uhr, hat er sich denn über das rechte Auge hinein durch den Kopf geschossen. Man findet die Kugel nirgends. Niemand im Hause hat den Schuss gehört. […]

Es scheint sitzend im Lehnstuhl vor seinem Schreibtisch geschehen zu sein. Der Stuhl hinten im Sitz war blutig, auch die Armlehnen. Darauf ist er vom Stuhle heruntergesunken, auf der Erde war noch viel Blut. Er muss sich auf der Erde in seinem Blute gewälzt haben; erst beim Stuhle war eine große Stelle von Blut; die Weste vorn ist auch blutig; er scheint auf dem Gesichte gelegen zu haben; dann ist er weiter, um den Stuhl herum, nach dem Fenster hin gekommen, wo wieder viel Blut gestanden, und er auf dem Rücken entkräftet gelegen hat. (Er war in völliger Kleidung, gestiefelt, im blauen Rock mit gelber Weste.)

Morgens um 6 Uhr geht der Bediente zu seinem Herrn ins Zimmer, ihn zu wecken; das Licht war ausgebrannt, es war dunkel, er sieht Jerusalem auf der Erde liegen, bemerkt etwas Nasses, und meint er möge sich übergeben haben; wird aber die Pistole auf der Erde, und darauf Blut gewahr, ruft: Mein Gott, Herr Assessor, was haben Sie angefangen; schüttelt ihn, er giebt keine Antwort, und röchelt nur noch. Er läuft zu Medicis und Wundärzten. Sie kommen, es war aber keine Rettung. […]

Das Gerücht von dieser Begebenheit verbreitete sich schnell; die ganze Stadt war in Schrecken und Aufruhr. Ich hörte es erst um 9 Uhr, meine Pistolen fielen mir ein, und ich weiß nicht, dass ich kurzens so sehr erschrocken bin. Ich zog mich an und gieng hin. Er war auf das Bette gelegt, die Stirne bedeckt, sein Gesicht schon wie eines Toten, er rührte kein Glied mehr, nur die Lunge war noch in Bewegung, und röchelte fürchterlich, bald schwach, bald stärker, man erwartete sein Ende.

[…] Hin und wieder lagen Bücher und von seinen eignen schriftlichen Aufsätzen. Emilia Galotti lag auf einem Pult am Fenster aufgeschlagen. […]

Gegen 12 Uhr starb er. Abends ¾ 11 Uhr ward er auf dem gewöhnlichen Kirchhof begraben; […] in der Stille mit 12 Lanternen und einigen Begleitern; Barbiergesellen haben ihn getragen; das Kreuz ward voraus getragen; kein Geistlicher hat ihn begleitet.

Es ist ganz außerordentlich, was diese Begebenheit für einen Eindruck auf alle Gemüter gemacht. Leute, die ihn kaum einmal gesehen, können sich noch nicht beruhigen; viele können seitdem noch nicht wieder ruhig schlafen; besonders Frauenzimmer nehmen großen Anteil an seinem Schicksal; er war gefällig gegen das Frauenzimmer, und seine Gestalt mag gefallen haben.«

Goethe und Werther. Briefe […] mit erläuternden Documenten. Hrsg. von August Kestner. Stuttgart/Tübingen 1854. S. 86–99.

Goethe reagierte entsprechend betroffen auf Kestners Bericht. In einer Antwort an diesen schreibt er im November 1772:

Q

»Der unglückliche Jerusalem. Die Nachricht war mir schröcklich und unerwartet, es war grässlich zum angenehmsten Geschenk der Liebe diese Nachricht zur Beilage. […] Der arme iunge! wenn ich zurückkam vom Spaziergang und er mir begegnete hinaus im Mondschein, sagt ich er ist verliebt. Lotte muss sich noch erinnern dass ich drüber lächelte. Gott weiß die Einsamkeit hat sein Herz untergraben, und – seit sieben iahren kenn ich die Gestalt, ich habe wenig mit ihm geredet, bei meiner Abreise nahm ich ihm ein Buch mit das will ich behalten und sein Gedenken so lang ich lebe.«

Goethes Werke. Hrsg. im Auftrage der Großherzogin Sophie von Sachsen. [Weimarer Ausgabe.] Abt. IV, Bd. 2. Weimar 1887. S. 33 f.

Jerusalems Tod wirkte auf Goethe wie ein Schock und löste eine Phase der intensiven Selbstreflexion aus.

Q

»Jerusalems Tod […] schüttelte mich aus dem Traum, und weil […] das Ähnliche was mir im Augenblicke selbst widerfuhr, mich in leidenschaftliche Bewegung setzte, so konnte es nicht fehlen, dass ich jener Produktion [Niederschrift des *Werthers*] die ich eben unternahm, alle die Glut einhauchte, welche keine Unterscheidung zwischen dem Dichterischen und dem Wirklichen zulässt.«

Johann Wolfgang Goethe: Dichtung und Wahrheit. Hrsg. von Walter Hettche. Bd. 1. Stuttgart 1991. S. 630.

5. Die Epoche des Sturm und Drang

Der sogenannte »Sturm und Drang« ist eine der berühmtesten literarischen Bewegungen in der Geschichte der deutschen Literatur. Sie erreichte in den 1770er und 1780er Jahren ihren Höhepunkt. Ausgangspunkt waren die Begeisterung für die Werke von Shakespeare und Ossian. Besonders Goethe spielte mit seinem *Werther* eine wichtige Rolle:

»Die Bezeichnung Sturm und Drang geht auf Friedrich Maximilian Klingers gleichnamiges Drama von 1777 zurück, das eigentlich *Wirrwarr* heißen sollte. Der Sturm und Drang war eine Jugendbewegung, deren Gemeinsamkeiten u. a. in der Forderung nach einer größeren Autonomie und Freiheit, nach Selbstverwirklichung und Selbstentfaltung und den daraus resultierenden sozialkritischen und utopischen Tendenzen bestanden. Dabei ergibt sich ein Zusammenhang zwischen der Rebellion gegen die Welt der Väter und gesellschaftliche Unfreiheit und dem Bruch mit der herrschenden Ästhetik und Poetik. Gleichwohl ist der Sturm und Drang nicht als Gegenbewegung gegen die Aufklärung zu verstehen. Bei aller Betonung des Gefühls wurde kein reiner Irrationalismus propagiert; es ging vielmehr um eine Versöhnung von Gefühl und Vernunft.

Die neue Ästhetik der Phantasie, der Leidenschaft und Spontaneität wurde durch die Gefühlskultur des Pietismus und der Empfindsamkeit, durch das Werk Friedrich Gottlieb Klopstocks sowie durch verwandte engl. und frz. Strömungen vorbereitet. Edward Young hatte bereits 1759 in seinen *Conjectures On Original Composition* eine von Regeln befreite Ästhetik gefordert. […] Für Herder, Goethe, Heinrich Wilhelm v. Gerstenberg u. a. wurde Shakespeare das Vorbild der Genieästhetik, die sich mit ihren Vorstellungen vom göttlich inspirierten Genie und dem den Regeln enthobenen freien Geist gegen die herrschende Ästhetik des frz. Klassizismus stellte. In diesen Zusammenhang gehört auch die begeisterte Aufnahme des Rousseauschen Naturbegriffs und damit die Hinwendung zum ›Volkstümlichen‹ als dem Ursprünglichen, Natürlichen (und daher Guten). Die Konsequenzen für die Dichtungsauffassung zeigt Herders Aufsatz *Auszug aus einem Briefwechsel über Oßian und die Lieder alter Völker* (1773).

Im Drama, der bevorzugten Gattung, zeigten sich die ästhetischen und thematischen Innovationen am eindrücklichsten. Die klassizistische Dramaturgie (Dramentheorie) wurde aufgegeben; die offene Form mit kurzen Szenen, Episodenreihungen, häufigem Ortswechsel, Zeitsprüngen und einer expressiven Stilhaltung setzte sich in Anlehnung an Shakespeare durch (und wirkte in dieser Form weiter u. a. auf Georg Büchner). Familienkonflikte, die Zerrissenheit des Menschen zwischen Gefühl und Verstand, das Problem des Standesunterschieds und der Konflikt zwischen dem Freiheitsdrang des Einzelnen und den Restriktionen der Gesellschaft, der schließlich eine politische Dimension erhielt, sind die Hauptthemen der Sturm-und-Drang-Dramatiker (Gerstenberg, Goethe, Klinger, Johann Anton Leisewitz, Jakob Michael Reinhold Lenz, Heinrich Leopold Wagner, Schiller). Aus dem insgesamt nicht sehr großen Prosaschaffen ragt Goethes Briefroman *Die Leiden des jungen Werthers* (1774) heraus, in der Lyrik stehen die neue erlebnishafte Natur- und Liebesdichtung (Goethe) und eine gesellschaftskritische und politische Lied- und Balladendichtung (Christian Friedrich Daniel Schubart, Gottfried August Bürger) für die verschiedenen Tendenzen des Sturm und Drang.«

Volker Meid: Sachwörterbuch zur deutschen Literatur. Stuttgart 2018. S. 500–502.

Goethes Rede »Zum Schäkespears Tag« auf die Person und die Werke William Shakespeares (1564–1616) gibt einen guten Eindruck:

Q

»Zum Schäkespears Tag

[…] Wir ehren heute das Andencken des grössten Wandrers und thun uns dadurch selbst eine Ehre an. Von Verdiensten die wir zu schätzen wissen, haben wir den Keim in uns.

Erwarten Sie nicht, das ich viel und ordentlich schreibe, Ruhe der Seele ist kein Festtagskleid; und noch zur Zeit habe ich wenig über Shakespearen gedacht; geahndet, empfunden wenns hoch kam, ist das höchste wohin ich's habe bringen können. Die erste Seite die ich in ihm las, machte mich auf Zeitlebens ihm eigen, und wie ich mit dem ersten Stücke fertig war, stund ich wie ein blindgebohrner, dem eine Wunderhand das Gesicht in einem Augenblicke schenckt. Ich erkannte, ich fühlte auf's lebhaffteste meine Existenz um eine Unendlichkeit erweitert, alles war mir neu unbekannt, und das ungewohnte Licht machte mir Augenschmerzen. Nach und nach lernt ich sehen, und, danck sey meinem erkenntlichen Genius, ich fühle noch immer lebhafft was ich gewonnen habe.

Ich zweifelte keinen Augenblick dem regelmäsigen Theater[3] zu entsagen. Es schien mir die Einheit des Orts so kerckermäsig ängstlich, die Einheiten der Handlung und der Zeit lästige Fesseln unsrer Einbildungskrafft. Ich sprang in die freye Lufft, und fühlte erst dass ich Hände und Füsse hatte. Und ietzo da ich sahe, wieviel Unrecht mir die Herrn der Regeln in ihrem Loch angethan haben, wie viel freye Seelen noch drinne sich krümmen, so wäre mir mein Herz geborsten[4], wenn ich ihnen nicht Fehde angekündigt hätte, und nicht täglich suchte ihre Türne zusammen zu schlagen. […]

Shakespeare, mein Freund, wenn du noch unter uns wärest ich könnte nirgend leben als mit dir, wie gern wollt ich die Nebenrolle eines Pylades spielen, wenn du Orest wärst, lieber als die geehrwürdigte Person eines Oberpriesters im Tempel zu Delphos.

Ich will abbrechen, meine Herren, und morgen weiter schreiben, denn ich binn in einem Ton, der Ihnen vielleicht nicht so erbaulich ist als er mir von Herzen geht.

Shakespeares Theater ist ein schöner Raritäten[5] Kasten, in dem die Geschichte der Welt vor unsern Augen an dem unsichtbaaren Faden der Zeit vorbeywallt. Seine Plane sind, nach dem gemeinen Styl zu reden, keine Plane, aber seine Stücke, drehen sich alle um den geheimen Punckt, |:den noch kein Philosoph gesehen und bestimmt hat:| in dem das Eigenthümliche unsres Ich's, die prätendirte[6] Freyheit unsres Willens, mit dem nothwendigen Gang des Ganzen zusammenstösst. Unser verdorbner Geschmack aber, umnebelt dergestalt unsere Augen, dass wir fast eine neue Schöpfung nötig haben, uns aus dieser Finsternis zu entwickeln. […]

Und was will sich unser Jahrhundert unterstehen von Natur zu urteilen? Wo sollten wir sie her kennen, die wir von Jugend auf alles geschnürt und geziert an uns fühlen, und an andern sehen. Ich schäme mich offt vor Shakespearen, denn es kommt manchmal vor, dass ich beym ersten Blick dencke, das hätt ich anders gemacht! Hinten drein erkenn ich dass ich ein armer Sünder binn, dass aus

3 dem Theater etwa des franz. Klassizismus mit den festen Vorgaben der Einheitlichkeit von Zeit, Ort und Handlung

4 gebrochen

5 hier: Ungewöhnlichkeiten

6 vorausgesetzte

Shakespearen die Natur weissagt, und dass meine Menschen Seifenblasen sind von Romanengrillen aufgetrieben.

Und nun zum Schluss, ob ich gleich noch nicht angefangen habe.

Das was edle Philosophen von der Welt gesagt haben, gilt auch von Shakespearen, das was wir bös nennen, ist nur die andre Seite vom Guten, die so nothwendig zu seiner Existenz, und in das Ganze gehört, […]. Er führt uns durch die ganze Welt, aber wir verzärtelte unerfahrne Menschen schreien bey ieder fremden Heuschrecke die uns begegnet: Herr, er will uns fressen.

Auf, meine Herren! trompeten Sie mir alle edle Seelen, aus dem Elysium, des sogenanndten guten Geschmacks, wo sie schlaftruncken, in langweiliger Dämmerung halb sind, halb nicht sind, Leidenschafften im Herzen und kein Marck in den Knochen haben, und weil sie nicht müde genug zu ruhen und doch zu faul sind um tähtig zu seyn, ihr Schatten Leben zwischen Myrten und Lorbeergebüschen verschlendern und vergähnen.«

Johann Wolfgang Goethe: Schriften zur Kunst und Literatur. Hrsg. von Harald Steinhagen. Stuttgart 1999. S. 9–13.

Als typischer Text für den Sturm und Drang gilt immer noch Goethes Gedicht *Prometheus*, besonders in seiner frühen Fassung: Ein Genie stemmt sich gegen eine Vaterfigur (das Verwandtschaftsverhältnis wird also anders als im Mythos und auch als Generationenkonflikt gefasst.)

Q

Prometheus

Bedecke deinen Himmel Zeus
Mit Wolkendunst!
Und übe Knabengleich
Der Disteln köpft
An Eichen dich und Bergeshöhn!
Musst mir meine Erde
Doch lassen stehn,
Und meine Hütte
Die du nicht gebaut,
Und meinen Herd
Um dessen Glut
Du mich beneidest.

Ich kenne nichts ärmers
Unter der Sonn als euch Götter.
Ihr nähret kümmerlich
Von Opfersteuern
Und Gebetshauch
Eure Majestät;
Und darbtet, wären
Nicht Kinder und Bettler
Hoffnungsvolle Toren.

Da ich ein Kind war,
Nicht wusst wo aus wo ein,
Kehrt mein verirrtes Aug
Zur Sonne, als wenn drüber wär
Ein Ohr zu hören meine Klage
Ein Herz wie meins
Sich des Bedrängten zu erbarmen.

Wer half mir wider
Der Titanen Übermut
Wer rettete vom Tode mich
Von Sklaverei?
Hast du's nicht alles selbst vollendet
Heilig glühend Herz
Und glühtest jung und gut
Betrogen, Rettungsdank
Dem Schlafenden dadroben

Ich dich ehren? Wofür?
Hast du die Schmerzen gelindert
Je des Beladenen
Hast du die Tränen gestillet
Je des Geängsteten?
Hat nicht mich zum Manne geschmiedet
Die allmächtige Zeit
Und das ewige Schicksal
Meine Herrn und deine.

Wähntest du etwa
Ich sollt das Leben hassen,

In Wüsten fliehn,
Weil nicht alle Knabenmorgen
Blütenträume reiften?

Hier sitz ich, forme Menschen
Nach meinem Bilde
Ein Geschlecht das mir gleich sei
Zu leiden, weinen
Genießen und zu freuen sich
Und dein nicht zu achten
Wie ich.

Johann Wolfgang Goethe: Gedichte. Studienausgabe. Hrsg. von Bernd Witte. Stuttgart 2008. S. 69–71.

6. Reaktionen der Zeitgenossen

Nachdem Goethe den *Werther* im Juni 1774 in Druck gegeben hatte, wurde der Roman in kürzester Zeit bis über die Grenzen Deutschlands hinaus ein großer Erfolg und noch zu Goethes Lebzeiten vielfach aufgelegt und übersetzt. Als mächtigster *Werther*-Fan bekannte sich noch viele Jahre später der französische Feldherr und Kaiser Napoleon Bonaparte, der das Buch zu seiner Lieblingslektüre erklärt hatte und der Goethe beim Erfurter Fürstentag am 2. Oktober 1808 in eine Diskussion über die Deutung des Werks verwickelte.

In Deutschland löste das Erscheinen des *Werther* verschiedenste Reaktionen aus, von überschwenglichem Lob bis hin zu harscher Kritik und dem Vorwurf der Verherrlichung des Selbstmords. So bildeten sich bald drei Lager heraus, die das Werk ihren Gesinnungen entsprechend bewerteten: die jungen Stürmer und Dränger um Schubart, Lenz und Bürger, die Aufklärer um Lessing, Nicolai und Mendelssohn sowie der orthodoxe Klerus mit Johann Melchior Goeze als Wortführer.

6.1 *Werther*-Lob und -Kritik

Christian Friedrich Daniel Schubart (1739–1791) gehörte zu den Freigeistern der damaligen Zeit. Der als Dichter, Komponist und Journalist tätige Zeitgenosse Goethes geriet durch seine freizügige Lebensführung und kritischen Äußerungen über Adel und Klerus immer wieder in die Kritik und wurde mehrfach inhaftiert. In der von ihm gegründeten satirisch-politischen Halbwochenschrift *Deutsche Chronik* äußerte er sich über den *Werther* folgendermaßen:

»– Da sitz ich mit zerflossnem Herzen, mit klopfender Brust und mit Augen, aus welchen wollüstiger Schmerz tröpfelt, und sag Dir, Leser, dass ich eben die *Leiden des jungen Werthers* von meinem lieben Göthe – gelesen? – Nein, verschlungen habe. Kritisieren soll ich? Könnt ichs, so hätte ich kein Herz. […] Soll ich einige schöne Stellen herausheben? Kann nicht: Das hieße mit dem Brennglas Schwamm anzünden und sagen: Schau, Mensch, das ist Sonnenfeuer! – Kauf's Buch und lies selbst! Nimm aber dein Herz mit! – Wollte lieber ewig arm sein, auf Stroh liegen, Wasser trinken und

Wurzeln essen als einem solchen sentimentalischen Schriftsteller nicht nachempfinden können.«

> Goethe im Urtheile seiner Zeitgenossen. Zeitungskritiken, Berichte, Notizen, Goethe und seine Werke betreffend. Ges. und hrsg. von Julius W. Braun. Bd. 1: 1773–1786. Berlin 1883. S. 64.

Gotthold Ephraim Lessing, der berühmte Dichter der Aufklärung (1729–1781), zeigte sich der literarischen Qualität des *Werthers* zwar nicht abgeneigt, dennoch schien ihm Werthers bedingungslose Hingabe an die Leidenschaft, welche im Widerspruch zum aufklärerischen Vernunftdenken stand, nicht zu gefallen. Zudem befürchtete er eine Verunglimpfung seines Freundes Karl Wilhelm Jerusalem. Lessing veröffentlichte daher einige philosophische Schriften Jerusalems und versah diese mit einem Vorwort, welches den Autor ins rechte Licht rücken und als klaren Denker darstellen sollte. In seinem Brief an Johann Joachim Eschenburg vom 28. Oktober 1774 äußerte sich Lessing über *Werther* wie folgt:

Q »Mein lieber Herr Eschenburg,
Haben Sie tausend Dank für das Vergnügen, welches Sie mir durch Mitteilung des Goethischen Romans gemacht haben. Ich schicke ihn noch einen Tag früher zurück, damit auch andere dieses Vergnügen je eher je lieber genießen können.

Wenn aber ein so warmes Produkt nicht mehr Unheil als Gutes stiften soll: meinen Sie nicht, dass es noch eine kleine kalte Schlussrede haben müsste? Ein paar Winke hinterher, wie Werther zu einem so abenteuerlichen Charakter gekommen; wie ein andrer Jüngling, dem die Natur eine ähnliche Anlage gegeben, sich dafür zu bewahren habe. Denn ein solcher dürfte die poetische Schönheit leicht für die moralische nehmen, und glauben, dass er *gut* gewesen sein müsse, der unsere Teilnehmung so stark beschäftiget. Und das war er doch wahrlich nicht; ja, wenn unsers J[erusalem]s Geist völlig in dieser Lage gewesen wäre, so müsste ich ihn fast – verachten. Glauben sie wohl, dass je ein römischer oder griechischer Jüngling sich *so* und *darum* das Leben genommen? Gewiss nicht. […] Also, lieber Goethe, noch ein Kapitelchen zum Schlusse; und je zynischer je besser!«

> Goethe im Urteil seiner Kritiker. Dokumente zur Wirkungsgeschichte Goethes in Deutschland. Tl. 1: 1773–1832. Hrsg., eingel. und komm. von Karl Robert Mandelkow. München 1975. S. 20.

Friedrich Nicolai (1733–1811), Freund Lessings und Hauptvertreter der Berliner Aufklärung, veröffentlichte 1775 eine Parodie auf den Schluss von Goethes *Werther* unter dem Titel *Freuden des jungen Werthers.* Die Pistole ist bei ihm mit Hühnerblut geladen, Werther bleibt am Leben, Albert gibt Lotte frei, so dass dem glücklichen bürgerlichen Eheleben von Lotte und Werther nichts im Wege steht. Nicolai kritisierte damit die ›unvernünftige‹ Schwärmerei Werthers. Goethe war sehr erbost und reagierte mit einem Schmähgedicht:

Nicolai auf Werthers Grab

Q

Ein junger Mensch, ich weiß nicht wie,
Starb einst an der Hypochondrie
Und ward denn auch begraben.
Da kam ein Schöner Geist herbei,
Der hatte seinen Stuhlgang frei,
Wie's denn so Leute haben.
Der setzt notdürftig sich auf's Grab,
Und legte da sein Häuflein ab,
Beschaute freundlich seinen Dreck,
Ging wohleratmet wieder weg
Und sprach zu sich bedächtiglich:
Der gute Mensch, wie hat er sich verdorben!
Hätt er geschissen so wie ich,
Er wäre nicht gestorben!

Zit. nach: Goethes Werke. Hrsg. von Erich Trunz. [Hamburger Ausgabe.] Bd. 1: Gedichte und Epen 1. München ^{12}1981. S. 496 f.

Noch 1814 kritisiert Goethe die beschränkte Perspektive Nicolais:

Q

Mag jener dünkelhafte Mann
Mich als gefährlich preisen;
Der plumpe, der nicht schwimmen kann,
Er will's dem Wasser verweisen!
Was schiert mich der Berliner Bann,
Geschmäcklerpfaffenwesen!
Und wer mich nicht verstehen kann,
Der lerne besser lesen.

Johann Wolfgang Goethe: Dichtung und Wahrheit. Hrsg. von Walter Hettche. Bd. 1. Stuttgart 1991. S. 635.

Als erklärter *Werther*-Gegner erwies sich der evangelische Theologe Johann Melchior Goeze (1717–1786), der im *Werther* vor allem eine massive Gefährdung christlicher Werte sah. Er warf Goethe indirekt nicht nur die Anstiftung zum Ehebruch vor, sondern befürchtete auch, dass die junge Generation sich durch die Lektüre des *Werthers* zum Suizid verleiten ließe. Seine Kritik erschien am 4. und 7. April 1775 in den *Freywilligen Beyträgen zu den Hamburgischen Nachrichten aus dem Reiche der Gelehrsamkeit* in Hamburg:

Q »Einem jeden Christen, der für das Wort seines Heilandes: *Ich sage euch, wer ein Weib ansiehet, ihr zu begehren, der hat schon die Ehe mit ihr gebrochen in seinem Herzen*, Matth. 5,28. noch einige Ehrerbietung hat, der die Worte des heil. Johannes: *Wir wissen, dass ein Totschläger nicht hat das ewige Leben bei ihm bleibend*, 1. Joh. 3,15, als einen Lehrsatz ansiehet, welcher sich auf ein unveränderliches Urteil unsers allerheiligsten und allerhöchsten Richters gründet, muss notwendig das Herz bluten, wenn er die *Leiden des jungen Werthers* lieset. Das gelindeste Urteil, das man von dieser Schrift fällen kann, ist dieses: *sie ist der verwegenste Widerspruch gegen beide.* […]

Da das Sprüchwort eine völlig gegründete Wahrheit ist: *dass derjenige der sein eigen Leben nicht achtet, allezeit der Herr über das Leben eines andern sei*; so haben Obrigkeiten und Regenten die allergrößteste Ursach, auf Schriften aufmerksam zu sein, welche der unbesonnenen und brausenden Jugend den Grundsatz: *dass die Vorstellung, dass sie diesen Kerker verlassen können, wenn sie wollen, ein süßes Gefühl der Freiheit sei*, einzuflößen suchen.«

Goethe im Urtheile seiner Zeitgenossen. Zeitungskritiken, Berichte, Notizen, Goethe und seine Werke betreffend. Ges. und hrsg. von Julius W. Braun. Bd. 1: 1773–1786. Berlin 1883. S. 95–98

Q »Ewiger Gott! wer hätte von uns vor 20 Jahren denken können, dass wir die Zeiten erleben würden, in welchen mitten in der evangelisch-lutherischen Kirche, *Apologien für den Selbstmord* erscheinen und in *öffentlichen Zeitungen* angepriesen werden dürften. […] Noch mehr! ist es eine Heldentat, sich selbst, mit Vorsatz und Überlegung den Lebensfaden abzuschneiden; so wird es wohl kein so großes Verbrechen sein, andre, welche uns im Wege stehen auf eine gute Art aus der Welt zu schaffen.«

Ebd. S. 103 f.

Besonders bissig scheint die Reaktion des Aphoristikers Georg Christoph Lichtenberg zu sein. In seinen privaten Notizen, den sogenannten Sudelbüchern, schreibt er: »Die schönste Stelle im Werther ist die, wo er den Hasenfuß erschießt« (F. 516), und scheint auf den ersten Blick den Suizid Werthers gutzuheißen. Tatsächlich ist jedoch einer früheren Notiz im selben Sudelbuch zu entnehmen, dass er die Werther-Figur als eine Kombination aus Hasenfuß *und* Philosoph betrachtet: Während er den Hasenfuß in Werther verurteilt, achtet er den Philosophen:

»Wenn *Werther* seinen Homer (ein albernes Mode-Pronomen) würklich[7] verstanden hat, so kann er sicherlich der Geck nicht gewesen [sein], den Goethe aus ihm macht. Ich meine hier nicht den Unglücklichen, dessen Geschichte jenes Buch veranlasset haben soll, der war würklich und also auch möglich, sondern schlechterdings das Quodlibet[8] von Hasenfuß und Weltweisen. Bei dem Tod geht eine Spaltung vor, der Hasenfuß erschießt sich und der Philosoph sollte billig[9] fortleben.« (F 500)

Georg Christoph Lichtenberg: Schriften und Briefe. Bd. 1: Sudelbücher I. Hrsg. von Wolfgang Promies. München 1968. S. 528 f., 531.

Auch auf privater Ebene waren die Reaktionen, anders als Goethe erwartet hatte, durchwachsen. Ausgerechnet die Kestners reagierten angesichts der Veröffentlichung des *Werthers* nicht sonderlich zurückhaltend. Kestner, der in seiner Freundschaft zu Goethe schon einiges hatte erdulden müssen, sah sich nun erneut auf eine Probe gestellt und seine privaten Erlebnisse im *Werther* ungeschützt der Öffentlichkeit preisgegeben. Zwar schätzte er den Erinnerungswert des Buches, erkannte jedoch nicht den literarisch-künstlerischen Wert und konnte das Werk daher auch schlecht mit der erforderlichen Distanz betrachten. In einem Brief an Goethe von Anfang Oktober 1774 schrieb er:

»Euer Werther würde mir großes Vergnügen machen können, da er mich an manche interessante Szene und Begebenheit erinnern könnte. So aber, wie er da ist, hat er mich in gewissem Betracht, schlecht erbauet. […]

7 wirklich
8 die Kombination
9 hier: in angemessener Weise, zu Recht

Ihr habt zwar in jede Person etwas Fremdes gewebt, oder mehrere in eine geschmolzen. Das ließ ich schon gelten. Aber wenn Ihr bei dem Verweben und Zusammenschmelzen Euer Herz ein wenig mit raten lassen; so würden die würklichen Personen, von denen ihr Züge entlehnet, nicht dabei so prostituiert sein.«

Goethe und Werther. Briefe […] mit erläuternden Documenten. Hrsg. von August Kestner. Stuttgart/Tübingen 1854. S. 220.

Goethe zeigte sich angesichts Kestners unerwarteter Kritik bestürzt und fürchtete schon um die Freundschaft zu Charlotte und Kestner. Im folgenden Brief versucht er jedoch Kestner die Sorge, in seiner Privatsphäre gestört zu werden, auszureden und betont noch einmal die Wichtigkeit dieses Werkes für sich und sein persönliches Fortkommen:

Q »[…] Bruder, lieber Kestner! Wollt Ihr warten, so wird Euch geholfen. Ich wollt um meines eignen Lebens Gefahr Willen ›Werthern‹ nicht zurückrufen, und glaub mir, glaub an mich, Deine Besorgnisse, Deine Gravamina schwinden wie Gespenster der Nacht, wenn Du Geduld hast, und dann – binnen hier und einem Jahr versprech' ich Euch auf die *lieblichste, einzigste, innigste* Weise alles, was noch übrig sein möchte von Verdacht, Missdeutung pp. im schwätzenden Publicum […] auszulöschen, wie ein reiner Nordwind Nebel und Duft. – ›Werther‹ muss – muss sein!«

Goethe über seine Dichtungen. Versuch einer Sammlung aller Äußerungen des Dichters über seine poetischen Werke. Hrsg. von Hans Gerhard Gräf. Tl 1. Bd. 2. Frankfurt a. M. 1902. S. 518.

6.2 Wertheriaden

Der schnelle Erfolg des *Werthers* schon kurz nach seinem Erscheinen führte bald zur vielfältigen literarischen Auseinandersetzung mit dem Stoff. Diese sogenannten Wertheriaden umfassten Nachdichtungen oder Fortsetzungen ebenso wie Parodien, Possen und Bänkellieder.

Der scharfzüngige Friedrich Nicolai etwa schrieb mit den *Freuden des jungen Werthers* eine positive Variante zu Goethes Roman, in der Albert, seiner Vernunft folgend, Werther die Heirat mit Lotte gewährt. In weiser Voraussicht schickt er Werther lediglich mit

Hühnerblut geladene Pistolen. Als der mit Hühnerblut überströmte Werther glaubt, er müsse nun sterben, ist es Albert, der ihn aufklärt und von seinem Irrtum befreit. Nicolai verfasste zudem eine Fortsetzung, die er *Leiden und Freuden Werthers des Mannes* nannte, in welcher die Liebe des Ehepaars Werther und Lotte durch mehrere Schicksalsschläge auf eine harte Probe gestellt wird und es zunehmend zur Dekonstruktion der einst so hohen Ideale kommt.

Unter den meist jungen Anhängern von Werther befanden sich einige, die ihrem Romanhelden Klagelieder dichteten, wie beispielsweise der Stürmer und Dränger Jakob Michael Reinhold Lenz (1751–1792) oder Carl Ernst von Reitzenstein. Letzterer schrieb 1775 mit seinem Gedicht *Lotte bei Werthers Grab* die berühmteste aller *Werther*-Klagen. Im Rahmen des unter jungen *Werther*-Verehrern ausbrechenden *Werther*-Kults wurden nächtliche Zeremonien veranstaltet, bei denen Reitzensteins Gedicht an Jerusalems vermeintlichem Grab in Wetzlar rezitiert wurde.

Q

Ausgelitten hast du – ausgerungen,
Armer Jüngling, deinen Todesstreit;
Abgeblutet die Beleidigungen
Und gebüßt für deine Zärtlichkeit!
O warum – O! dass ich dir gefallen!
Hätte nie mein Auge dich erblickt,
Hätte nimmer von den Mädchen allen
Das verlobte Mädchen dich entzückt!
Jede Freude, meiner Seelen Frieden
Ist dahin, auch ohne Wiederkehr!
Ruh und Glücke sind von mir geschieden,
Und mein Albert liebt mich nun nicht mehr.
Einsam weil' ich auf der Rasenstelle,
Wo uns oft der späte Mond belauscht,
Jammernd irr ich an der Silberquelle,
Die uns lieblich Wonne zugerauscht;
Bis zum Lager, wo ich träum und leide,
Ängsten Schrecken meine Phantasie;
Blutig wandelst du im Sterbekleide
Mit den Waffen, die ich selbst dir lieh.
Dann erwach ich bebend – und ersticke
Noch den Seufzer, der mir schon entrann,
Bis ich weg von Alberts finstern Blicke

Mich zu deinem Grabe stehlen kann.
Heilige, mit frommen kalten Herzen,
Gehn vorüber und – verdammen dich:
Ich allein, ich fühle deine Schmerzen,
Teures Opfer, und beweine dich!
Werde weinen noch am letzten Tage,
Wenn der Richter unsre Tage wiegt,
Und nun offen auf der furchtbarn Wage
Deine Schuld und deine Liebe liegt:
Dann, wo Lotte jenen süßen Trieben
Gern begegnet, die sie hier verwarf,
Vor den Engeln ihren Werther lieben
Und ihr Albert nicht mehr zürnen darf:
Dann, o! dräng ich zu des Thrones Stufen
Mich an meines Alberts Seite zu,
Rufen wird er selbst, versöhnet rufen:
Ich vergeb ihm: O, verschone du!
Und der Richter wird Verschonung winken;
Ruh empfängst du nach der langen Pein,
Und in einer Myrtenlaube trinken
Wir die Seligkeit des Himmels ein.

Zit. nach: Fritz Adolf Hünich: Die deutschen Werther-Gedichte. In: Jahrbuch der Sammlung Kippenberg 1 (1921) S. 187 f.

Ironisch deutet Heinrich von Kleist (1777–1811) den Text um bzw. erzählt eine Geschichte mit bürgerlichem Happy-End:

Der neuere (glücklichere) Werther

Q Zu L.. e in Frankreich war ein junger Kaufmannsdiener, Charles C…, der die Frau seines Prinzipals, eines reichen aber bejahrten Kaufmanns, namens D…, heimlich liebte. Tugendhaft und rechtschaffen, wie er die Frau kannte, machte er nicht den mindesten Versuch, ihre Gegenliebe zu erhalten: umso weniger, da er durch manche Bande der Dankbarkeit und Ehrfurcht an seinen Prinzipal[10] geknüpft war. Die Frau, welche mit seinem Zustande, der seiner Gesundheit nachteilig zu werden drohte, Mitleiden hatte, forderte

10 hier: Arbeitgeber

ihren Mann, unter mancherlei Vorwand auf, ihn aus dem Hause zu entfernen; der Mann schob eine Reise, zu welcher er ihn bestimmt hatte, von Tage zu Tage auf, und erklärte endlich ganz und gar, dass er ihn in seinem Kontor nicht entbehren könne. Einst machte Herr D…, mit seiner Frau, eine Reise zu einem Freunde, aufs Land; er ließ den jungen C…, um die Geschäfte der Handlung zu führen, im Hause zurück. Abends, da schon alles schläft, macht sich der junge Mann, von welchen Empfindungen getrieben, weiß ich nicht, auf, um noch einen Spaziergang durch den Garten zu machen. Er kömmt[11] bei dem Schlafzimmer der teuern Frau vorbei, er steht still, er legt die Hand an die Klinke, er öffnet das Zimmer: das Herz schwillt ihm bei dem Anblick des Bettes, in welchem sie zu ruhen pflegt, empor, und kurz, er begeht, nach manchen Kämpfen mit sich selbst, die Torheit, weil es doch niemand sieht, und zieht sich aus und legt sich hinein. Nachts, da er schon mehrere Stunden, sanft und ruhig, geschlafen, kommt, aus irgendeinem besonderen Grunde, der, hier anzugeben, gleichgültig ist, das Ehepaar unerwartet nach Hause zurück; und da der alte Herr mit seiner Frau ins Schlafzimmer tritt, finden sie den jungen C…, der sich, von dem Geräusch, das sie verursachen, aufgeschreckt, halb im Bette, erhebt. Scham und Verwirrung, bei diesem Anblick, ergreifen ihn; und während das Ehepaar betroffen umkehrt, und wieder in das Nebenzimmer, aus dem sie gekommen waren, verschwindet, steht er auf, und zieht sich an; er schleicht, seines Lebens müde, in sein Zimmer, schreibt einen kurzen Brief, in welchem er den Vorfall erklärt, an die Frau, und schießt sich mit einem Pistol, das an der Wand hängt, in die Brust. Hier scheint die Geschichte seines Lebens aus; und gleichwohl (sonderbar genug) fängt sie hier erst allererst an. Denn statt ihn, den Jüngling, auf den er gemünzt war, zu töten, zog der Schuss dem alten Herrn, der in dem Nebenzimmer befindlich war, den Schlagfluss zu: Herr D… verschied wenige Stunden darauf, ohne dass die Kunst aller Ärzte, die man herbeigerufen, imstande gewesen wäre, ihn zu retten. Fünf Tage nachher, da Herr D… schon längst begraben war, erwachte der junge C…, dem der Schuss, aber nicht lebensgefährlich, durch die Lunge gegangen war: und wer beschreibt wohl – wie soll ich sagen, seinen Schmerz oder seine Freude? als er erfuhr, was vorgefallen war, und sich in den Armen der lieben Frau befand, um derentwillen er sich

11 kommt

Abb. 9: Lotte mit ihren Geschwistern. Wilhelm von Kaulbach (1805–1874), 1864

den Tod hatte geben wollen! Nach Verlauf eines Jahres heiratete ihn die Frau; und beide lebten noch im Jahr 1801, wo ihre Familie bereits, wie ein Bekannter erzählt, aus 13 Kindern bestand.

Heinrich von Kleist: Der Zweikampf. Die heilige Cäcilie. Sämtliche Anekdoten. Über das Marionettentheater und andere Prosa. Anm. von Christine Ruhrberg. Durchges. Ausg. Stuttgart 2002. S. 70–72.

Die Liste der *Werther*-Adaptationen ist lang und reicht bis in die Gegenwart. Auf den Tod des Goetheschen Romanhelden wurden nicht nur Lieder und Balladen gedichtet. Der *Werther*-Stoff wurde später auch zu Theaterstücken, Opern und Operetten verarbeitet. Der französische Komponist Jules Massenet (1842–1912) etwa schuf 1892 eine Oper in vier Akten nach Goethes Roman.

6.3 *Werther*-Fieber

Die Begeisterung für *Die Leiden des jungen Werthers* in Deutschland wie auch im europäischen Ausland war so groß, dass sich ein wahrer *Werther*-Kult entwickelte und Zeitgenossen vom »Werther-Fieber« sprachen. Junge *Werther*-Fans kleideten sich wie Werther in blauem Frack und gelber Weste und gelben Beinkleidern oder wie

Abb. 10: Werthertasse und Untertasse mit den Porträts von Lotte und Werther. Meißen, nach 1775–1789. Goethe-Museum Düsseldorf, Anton-und-Katharina-Kippenberg-Stiftung. Aus: Angelika Müller-Scherf: Wertherporzellan. Katalog zur Ausstellung im Stadt- und Industriemuseum Wetzlar. Wetzlar: Michael Imhof Verlag, 2009. S. 78. – © (Foto: Walter Klein)

Lotte in ein schlichtes Kleid mit rosa Schleife. Man ahmte Werthers Lebensstil und vor allem seine Einstellung zum Leben nach; eine melancholische Grundstimmung war dabei geradezu unverzichtbar. Und wie einige *Werther*-Kritiker befürchtet hatten, kam es tatsächlich zu einzelnen Nachahmungstaten, bei denen sich unglücklich verliebte *Werther*-Leser das Leben nahmen.

Ähnlich wie wir es aus unserer heutigen Fan-Kultur kennen, etwa für die *Harry-Potter*-Bücher, wurden auch zu Goethes Zeiten Fan-Artikel hergestellt. So entstanden zahlreiche Darstellungen der Figuren und Szenen aus dem Roman:

Kupferstiche illustrierten die *Werther*-Ausgabe, Ölbildchen oder Porzellanfiguren wurden dem Bedürfnis der Fans nach »Verkörperung« ihrer Helden gerecht. Die Firma Meißen produzierte von 1775 bis 1790 sogar Porzellangeschirr mit *Werther*-Motiven und Porträts von Werther und Lotte, welche auf Illustrationen zum 1775 erschienenen Nachdruck der Erstausgabe von Daniel Berger nach Vorlagen von Daniel Nikolaus Chodowiecki zurückgehen.

7. Unterschiede zwischen der Fassung von 1774 und 1787

Carl Friedrich Zelter (1758–1832) wollte die bis dahin weitgehend unbekannte Ode »Prometheus« (vgl. hier S. 166–168) veröffentlichen und fragte bei Goethe an: Als hoher Staatsbeamter sah Goethe Schwierigkeiten auf sich zukommen, wie er im Brief an Zelter vom 11. Mai 1820 besorgt anmerkt:

> »Lasset ja das Manuscript nicht zu offenbar werden, damit es nicht im Druck erscheine. Es käme unserer revolutionären Jugend als Evangelium recht willkommen, und die hohen Kommissionen zu Berlin und Maynz möchten zu meinen Jünglingsgrillen ein sträflich Gesicht machen«.

Für spätere Ausgaben hat Goethe den »Prometheus« ebenso wie früher den Werther entschärfend überarbeitet. Seine Überarbeitung seines Romans muss als massiv bezeichnet werden. Matthias Luserke führt in seiner Ausgabe, die beide Versionen einander gegenüberstellt, hierzu aus:

»Ist die Erstfassung Zeugnis des kraftgenialischen Stils der Sturm-und-Drang-Literatur, so tilgt die Zweitfassung exakt dieses Merkmal. Sie versucht, die sprachlichen und stilistischen Eigentümlichkeiten und Freiheiten einzuebnen und einer konventionalisierten Sprachprosa anzugleichen.

Die Neuformulierungen, Umstellungen, Textkürzungen und andernorts Texterweiterungen im Herausgeberbericht der Zweitfassung, die durch den Paralleldruck gut sichtbar werden, unterstreichen dessen narrative Bedeutung.

Elisionen[12], sonst Kennzeichen der Sturm-und-Drang-Literatur, die das assoziative und eruptive, sich nicht an den Sprachregelungen und Ordnungsmustern verständiger Rede orientierende individuelle Sprechen dokumentieren sollten, werden nun getilgt.

[…] in der Erstfassung von 1774 gebraucht Goethe das Wort ›Kerl‹ fünfzehnmal und ›Kerlchen‹ einmal […]. In der Zweitfassung von 1787 tauchen die Wörter ›Kerl‹ und ›Kerlchen‹ jeweils nur noch ein einziges Mal auf und wurden vermutlich bei der Korrektur über-

12 Auslassungen

sehen […]. Nach Adelungs *Grammatisch-kritischem Wörterbuch* (1793 ff.) wird ›Kerl‹ ›nur noch in der niedrigen, höchstens niedrig-vertraulichen Sprechart, am häufigsten aber von geringen Personen gebraucht‹ […].

Die zweite *Werther*-Fassung wird also aus dem Kontext der Sturm-und-Drang-Literatur und der Protesthaltung herausgelöst und, wie es Hannelore Schlaffer formuliert hat, zu einer ›Initiale der deutschen Klassik‹ […]. Ob dies Gewinn ist oder Verlust, mag jeder Leser selbst entscheiden.«

Matthias Luserke: Nachwort. In: Johann Wolfgang Goethe. Die Leiden des jungen Werthers. Studienausgabe. Hrsg. v. M. L. Stuttgart 1999. S. 295–310, hier S. 299 f.

Zwei Beispiele sollen dies demonstrieren: einmal ein völlig neues Stück, das so nur in der späteren Fassung auftaucht (»Am 30. Mai«) sowie die synoptische Gegenüberstellung eines Ausschnitts (»Am 24. December«):

Q

»Am 30. Mai.

Was ich dir neulich von der Malerei sagte, gilt gewiss auch von der Dichtkunst; es ist nur, dass man das Vortreffliche erkenne und es auszusprechen wage, und das ist freilich mit Wenigem viel gesagt. Ich habe heut eine Szene gehabt, die, rein abgeschrieben, die schönste Idylle von der Welt gäbe; doch was soll Dichtung, Szene und Idylle? muss es denn immer gebosselt[13] sein, wenn wir teil an einer Naturerscheinung nehmen sollen?

Wenn du auf diesen Eingang[14] viel Hohes und Vornehmes erwartest, so bist du wieder übel betrogen; es ist nichts als ein Bauerbursch, der mich zu dieser lebhaften Teilnehmung hingerissen hat – ich werde, wie gewöhnlich, schlecht erzählen, und du wirst mich, wie gewöhnlich, denk ich, übertrieben finden; es ist wieder Wahlheim, und immer Wahlheim, das diese Seltenheiten hervorbringt.

Es war eine Gesellschaft draußen unter den Linden, Kaffee zu trinken. Weil sie mir nicht ganz anstand[15], so blieb ich unter einem Vorwande zurück.

Ein Bauerbursch kam aus einem benachbarten Hause und beschäftigte sich, an dem Pfluge, den ich neulich gezeichnet hatte, et-

13 handwerklich ausgefeilt
14 nach dieser Einleitung
15 standesgemäß war

was zurechtzumachen. Da mir sein Wesen gefiel, redete ich ihn an, fragte nach seinen Umständen, wir waren bald bekannt, und wie mir's gewöhnlich mit dieser Art Leuten geht, bald vertraut. Er erzählte mir, dass er bei einer Witwe in Diensten sei und von ihr gar wohl gehalten werde. Er sprach so vieles von ihr und lobte sie dergestalt, dass ich bald merken konnte, er sei ihr mit Leib und Seele zugetan. Sie sei nicht mehr jung, sagte er, sie sei von ihrem ersten Mann übel gehalten worden, wolle nicht mehr heiraten, und aus seiner Erzählung leuchtete so merklich hervor, wie schön, wie reizend sie für ihn sei, wie sehr er wünsche, dass sie ihn wählen möchte, um das Andenken der Fehler ihres ersten Mannes auszulöschen, dass ich Wort für Wort wiederholen müsste, um dir die reine Neigung, die Liebe und Treue dieses Menschen anschaulich zu machen. Ja, ich müsste die Gabe des größten Dichters besitzen, um dir zugleich den Ausdruck seiner Gebärden, die Harmonie seiner Stimme, das heimliche Feuer seiner Blicke lebendig darstellen zu können. Nein, es sprechen keine Worte die Zartheit aus, die in seinem ganzen Wesen und Ausdruck war; es ist alles nur plump, was ich wieder vorbringen könnte. Besonders rührte mich, wie er fürchtete, ich möchte über sein Verhältnis zu ihr ungleich denken[16] und an ihrer guten Aufführung[17] zweifeln. Wie reizend es war, wenn er von ihrer Gestalt, von ihrem Körper sprach, der ihn ohne jugendliche Reize gewaltsam an sich zog und fesselte, kann ich mir nur in meiner innersten Seele wiederholen. Ich hab in meinem Leben die dringende Begierde und das heiße sehnliche Verlangen nicht in dieser Reinheit gesehen, ja wohl kann ich sagen, in dieser Reinheit nicht gedacht und geträumt. Schelte mich nicht, wenn ich dir sage, dass bei der Erinnerung dieser Unschuld und Wahrheit mir die innerste Seele glüht, und dass mich das Bild dieser Treue und Zärtlichkeit überall verfolgt, und dass ich, wie selbst davon entzündet, lechze und schmachte.

Ich will nun suchen, auch sie eh'stens zu sehn, oder vielmehr, wenn ich's recht bedenke, ich will's vermeiden. Es ist besser, ich sehe sie durch die Augen ihres Liebhabers; vielleicht erscheint sie mir vor meinen eigenen Augen nicht so, wie sie jetzt vor mir steht, und warum soll ich mir das schöne Bild verderben?«

Johann Wolfgang Goethe: Die Leiden des jungen Werther. Hrsg. von Anna Riman unter Mitarbeit von Markus Köcher. Durchges. Ausg. Stuttgart 2021. S. 18–20.

16 schlecht denken
17 ihrem guten Benehmen

Werther-Fassung 1774

Q

»am 24. Dec.

[…] Das Vertrauen des Grafen von C.. ist noch das einzige, was mich schadlos hält. Er sagte mir lezthin ganz aufrichtig: wie unzufrieden er über die Langsamkeit und Bedenklichkeit meines Gesandten sey. Die Leute erschweren sich's und andern. Doch, sagt er, man muß sich darein resigniren, wie ein Reisender, der über einen Berg muß. Freylich! wär der Berg nicht da, wäre der Weg viel bequemer und kürzer, er ist nun aber da! und es soll drüber! –

Mein Alter spürt auch wohl den Vorzug, den mir der Graf vor ihm giebt, und das ärgert ihn, und er ergreift jede Gelegenheit, übels gegen mich vom Grafen zu reden, ich halte, wie natürlich, Widerpart, und dadurch wird die Sache nur schlimmer. Gestern gar bracht er mich auf, denn ich war mit gemeint. Zu so Weltgeschäften wäre der Graf ganz gut, er hätte viel Leichtigkeit zu arbeiten, und führe eine gute Feder, doch an gründlicher Gelehrsamkeit mangelt es ihm, wie all den Bellettristen. Darüber hätt ich ihn gern ausgeprügelt, denn weiter ist mit den Kerls nicht zu raisonniren, da das aber nun nicht angieng, so focht ich mit ziemlicher Heftigkeit, und sagt ihm, der Graf sey ein Mann, vor dem man Achtung haben müßte, wegen seines Charakters sowohl, als seiner Kenntnisse; ich habe, sagt ich, niemand gekannt, dem es so geglükt wäre, seinen Geist zu erweitern, ihn über unzählige Gegenstände zu verbreiten, und doch die Thätigkeit für's gemeine Leben zu behalten. Das waren dem Gehirn spanische Dörfer, und ich empfahl mich, um nicht über ein weiteres Deraisonnement noch mehr Galle zu schlukken.«

Werther-Fassung 1787

Q

»Am 24. December

[…] Das Vertrauen des Grafen von C.. ist noch das einzige, was mich schadlos hält. Er sagte mir letzthin ganz aufrichtig, wie unzufrieden er mit der Langsamkeit und Bedenklichkeit meines Gesandten sey. Die Leute erschweren es sich und andern; doch, sagte er, man muß sich darein resigniren, wie ein Reisender, der über einen Berg muß; freylich wäre der Berg nicht da, so wäre der Weg viel bequemer und kürzer; er ist nun aber da, und man soll hinüber! –

Mein Alter spürt auch wohl den Vorzug, den mir der Graf vor ihm gibt, und das ärgert ihn, und er ergreift jede Gelegenheit, übels gegen mich vom Grafen zu reden: ich halte, wie natürlich, Widerpart, und dadurch wird die Sache nur schlimmer. Gestern gar brachte er mich auf, denn ich war mit gemeint: Zu so Weltgeschäften sey der Graf ganz gut, er habe viele Leichtigkeit zu arbeiten, und führe eine gute Feder; doch an gründlicher Gelehrsamkeit mangle es ihm, wie allen Bellettristen. Dazu machte er eine Miene, als ob er sagen wollte: Fühlst du den Stich? Aber es that bey mir nicht die Wirkung; ich verachtete den Menschen, der so denken und sich so betragen konnte. Ich hielt ihm Stand, und focht mit ziemlicher Heftigkeit. Ich sagte, der Graf sey ein Mann, vor dem man Achtung haben müsse, wegen seines Charakters sowohl, als wegen seiner Kenntnisse. Ich habe, sagt' ich, niemand gekannt, dem es so geglückt wäre, seinen Geist zu erweitern, ihn über unzählige Gegenstände zu verbreiten, und doch diese Thätigkeit für's gemeine Leben zu behalten. Das waren dem Gehirne Spanische Dörfer, und ich empfahl mich, um nicht über ein weiteres Deraisonnement noch mehr Galle zu schlucken.«

Johann Wolfgang Goethe: Die Leiden des jungen Werthers. Studienausgabe. Hrsg. von Matthias Luserke. Stuttgart 1999. S. 130 f.

8. *Werther* in der Literatur der Folgezeit

Aus der langen Liste der *Werther*-Adaptationen, die nach Goethe entstanden sind, seien hier zwei Werke erwähnt, die für die Literaturgeschichte insofern von Bedeutung sind, als sie den historischen Hintergrund ihrer Autoren widerspiegeln und somit die Zeitlosigkeit des *Werther*-Stoffes hervorheben.

Thomas Mann (1875–1955) versuchte in seinem Roman *Lotte in Weimar* von 1939 das Wiedersehen der inzwischen verwitweten Charlotte Kestner mit dem ebenfalls gealterten Goethe im Jahre 1816 zu rekonstruieren. Der auf Tatsachen beruhende Roman beschreibt den Aufruhr, der durch Charlottes Ankunft in Weimar ausgelöst wird. Die als Urbild der Lotte aus den *Leiden des jungen Werthers* von allen Seiten belagerte »Madame Kestner« erhofft sich vor allem eines: ein letztes Wiedersehen mit Goethe. Dieser verhält sich seiner ehemaligen Liebe gegenüber jedoch kühler und begegnet ihr in Manns Roman erst sehr spät. Im letzten Kapitel zitiert Mann einen historischen Brief, den Charlotte Kestner einem ihrer Söhne nach ihrer Begegnung mit Goethe geschrieben haben soll: »Von dem Wiedersehen des großen Mannes habe ich Euch selbst noch wohl nichts gesagt: Viel kann ich auch nicht darüber bemerken. Nur so viel, ich habe eine neue Bekanntschaft von einem alten Manne gemacht, welcher, wenn ich nicht wüßte, daß es Goethe wäre, und auch dennoch, keinen angenehmen Eindruck auf mich gemacht hat.« (Thomas Mann, *Lotte in Weimar*, Frankfurt a. M. 1976, S. 289.)

Ulrich Plenzdorf (1934–2007) übertrug in seinem Roman *Die neuen Leiden des jungen W.* von 1973 erstmals den *Werther*-Stoff in die Gegenwart des 20. Jahrhunderts. Er schilderte vor dem Hintergrund der DDR-Gesellschaft das Schicksal des Individualisten und Quertreibers Edgar Wibeau, welcher durch leidige Umstände auf eine Ausgabe von Goethes *Leiden des jungen Werther* stößt und sich trotz anfänglicher Widerstände mehr und mehr von der Lektüre hinreißen lässt:

> »An sich wollte ich mich bloß verflüssigen, aber wie immer breitete sich das Gerücht davon in meinen gesamten Därmen aus. Das war ein echtes Leiden von mir. Zeitlebens konnte ich die beiden Geschichten nicht auseinanderhalten. Wenn ich mich verflüssigen mußte, mußte ich auch immer ein Ei legen, da half nichts. Und kein

Papier, Leute. Ich fummelte wie ein Irrer in dem ganzen Klo rum. Und dabei kriegte ich dann dieses berühmte Buch oder Heft in die Klauen. Um irgendetwas zu erkennen, war es zu dunkel. Ich opferte also zunächst die Deckel, dann die Titelseite und dann die letzten Seiten, wo erfahrungsgemäß das Nachwort steht, das sowieso kein Aas liest. Bei Licht stellte ich fest, daß ich tatsächlich völlig exakt gearbeitet hatte. Vorher legte ich aber noch eine Gedenkminute ein. Immerhin war ich soeben den letzten Rest von Mittenberg losgeworden. Nach zwei Seiten schoß ich den Vogel in die Ecke. Leute, das konnte wirklich kein Schwein lesen. Beim besten Willen nicht. Fünf Minuten später hatte ich den Vogel wieder in der Hand. Entweder ich wollte bis früh lesen oder nicht. Das war meine Art. Drei Stunden später hatte ich es hinter mir.

Ich war fast gar nicht sauer! Der Kerl in dem Buch, dieser Werther, wie er hieß, macht am Schluß Selbstmord. Gibt einfach den Löffel ab. Schießt sich ein Loch in seine olle Birne, weil er die Frau nicht kriegen kann, die er haben will, und tut sich ungeheuer leid dabei. Wenn er nicht völlig verblödet war, musste er doch sehen, dass sie nur darauf wartete, dass er was *machte*, diese Charlotte. Ich meine, wenn ich mit einer Frau allein im Zimmer bin und wenn ich weiß, vor einer halben Stunde oder so kommt keiner da rein, Leute, dann versuch ich doch *alles*. Kann sein, ich handle mir ein paar Schellen ein, na und? Immer noch besser als eine verpasste Gelegenheit. Außerdem gibt es höchstens in zwei von zehn Fällen Schellen. Das ist Tatsache. Und dieser Werther war ... zigmal mit ihr allein. Schon in diesem Park. Und was macht er? Er sieht ruhig zu, wie sie heiratet. Und dann murkst er sich ab. Dem war nicht zu helfen.

Wirklich leid tat mir bloß die Frau. Jetzt saß sie mit ihrem Mann da, diesem Kissenpuper. Wenigstens daran hätte Werther denken müssen. Und dann: Nehmen wir mal an, an die Frau wäre wirklich kein Rankommen gewesen. Das war noch lange kein Grund, sich zu durchlöchern. Er hatte doch ein Pferd! Da wär ich doch wie nichts in die Wälder. Davon gab's doch damals noch genug. Und Kumpels hätte er eins zu tausend massenweise gefunden. Zum Beispiel Thomas Müntzer oder wen. Das war nichts Reelles. Reiner Mist. Außerdem dieser Stil. Das wimmelte nur so von Herz und Seele und Glück und Tränen. Ich kann mir nicht vorstellen, dass welche so geredet haben sollen, auch nicht vor drei Jahrhunderten. Der ganze Apparat bestand aus lauter Briefen, von diesem unmöglichen

Werther an seinen Kumpel zu Hause. Das sollte wahrscheinlich ungeheuer originell wirken oder unausgedacht. Der das geschrieben hat, soll sich mal Salinger durchlesen. *Das* ist echt, Leute!«

Ulrich Plenzdorf: Die neuen Leiden des jungen W. Frankfurt a. M. 1976. S. 35–37. –

9. *Werther* im Film

Werther hat bis in die Gegenwart viele Literaten, Künstler und Musiker inspiriert, so dass es nicht ausbleiben konnte, dass Goethes Kultroman auch verfilmt wurde. Der erste deutsche *Werther*-Film entstand 1938 unter der Leitung von Max Ophüls (1902–1957). Seither haben sich verschiedene Regisseure mit unterschiedlichem Erfolg an dem Stoff versucht. 1976 verfilmte Eberhardt Itzenplitz (1926–2012) im Auftrag des damaligen Südwestfunks (SWF) Ulrich Plenzdorfs Roman *Die neuen Leiden des jungen W.*

In jüngster Zeit haben sich Uwe Janson (geb. 1959) mit dem Fernsehfilm *Werther* von 2008 und Philipp Stölzl (geb. 1967) mit seiner Kinoproduktion *Goethe!* von 2010 an das Thema herangewagt.

Uwe Janson überträgt Goethes *Werther* ins Berlin des 21. Jahrhunderts. Sein Protagonist, gespielt von Stefan Konarske, ist Foto- und vor allem Lebenskünstler, der sich mit Gelegenheitsaufträgen über Wasser hält. Lotte (Hannah Herzsprung) ist die Freundin des Kunstverlegers Albert (David Rott), der kurz zuvor erst Werthers Fotografien abgelehnt hat. Erzählt wird die tragisch endende Geschichte von Werthers bestem Kumpel und treuem Begleiter Wilhelm (Aaron Hildebrand). Trotz oder gerade aufgrund der Übertragung ins ebenso »coole« wie unterkühlte Kreativmilieu Berlins gelingt es dem Film recht überzeugend, den Kern des *Werther*-Stoffs zu vermitteln und in ein zeitgemäßes Gewand zu kleiden.

Im Film *Goethe!* von Philipp Stölzl erleben Lotte Buff (Miriam Stein) und der junge Goethe (Alexander Fehling), der meist im blau-gelben *Werther*-Kostüm zu sehen ist, eine kurze und leidenschaftliche Phase des gemeinsamen Glücks, bevor Lotte sich letztlich entschließt, den aufstrebenden Juristen Kestner zu heiraten. Der Film orientiert sich mit einigen Abänderungen stark an Goethes Biografie, wobei der Bezug zu Goethes Romanfigur Werther deutlicher hervortritt, als es dem Autor womöglich recht gewesen wäre. Dennoch vermittelt der Film ein relativ authentisches und gut nachvollziehbares Bild von der Entstehung eines Kult-Romans.

10. Literaturhinweise

Andree, Martin: Wenn Texte töten. Über Werther, Medienwirkung und Mediengewalt. München 2006.

Blessin, Stefan: Goethes Romane. Aufbruch in die Moderne. Paderborn [u. a.] 1996.

Göres, Jörn (Hrsg.): Goethes Leben in Bilddokumenten. München 1981.

Leis, Mario: Lektüreschlüssel XL. Johann Wolfgang Goethe: Die Leiden des jungen Werther. Stuttgart 2018. [zur 2. Fassung]

Merker, Erna / Graefe, Johanna (Begr.): Wörterbuch zu Goethes Werther. Berlin 1966.

Steiger, Robert / Reimann, Angelika / Seifert, Siegfried (Hrsg.): Goethes Leben von Tag zu Tag. Bd. 1: 1749–1775. Zürich/München 1982.

Unterberger, Rose: Die Goethe-Chronik. Frankfurt a. M. / Leipzig 2002.

Valk, Thorsten: Der junge Goethe. Epoche – Werk – Wirkung. München 2012.

Weiß, Ulrike (Red.): Goethes Lotte. Ein Frauenleben um 1800. München/Berlin 2003.

Weisbecker, Walter: Goethe zwischen Frankfurt und Weimar. Frankfurt a. M. 1991.